VICTORIA RESCO

EL SILENCIO PERFECTO

Planeta

VICTORIA RESCO

EL SILENCIO PERFECTO

Obra editada en colaboración con Grupo Planeta – Argentina

Bajo el sello editorial PLANETA M.R.
Avenida Presidente Masarik núm. 111,
Piso 2, Polanco V Sección, Miguel Hidalgo
C.P. 11560, Ciudad de México
www.planetadelibros.com.mx

Ilustración de portada: Ivan Paszkowski

Primera edición impresa en Argentina: abril de 2023
ISBN: 978-950-49-8097-1

Primera edición impresa en México: julio de 2023
ISBN: 978-607-39-0188-8

Impreso en los talleres de Impresora Tauro, S.A. de C.V.
Av. Año de Juárez 343, Col. Granjas San Antonio,
Iztapalapa, C.P. 09070, Ciudad de México
Impreso y hecho en México - *Printed and made in Mexico*

Para todas las personas que me
vieron llorar y nunca dudaron.
Este libro es suyo.

PLAYLIST

PRÓLOGO: *Games,* Tessa Violet

CAPÍTULO 1: *Vincent,* Don McLean

CAPÍTULO 2: *Are you satisfied?,* Marina

CAPÍTULO 3: *Ur so beautiful,* Grace VanderWaal

CAPÍTULO 4: *Vienna,* Billy Joel

CAPÍTULO 5: *Mess around*, Cage The Elephant

CAPÍTULO 6: *Interlude: I´m not angry anymore*, Paramore

CAPÍTULO 7: *Talk to you*, Ricky Montgomery

CAPÍTULO 8: *Hours*, Melt

CAPÍTULO 9: *Out of my head*, Ben Chandler

CAPÍTULO 10: *Mutual*, Shawn Mendes

CAPÍTULO 11: *Ma-Pa*, Paula Pera y el fin de los Tiempos

CAPÍTULO 12: *Ojos*, Montufar

CAPÍTULO 13: *Siento por Ciento*, Cardellino, Sebastián Jantos, Jorge Drexler

CAPÍTULO 14: *Mxmtoon,* Bon Iver

CAPÍTULO 15: *Heat waves,* Glass Animals

CAPÍTULO 16: *Sofía*, Aurora, Askjell, and Iris

CAPÍTULO 17: *Somebody else*, The 1975

CAPÍTULO 18: *Conversation*, Catfish and the Bottlemen

CAPÍTULO 19: *Despair*, Leo

CAPÍTULO 20: *Reflecting light*, Sam Phillips

CAPÍTULO 21: *There's a first time for everything*, Charlie Puth

CAPÍTULO 22: *Sun outside my window*, Strawberry Guy

CAPÍTULO 23: *The joker and the queen* (feat. Taylor Swift), Ed Sheeran, Taylor Swift

CAPÍTULO 24: *Dress*, Taylor Swift

CAPÍTULO 25: *Kiss me*, Ed Sheeran

CAPÍTULO 26: *Stay with me*, Better Love

CAPÍTULO 27: *Losing a friend*, Jacob Whitesides

CAPÍTULO 28: *You, love (interlude)*, Lizzy McAlpine

CAPÍTULO 29: *Oceans,* Coldplay

CAPÍTULO 30: *The loneliest*, Måneskin

CAPÍTULO 31: *I don't like myself*, Imagine Dragons

CAPÍTULO 32: *Real friends*, Camila Cabello

CAPÍTULO 33: *Lost!*, Coldplay

CAPÍTULO 34: *What if*, Coldplay

EPÍLOGO: *Cry*, Cigarettes After Sex

PRÓLOGO

Ashford está jugando al juego.

Otra vez.

Me mira mientras intenta aparentar que no lo hace. Esa es su cosa, ese es su papel. Y yo juego con él. Hago mi cosa, me aferro al guion porque nos gusta seguir nuestras líneas y se me acalambra todo el cuerpo de solo pensar lo que podría pasar si las dejásemos de lado. Se me acelera el pulso; hasta mi sangre está cansada de jugar. Quiere salir de mí, quiere chocar contra él, quiere que me levante de esta silla, que me mueva, que reaccione, que cambie el personaje de una vez. Pero no lo hago.

Sigo el guion al pie de la letra y finjo no percatarme de sus miradas porque todavía no me animo a enfrentar la estática que hay en el aire y que chisporrotea en mis oídos, como una advertencia.

Finalmente desvía los ojos al tatuaje de su antebrazo. Se queda mirándolo un segundo y, cuando cree que no me doy cuenta, vuelve su atención a mí.

Me está volviendo loca.

Porque me gusta ese tatuaje. Porque quiero acercarme hasta que no quede más que un suspiro entre su piel y mis ojos, y pedirle que me explique qué significa. ¿Un mundo que conoce?

¿Que piensa conocer? ¿Una banda que le gusta? ¿Un recuerdo privado en el que no debería meterme? Es una incógnita que me llama: un dibujo grabado con una aguja sobre la piel de un chico que se mueve como si estuviera hecho de piedra.

—¿Lo...? —me interrumpo y carraspeo porque el sonido que acabo de hacer es demasiado ronco y me aterra lo mucho que parece no pertenecerme. Vuelvo a intentarlo—. ¿Lo encontraste?

Esto también es parte del guion: dejar el juego antes de que se nos vaya de las manos. Siempre alguien rompe la burbuja y arruina el personaje. Volvemos a ser nosotros, nos concentramos en la humedad del aire a nuestro alrededor, del aroma a libros viejos, en el silencio de la noche y el susurro ocasional de pasos cruzando el pasillo del otro lado de la puerta, en los pilones de hojas que tenemos frente a nosotros; abiertos, desparramados y rodeados de anotaciones. Siempre termina el juego así, con una pregunta, un solo comentario que nos recuerda *qué* somos. No somos el juego. Somos *compañeros*. Queremos librarnos de este proyecto, separarnos de esta mesa y todo el tiempo que perdimos, perdemos y vamos a perder en estas sillas.

Ashford chasquea los dedos, como si necesitara el gesto para salir del trance, pero no dice nada más. Su rostro no coincide nunca con el resto de su cuerpo. Me mira con el mismo semblante de *siempre*: la arruguita en el entrecejo, los labios tensos y esos ojos que no dicen absolutamente nada, que son negros, tan negros que las sombras tienen miedo de adentrarse en ellos. Aunque, si me acercara... No puedo evitar pensar en acercarme y buscar algo más. ¿Quién sabe? Tal vez encontraría algún tipo de luz en ellos, palabras que se perdieron de camino a sus labios, de esas muchas que nunca dejó salir. Es irritante y confuso. ¿Qué parte de él sigue jugando? ¿Qué parte es real? No termino de entender la razón por la que necesito respuestas. No sé por qué me hago preguntas. Cuando no jugábamos todo era más fácil.

—No —responde al cabo de unos segundos.

Lo veo dudar. Se me corta el aire. Es un gesto muy sutil, la línea de sus labios tiembla y su nariz se arruga un poco —moviendo el millón de marquitas de acné que duermen sobre su piel—, pero sus palabras surcan el aire como si fueran una advertencia.

Y entonces, hace lo impensable: Ashford se sale del guion.

—No —repite—, me estás distrayendo.

Bom, bom, bom.

Mi corazón se oye como si estuviera latiendo en mi frente. Me distrae, me lastima. Lucha por un lugar al lado de mi cerebro, que insiste en tomar todas las decisiones solo. Inhalo y, cuando exhalo, lo obligo a bajar adonde pertenece. Late más lento en mi pecho, se niega a darme el aire que necesito.

Bom, bom, bom, bom.

El mundo gira tan despacio que creo escucharlo rotar.

—¿Ah, sí? —Incluso esas tres letras me suenan forzadas, inciertas como si estuvieran usando todas sus fuerzas para aferrarse a mis cuerdas vocales, donde nadie puede juzgarlas, donde el aire no quema—. ¿Y cómo estoy haciendo eso, si puedo saberlo?

Los ojos de Ashford empiezan a bajar por mi cuerpo, pero gracias a todo lo bueno que tengo, se detiene antes de que mi corazón se agite lo suficiente como para romperme las costillas. Se mueve como si tuviese un montón de planes y no pudiera esperar a cumplirlos, golpea como si mi pecho fuese el cielo y quisiera llegar más alto. Lo escucho con tanta fuerza que estoy segura de que Ashford también lo siente. Debe sentirlo porque cuando me mira a los ojos, parece saber exactamente cómo se juega este nuevo juego. ¿Y yo? Yo todavía no entiendo el tablero.

No.

Su silla apenas susurra cuando las patas se arrastran sobre la alfombra, cuando se pone de pie y da un paso hacia mí.

No.

Sí.

Y otro más.

Sí.

No. No. No.

Sí.

No puede dar más pasos. Estoy sentada justo frente a él y veo bailar todas las dudas que tiene, se nota en cómo frota su dedo pulgar con su índice todo lo rápido que su cuerpo puede, veo cómo se esfuerza para mirarme directamente, cómo creo que en realidad la fuerza de los latidos que escucho, de los golpes que siento, no vienen solo de mí corazón, sino también del suyo. Creo que estos dos órganos se están aprovechando del silencio muerto que nos rodea para comunicarse, para mandar mensajes que nuestras bocas nunca aprobarían y nuestros cuerpos sepultarían rápidamente. Ahora somos cuatro jugadores: Ashford, su corazón, yo y el mío. No creo que ninguno esté muy seguro de cómo ganar.

Pero queremos jugar.

Quiero jugar.

Quiero ganar.

Siempre quise ganar. En todo. Y siempre pensé que nunca perdería.

Hasta ahora.

Cuando se inclina hacia mí, atrapándome entre sus brazos y el respaldo de la silla, uno de esos ricitos que siempre quise tironear le cae sobre la frente, su aliento me golpea y espero que el mío huela igual de bien. A manzana verde y azúcar. A cualquier cosa que pueda darle a este chico ganas de besarme de la forma en la que quiero besarlo a él.

Sé que no conozco las reglas.

Sé que es muy probable que no me beneficien.

Sé que esto es lo último que necesito.

Porque está mi beca en juego, están mamá y papá, sus sonrisas orgullosas, está el equipo, están los consejos de Cam que nunca escucho, está correr, correr y correr. Está el mundo entero esperando que me recupere, que me *reencuentre* con la chica que era, y debería estar buscándola.

Pero cuando se acerca un poco más y mis ojos caen sobre sus labios, esos labios anchos que tanto tiempo tardé en notar, me olvido de todo esto que sé. Me olvido de mí misma.

Me convenzo de que no importa.

Después de todo, es solo un juego.

CAPÍTULO 1

La vergüenza se enreda en mi estómago como un bicho repleto de patas alargadas y finas. Sus extremidades me llenan de moretones por dentro. Patean incesantemente y me dan ganas de desaparecer. Las miradas de mis compañeros me dejan bien en claro que ellos también estarían mejor si desapareciera.

Quiero ponerme de pie y patear el banco frente a mí, decirles que están siendo crueles e injustos.

Sin embargo, me quedo sentada, con las palmas de las manos escondidas bajo mis muslos en un esfuerzo por no empezar a morderme las uñas.

Un año atrás, nunca se me hubiera ocurrido que "universidad" se convertiría en mi propio sinónimo de "infierno". Creo que todos cometemos el error de asumir que la universidad seguirá con la dinámica del colegio, pero con más gente, *nueva* gente. Cuando me preguntaban qué sería de mí una vez que me mudara al campus, mi cerebro no tenía duda de que no habría nada nuevo excepto por un cambio de habitación y un mínimo nivel de extrañitis por mi familia, con quienes estaría más lejos que nunca.

—Menos mal que no me tocó a mí... —El susurro de una chica quema mis oídos como una bofetada. Bloqueo de mi mente la respuesta de su compañera, pero, aun así, el daño está hecho.

Ahora sé que estuve viviendo en una fantasía. Aquí no he hecho amigas, la *nueva gente* no me sonríe por los pasillos, no he disfrutado de ninguna clase ni llegué a emocionarme con mi carrera, como todos me prometieron que pasaría. De hecho, todo se ha cargado de mierda con cada segundo que pasa. Cada mañana me levanto y me esfuerzo por no cuestionarme todo lo horrible que vino con la universidad, porque sé que la necesito.

Necesito esta beca porque necesito el equipo de atletismo y porque necesito un título y porque mi familia necesita verme salir de aquí con un diploma. Me lo recuerdo como un mantra: *necesito este lugar, necesito este lugar, necesito este lugar, necesito este lugar.*

Lo necesito tanto como lo detesto.

Pero a veces dudo, como ahora.

Alguien se ríe al mismo tiempo que alguna otra persona suelta un bufido.

Y Greta sigue quejándose de mí con el profesor.

—No es justo que con *mi* promedio me emparejen con *ella.*

Ahora parece que por tener malas notas soy una inútil y nadie quiere juntarse conmigo, a ver si termino creyendo que eso me da derecho a trabajar con ellos. Ahora tengo *lepra.*

—Lo que no es justo —replica Harrison, con su fachada de profesor colocada impecablemente—, señorita Huang, es que usted siga haciendo que sus compañeros pierdan tiempo de su clase de Introducción al Proyecto Final.

Es fácil darse cuenta de que la situación lo irrita. Samuel Harrison es conocido por ser un profesor de mecha corta. Explota con poco. Aun así, estoy segura de que soy la única que sabe que su enojo no se dirige a Greta, sino hacia mí. Porque yo soy la que ha llegado tarde a todas las clases este año, la que no puede seguir el hilo de la clase, la que cabecea agotada mientras él explica cada tema y la que, consecuentemente, vuelve todas las quejas de Greta perfectamente válidas.

Greta está por responder cuando la puerta se abre.

Me paralizo de pies a cabeza.

Solo falta una persona en el aula, y su llegada hace que me avergüence el doble con toda esta situación. ¿Era mucho pedir que él no tuviera que oír la enorme lista de quejas que todos tienen sobre mí? El deseo de desaparecer empuja contra mis costillas y me falta el aire.

Ashford entra al aula con la cabeza baja, como siempre, los cables blancos de los auriculares cayéndole sobre el suéter azul que lleva y le dirige un único asentimiento de cabeza a Harrison antes de dirigirse al único asiento disponible en el aula, a un mar de alumnos lejos de mí.

La vergüenza se tiñe de un violeta que irradia frustración, porque Harrison no le llama la atención como lo hizo conmigo cuando llegué tarde esta mañana. El color resplandece con fuerza cuando veo de reojo cómo Ashford se saca los auriculares. Tenía la esperanza de que se los dejara puestos.

Greta sigue hablando y señalándome acusatoriamente en el proceso, pero ni siquiera con eso consigue que Ashford me mire. Algunas cosas nunca cambian. Ha sacado un libro y parece completamente absorto en él. Como si fuera demasiado inteligente para desperdiciar su tiempo en discusiones o chusmeríos, como si fuera mejor que nosotros, como si no supiera lo estúpidamente atractivo que se ve pasando las páginas.

Me gustaría acercarme y mirar sobre su hombro, preguntarle qué lee. No he terminado un solo libro por voluntad propia en toda mi vida, pero por él podría intentarlo. Ashford hace que parezca la actividad más entretenida de la historia. Sus ojos oscuros se deslizan sobre las palabras como si fueran droga, fluyen a una velocidad inhumana.

Entonces, como si mi mirada que tantas otras veces había pasado por alto, le picara, Ashford levanta la vista.

Y.

Sus.

Ojos.

Encuentran.

Los.

Míos.

—¿Leo? —La voz de Harrison me previene de la parálisis total. Reclama mi atención y me atraganto con la cantidad obscena de oxígeno que se abre paso a mis pulmones. Se siente como un derrumbe en mi tráquea. Mi arranque de tos continúa sobre sus palabras—. ¿Qué te parece?

Alarmas rojas chillan en mi mente.

No tengo ni idea de qué está hablando.

Asiento.

Harrison me conoce lo suficiente como para saber que no estaba prestando atención en lo más mínimo. Me gustaría que no me conociera tanto. Porque es justamente ese el motivo por el cual no se molesta en aclarar sobre qué habla. Simplemente da una palmada y le sonríe a Greta.

—Problema solucionado. Huang, hará la monografía sola y la señorita Grimaldi puede hacerla con Ashford.

El mundo deja de girar.

Y soy plenamente consciente de la mirada de Ashford que sigue sobre mí, como si fuera la primera vez que me ve en su vida. Como si el primer día de clases, en el que me senté a su lado y él ni se molestó en sacarse los auriculares, nunca hubiese sucedido. Ese día no me miró, no me habló y definitivamente no me hizo sentir ni un poco mejor respecto a todo lo que vendría en este año lleno de cambios.

Era como si supiera que yo sería la peste de esta clase, como si él hubiera decidido que yo no valía la pena.

Y ahora lo veo mientras se levanta y cambia de lugar con Greta, que no está mucho más contenta que antes con el futuro de su monografía. Ashford lleva un morral colgado al hombro, un libro de tapa blanda abierto de par en par en su mano, y se deja caer a mi lado sin decir palabra.

Quiero pegarle.

Quiero acercarme y saber si huele a libros.

Quiero dejar de pensar que es lindo porque es una basura humana.

Quiero que piense que soy linda.

Quiero que no piense nada de mí en absoluto.

Creo que ese es el único deseo de esa lista que podría haberse cumplido. Al menos hasta que nos emparejaron.

Harrison sigue con la clase como si no hubiera arruinado mi vida en solo dos segundos, habla sobre los objetivos de la monografía en la que trabajaremos el resto del semestre.

El resto del semestre.

Con Ashford.

No me molesto en disimular el suspiro que se me escapa.

Deseo la muerte.

Harrison tiene el pelo blanco y escaso, aunque trata de disimular eso último. Su nombre completo es Samuel Emanuel Harrison, pero mi familia lo llama Sandy. Como es el mejor amigo de mi abuelo desde que usaban pañales, me costó acostumbrarme a verlo en el rol de profesor. Lo he visto en bermudas y camisas coloridas, lo he visto enfermo y lo he visto disfrazado de Santa Claus en Navidad —aunque en ese entonces no sabía que era él—. La versión menos reconocible de él es la que tengo frente a mí, de traje y corbata, sin el más mínimo asomo de su característica sonrisa.

Aquí no puedo llamarlo Sandy, pero no es un problema para mí. En esta aula, este hombre no se parece en absoluto al que me acompañó a mis primeras competencias y me regaló flores cuando terminé la secundaria. No parece mi segundo abuelo, divertido y soñador. Entre estas cuatro paredes es una máquina de tortura y parece exigirme a mí más que a cualquiera, incluso sabiendo lo mucho que necesito que me tengan piedad.

—Deberías ser más agradecida —me dijo una tarde Paul, mi hermano mayor, cuando le dije eso mismo—. De no ser por él, no tendrías la beca.

Y lo sé. Sé que la bendición de poder estudiar en una universidad prestigiosa, con un gran equipo de atletismo, se la debo a que trabaje aquí y a sus contactos —de una alta sociedad a la que mi familia no pertenece—, que accedieron a hacer mis cartas de recomendación. Pero no puedo evitar preguntarme cómo es que voy a sobrevivir otros cuatro años de esta dichosa bendición. O qué pasará si termino la universidad sin ser lo suficientemente buena como atleta como para competir en las olimpíadas, porque no me imagino dedicándole mi vida a otra cosa que no sea el deporte, mucho menos a esta carrera horrorosa.

Me estremezco de solo pensarlo.

O tal vez de solo pensar en la presencia de Ashford a mi lado.

Su existencia es ruidosa. Hace que me piten los oídos y se me ericen los vellos de la nuca.

Han pasado cinco minutos completos desde que se sentó y no me ha dirigido la palabra, pero su cuerpo estirado e increíblemente alto llena el espacio con una electricidad que amenaza con desarmarme las dos neuronas que me quedan en juego.

¿Qué piensas? Me pregunto. ¿Odias esto? ¿Me odias? ¿No puedes creer tu mala suerte? El único día que llegas tarde y terminas atrapado horrorosamente entre este proyecto y yo.

—Bueeeeeno... ¿Tienes alguna idea para el tema de la monografía? —digo, en lugar de escupir todo lo que me nubla la mente.

Ashford voltea su cuaderno, dejándome ver lo que sea que ha estado garabateando los últimos minutos.

En el primer vistazo, me doy cuenta de que tiene esa letra puntiaguda y acelerada que tiene la gente inteligente que piensa más rápido de lo que le pueden ir las manos. No es en absoluto organizado y hay espacios aleatorios en blanco, lugares en los que su letra se apiña y se achica, otros recuadros mamarracheados con lo que asumo son cosas importantes. Solo después del primer golpe de todos estos detalles, me doy cuenta de que abajo de todo, en lo que parece un punteo enclenque con la letra retorcida y los renglones inclinados, ha hecho una lista con al menos diez posibles temas.

No los leo.

Deslizo el cuaderno de vuelta hacia él, que sigue mirando al frente, como si le fuera irrelevante mi nivel de implicación con este proyecto. Me da rabia saber que yo estaba con la cabeza en cualquier lado mientras él trabajaba; es como si quisiera darle la razón a Greta. Tal vez *yo* debería estar haciendo sola el trabajo. Tal vez sea injusto para cualquiera quedar atado a mí.

Y, sin embargo, no soy lo suficientemente desinteresada como para dejar ir la oportunidad de trabajar con alguien que sé que es inteligente. Porque puede que nunca lo haya escuchado hablar, pero no necesito eso para darme cuenta de que los engranajes en su cabeza giran a un ritmo propio, adelantado al de cualquiera en esta sala. Tiene una forma de mirar a Harrison en clase que te hace saber que ya *sabe* lo que le están explicando. Se le nota en la cara que, si no sabía el tema desde antes, lo está memorizando a medida que lo exponen. Y también ayuda que después de nuestra única evaluación de práctica, Harrison haya leído en voz alta las notas y Ashford haya sido el único diez. Yo fui el único cuatro. Y la nota más baja. Pero, en mi defensa, era un mal día.

—Vamos a tener que juntarnos fuera de horario de clase para avanzar con esto. Yo no pensé ningún tema todavía. —Aunque Harrison nos había dicho la semana anterior que empezáramos a pensarlos para tenerlos listos en la clase de hoy—. Pero los llevaré listos cuando nos juntemos.

No parece sorprenderse o inmutarse en absoluto por mi planteo. Me cuesta no gritarle o empezar a aplaudirle en la cara en busca de una reacción. Parece muerto en vida: los ojos dormidos al frente, ese perfil de labios carnosos y nariz ancha, el pelo negro enrulado cayéndole levemente en la frente, como si no se hubiera molestado en cortárselo por demasiado tiempo. Su rostro no me dice absolutamente nada. Su piel oscura tiene pequeños pocitos, marcas viejas de acné adolescente, asumo. Pero eso debe ser todo lo que sé de él.

Eso y que es un engreído. Nadie que esté tan decidido a evitar hablarte, nadie que te mire de esa forma por encima del hombro, con los ojos caídos del aburrimiento, puede ser considerado amistoso. Me quema verlo mirarme así justo ahora. Me muerdo el interior de la mejilla y mis manos se vuelven puños sin que pueda evitarlo.

—¿Mañana?

Agua helada.

Un balde de agua helada se da vuelta sobre mi cabeza, se me congela el cuerpo y las gotitas que continúan deslizándose se meten entre los recovecos más incómodos de mi piel.

Así se siente esa única palabra.

Tardo en comprender que sus labios son los que se han movido y que su nuez de Adán sube y baja casi imperceptiblemente cuando lo hace, lo que advierte que esa voz le pertenece.

Acaba de resetearme el Windows, con una palabra.

Ashford tiene ese tipo de voz que... que tienen los actores, que la gente se mata por escuchar en discos, que no es grave, sino profunda como las aguas desconocidas del océano. Te invita a nadar en ella, a tragarla y ahogarte en su suavidad. Podría matarte con esa voz y le darías las gracias. Sería una caricia de muerte.

Se me comprime el corazón.

Sacudo la cabeza.

Caigo de golpe. Mi conciencia vuelve a mi cuerpo y las voces de mis compañeros son de pronto mucho más ruidosas que antes. Rebotan en las paredes del aula como cuchillos. Me hacen ser mucho más consciente del silencio en el que me he sumergido.

—¿Qué? —le pregunto con la boca abierta como una idiota.

Se toma un segundo antes de hacerlo, pero señala su cuaderno, luego se señala a sí mismo y luego a mí, como si yo fuera una especie de monito incapaz de comprender palabras básicas y él un pobre humano sin más opción que adaptarse a mis incapacidades.

La burbuja se revienta.

Una vez más, me tengo que contener para no pegarle.

No hice *nada* para merecer ese trato de mierda que tiene conmigo.

Y sé que la gente bonita siempre tiene esos beneficios, de poder comportarse como quiere y simplemente recibir sonrisas y halagos porque *es hermosa*. Pero conmigo va a tener que acostumbrarse a ser un ser humano común y corriente.

Si bien entendí perfectamente que se refería a juntarnos para arrancar con el trabajo mañana, no doy indicio de haber comprendido.

—Vas a tener que hablarme si quieres que te entienda. No soy telepática.

Él aparta la vista un instante y chasquea los dedos un par de veces antes de volver a prestarme atención. El gesto me indigna el doble. Traga saliva antes de hablarme como si le agotara la mera idea de dirigirme la palabra. *Oh, pobre de mí, indigna de la saliva de este simio educado en la selva.*

—¿Mañana en la biblioteca?

Esta vez su voz no me toma por sorpresa, pero las cuatro palabras hacen flaquear mi tenacidad. Y si estuviera de pie, hubieran hecho flaquear mis rodillas.

Asiento. Pero rápidamente me corrijo y niego.

—No puedo.

—Miércoles.

—Entreno.

—Jueves.

—Entreno.

—Viernes.

Me quedo en silencio y se me escapa una sonrisa de disculpa, aunque siga enojada porque es un idiota. Se responde a sí mismo.

—Entrenas...

—Sábado después del mediodía, una y media —ofrezco—. Definitivamente no entreno.

Asumo que va a reírse, porque seguro tiene veinte mejores cosas que hacer un fin de semana, pero solo asiente.

Sin esperar ni un solo segundo más, cierra su cuaderno y lo guarda en la mochila. Saca los auriculares.

—Espera —lo freno—. La clase no ha terminado.

Le dirige una mirada aburrida a mi cuaderno en blanco, impoluto frente a mí como si nunca en la vida hubiera estado en esta clase. Su acusación es bastante obvia: sin los temas, no podemos hacer mucho.

Esta vez, cuando se pone de pie, me cruzo de brazos y miro al frente. En mi cabeza imagino veinte formas diferentes en las que podría caerse y romperse el cuello de camino a la puerta.

Ninguna se hace realidad.

Ashford sale con agilidad.

Harrison no lo reprende.

En su lugar me mira fijamente, como si la retirada de su alumno estrella fuera mi culpa, o como si me lo mereciera de alguna forma.

Mi irritación se vuelve culpa.

Miro mi cuaderno y me esfuerzo por no dormirme mientras pienso tan fuerte como mi cuerpo me lo permite. Busco ideas para esta monografía, solo pienso en eso. No le dedico ni un segundo a la mirada altanera de Ashford ni a las quejas de Greta, ni a lo que pensarían mis padres si me vieran, ni a lo que yo pienso de mí misma y del tipo de persona en la que me he convertido.

CAPÍTULO 2

Estoy corriendo tan fuerte que siento mis músculos tensarse en todas las formas incorrectas. Puede que yo esté ganando esta carrera en la pista, pero el cansancio me está ganando una competencia mucho más importante.

El tipo de persona que era antes jamás se había sentido así.

Antes era plenamente capaz de cumplir con absolutamente todo lo que se requería de mí. Entrenaba todos los días, veía a mis amigas, veía a mis hermanos y pasaba tiempo con ellos, cenaba todas las noches con mamá y papá, dormía ocho horas o más... Ahora siento que ni siquiera podría deletrear la palabra *dormir*. Me levanto todos los días con la cabeza reventada y la sensación de que el día anterior sigue pesándome en los huesos. Como si en un parpadeo se me fuera la noche y la vida, *mi vida*, siguiera de largo sin mí. Me aterra no llegar a vivir todo lo que tengo por delante. Todos estos obstáculos que me golpean en el camino me están dejando sin fuerza.

Al principio, pensé que la universidad sería un buen desafío, de esos que te obligan a crecer.

Pero no estoy creciendo.

Con cada paso que doy, me vuelvo más y más pequeña.

Un día de estos sé que desapareceré.

Cruzo la línea de llegada y lucho por recuperar el aire, mis pensamientos se me adelantan, son más fuertes y más ruidosos que todo lo que pueda estar sucediendo a mi alrededor.

Desaparecer. La palabra me paraliza.

Desapareceré. Seré una partícula más entre el polvo que da la vuelta al mundo; mi peso será tan insignificante que no podré ni empujar un pétalo de rosa.

¿Y todo mi esfuerzo? ¿Y las ganas de vomitar que tengo ahora? ¿Los entrenamientos en los que entrené hasta desvanecerme? ¿Sería todo para nada?

¿Me volvería *yo* un mero intento de alguien que nunca fue *alguien*?

El pensamiento termina conmigo.

Me doblo en dos, sujetándome el estómago y devuelvo todo lo que he desayunado.

Entre el líquido verdoso y ácido, creo que veo pedacitos de mi corazón.

Regreso de los vestuarios bañada y con ropa limpia, pero aún tensa.

Me lavé los dientes repetidas veces, pero aún tengo el sabor del fracaso pegoteado en las encías.

Vomitar en un entrenamiento tan sencillo es totalmente inaceptable. Habla de una falta de compromiso, de debilidad y de poca resistencia. Me hace parecer patética frente a todos mis compañeros que me miran con los ojos cargados de intriga y brillantes de preocupación. Me dan el espacio que necesito para respirar, no se abalanzan sobre mí como si fuéramos mejores amigos porque sabemos que no es el caso.

Los he conocido a todos a principios de la cursada y ninguno parece particularmente interesado en forjar una amistad conmigo, teniendo en cuenta que no me interesa hablar en los entrenamientos y ni ir a tomar algo después o merendar antes.

Son aficionados, que disfrutan del deporte y, no me malinterpreten, son bastante buenos, pero yo no quiero ser *buena*. Yo voy a ser la mejor. Y no puedo permitirme perder el tiempo o correrme del eje.

Mi celular no deja de vibrar en mi bolsillo, así que lo apago y lo tiro al fondo del bolso, esperando que la oscuridad lo trague y me ahorre la tarea de responder los mensajes.

Cuando vuelvo a la zona donde siempre dejamos los bolsos, veo cómo se acerca con paso firme la entrenadora.

Uma tiene los ojos obscenamente grandes, como una especie de búho. Te mira como si fuera a descuartizarte a picotazos o como si no pudiera esperar a comerte cruda. El resto de su complexión se asemeja a la de un toro, pero he aprendido a perderle el miedo. En su severidad, mi nueva entrenadora no parece querer más que vernos mejorar y no hay nada en lo que podamos llegar a estar más de acuerdo.

—¿Cómo te sientes?

—Bien, fue un día largo. Nada más.

Doy otro sorbo a mi botella de agua, tratando de enjuagar disimuladamente los resquicios ácidos del vómito.

Uma mira su reloj.

—Recién son las seis. Tienes hasta mañana para descansar y no volver a tener un *día largo* antes de tus entrenamientos. ¿Entendido?

—Todavía queda media hora de entrenamiento —reclamo con el ceño fruncido.

No se ríe, pero creo que le divierte mi comentario.

—Va, Grimaldi. No me digas que esperabas seguir entrenando después de... —Apunta al sector dañado—. Eso. —Cuando ve que no respondo, su tono pierde cualquier indicio de jovialidad—. Grimaldi, no puedes *nunca* poner un entrenamiento sobre tu salud. ¿Entendido?

No espera a que responda. No creo que sea una mujer que espere respuestas de nadie. No creo que las necesite en absoluto. Y, aunque suelo admirarla, hoy me irrita más que nunca.

Se da vuelta y sacude la mano en dirección al equipo, que acaba de terminar otra serie. Sé que va a llamar a Gemma incluso antes de que diga su nombre, pero eso no implica que, cuando lo haga, no ruede los ojos.

—¡Waters! Ven a ayudar a Grimaldi.

No necesito su ayuda ni la de nadie. Lo que necesito es volver a la pista y terminar mi entrenamiento.

Gemma se acerca al trote hasta detenerse frente a nosotras. Con su pelo corto, teñido de azul y esos ojos oscuros capaces de mirarte con ternura mientras te escupe la cara, se parece a un pitufo. Una *pitufizorra*, para ser exactos.

Le sonrío.

Me sonríe.

Pienso en patearle la tibia.

Probablemente piensa en partirme el tobillo.

—Llévala hasta las gradas con su *amiguito*. No vaya a ser que vuelva a tener un accidente —indica Uma.

Gemma asiente y con un dulce: "¡Claro!", me arrebata el bolso de la mano y empieza a caminar, claramente tan apresurada como yo por sacarse esta interacción de encima.

—Me manchaste las zapatillas con vómito —suelta apenas quedamos fuera del rango de oído de Uma.

Cuando miro sus *spikes*, noto que les ha echado agua en el lateral pero que la mancha se ha negado a irse. Me obligo a contener una sonrisa. Algo bueno tenía que salir de todo esto.

—Tu preocupación por mi salud me *conmueve*.

—No tengo por qué preocuparme. Tú, por otro lado... Si ese va a ser tu desempeño el resto del año... me replantearía la próxima competencia. Tal vez necesites descansar.

—¿Acaso ya estás buscando que me retire? Deberías tenerte un poco más de fe, Gemma.

—No necesito fe. La fe es ciega y yo tengo todas las pruebas de que teniéndote o no en la cancha, siempre gano.

—Excepto cuando pierdes.

—No creo recordar que eso haya sucedido.

—Mala memoria. Déjame ayudarte: en el último mes has salido segunda en dos competencias interuniversitarias, en las cuales, ¡oh, qué casualidad!, yo salí ganadora.

Gemma no tiene qué responder a eso.

—Suerte de principiante.

—Entreno desde que tengo seis años, no veo qué es lo que puedo tener de principiante.

—El deporte universitario no es lo mismo que en la secundaria.

Solo para molestarla, digo:

—No, por lo que veo, es muchísimo más fácil.

Gemma intenta disimularlo, pero arde y yo lo sé perfectamente. Es un año mayor que yo, por lo que ambas formamos parte de la categoría Sub-20. La información que he recolectado de ella hasta el momento es poca, pero suficiente como para que sepa exactamente con el tipo de persona que estoy tratando. Educada en casa, Gemma, terminó la escuela antes que cualquier persona que haya conocido y, mientras yo recién arranco mis estudios, ella está terminando. Se siente como si estuviera mil pasos adelantada a mí, tanto en la pista como fuera de ella. Tiene una devoción por lo que quiere que la vuelve un peligro. Y por un lado respeto esa hambre de victoria que tiene, que la lleva a ser competitiva a un nivel completamente desagradable, pero, por otro lado, la detesto, porque me hace la vida imposible con cada uno de sus comentarios. También está su incapacidad para perder y las excusas que pone cada vez que lo hace, generando que la odie el doble. Especialmente porque no desperdicia oportunidad para dejarme mal parada y marcar su supuesta superioridad.

Al principio intentaba ignorarla. Con el tiempo, me di cuenta de que esa técnica no iba a funcionar con ella, por lo que empecé a responderle absolutamente todo.

—Tranquila, Grimaldi —dice con una sonrisa mientras chocamos con las gradas—. Que todavía no ganaste las estatales.

—Y que yo sepa, tú tampoco.

El comentario suena dulce, pero es venenoso en mis labios.

Gemma quedó segunda el año pasado en las estatales, quedando descalificada de las nacionales. Solo pasa la primera chica de cada región; el atletismo no da segundas oportunidades ni oportunidades a las segundas. Solo alcanza con ser la mejor de todas. Este año, Gemma parece estar decidida a recuperar su oportunidad de clasificar a nacionales, y yo soy su único inconveniente para conseguirlo. No voy a mentir: la satisfacción que eso me genera es gran parte de la motivación que me levanta de la cama por las mañanas. Competir con tu mayor rival en todos los entrenamientos implica una dosis extra de serotonina que no todos tienen en sus vidas.

Pero también implica ser perfectamente consciente de que Gemma, por mucho que deteste admitirlo, es tan buena como yo y, por lo tanto, también mi gran amenaza para clasificar a nacionales, donde puedes ganar y ser parte del equipo nacional; ser un atleta de verdad. Que te paguen por hacer el deporte que amas, por representar a tu país alrededor del mundo, por entrenar todos los días para demostrar que puedes ser el mejor.

La adrenalina me comprime el pecho de solo pensarlo.

Cameron aparece, imposibilitando la respuesta de Gemma.

Ella le sonríe automáticamente.

—¡Hola, Cam! —chilla.

Quiero volver a vomitar.

Cam no se percata de la bilis que me sube por la garganta. Le devuelve el saludo con otra sonrisa.

—Buenas.

Antes de que esto pueda alargarse como suele suceder, interrumpo.

—¿Nos vamos?

Cam voltea a verme preocupado, pero Gemma no aparta la mirada de él. Lo único que a Gemma Waters le gusta de mí es mi amigo. Y si tengo algo que decir al respecto, es que le gusta un poco demasiado y un poco muy obviamente. No es que por eso él lo note. Cam es así: podrías ponerle a cualquier chica en frente y aun así solo tendría ojos para una.

—¿Te sientes mejor?

Asiento sin dudarlo, aunque no sea del todo cierto. Aún tengo un nudo en la base de la garganta, pero si no le digo que sí, enseguida le dirá a Paul que me siento mal y Paul se lo dirá a mi padre y mi padre se enojará conmigo y entraremos a la misma estúpida discusión de siempre.

—Leo, deberías entrenar menos y enfocarte en tus estudios.

—No.

—Estás desperdiciando una oportunidad.

—Estoy aprovechando otra oportunidad.

—Eres muy joven para entenderlo, pero el deporte no es el mundo entero.

—Lo es para mí.

—Deberías entrenar menos.

—No.

Y así hasta el fin de los tiempos. Es más fácil de esta forma. Ellos no se enteran, por lo que no se quejan y entonces pierdo menos tiempo con las mismas conversaciones que tengo hace diez años. Papá hace mucho dejó de ser del tipo *llevo a mi hija a su práctica e hincho por ella.* En el momento en el que el deporte empezó a interponerse con mis estudios y mi futuro académico, las tensiones surgieron y su apoyo se vino abajo. El orgullo que alguna vez le dieron mis medallas se tornó en decepción.

Es un poco lo que pasa cuando eres su gran oportunidad de ver su apellido en un título. Papá siempre se arrepintió de no haber estudiado una carrera. Aunque de haberlo querido hacer, no hubiera podido. No existía forma de pagarlo para su familia. Ah, pero yo, yo que tengo esta gran oportunidad, elijo desperdiciarla *jugando a las carreritas.*

La carcajada que suelta Gemma me devuelve a la pista.

Cameron se ríe con ella y pocas veces quise pegarle tanto como ahora.

Lo tomo del brazo y tiro de él, sacándolo de la conversación. Él se interrumpe a media oración y cae en paso a mi lado, dedicando medio segundo a despedir a Gemma por sobre su hombro antes de irnos.

—Sabes que no eres tan gracioso como para hacerla reír tanto, ¿no? —reclamo, en cuanto estamos fuera del alcance de los oídos de la *pitufizorra.*

—La evidencia sugiere lo contrario.

—La evidencia sugiere que quiere darte como cajón que no cierra.

Él estalla en risas como si fuera un chiste. A mí no me afloja ni de cerca el mal humor.

—No seas amarga.

—Ella es la leche cortada. Parece muy buena hasta que te acercas un poco de más y te das cuenta de que huele a mierda.

—Creo que estás exagerando...

—Cuando tú seas su competencia para ganar nacionales, háblame de exagerar.

—Justo estaba pensando en anotarme en el equipo.

—Ja, ja, gracioso.

Él se ríe.

—No puede ser tan mala. Tal vez *tú* eres la que le compite un poco de más. Siempre te ha tratado de lo mejor.

—En frente de ti, claro, porque en su mente eres un cajón que no cierra.

—Esta conversación empieza a incomodarme.

—Pues a mí me incomoda verlos tirándose los perros como dos sarnosos.

—¿Alguien te meó el desayuno hoy?

Inhalo y exhalo. Mis hombros caen.

—*Ugh*, lo sé, lo siento. Día de mierda. No vale desquitarme contigo.

Cam pasa su brazo sobre mis hombros. Me da un beso en la cabeza y cuando se separa, da un saltito para acomodarse mi bolso al hombro. No sé en qué momento se hizo cargo de llevarlo, pero no pienso negarme.

—¿Quieres contarme?

Pienso en Huang y sus quejas, los susurros de mis compañeros cortándome la piel, las miradas soberbias de Ashford, la decepción de Sandy, la monografía para la cual aún no tengo un solo tema en mente, el sueño que tengo, y el sueño que tengo, y el entrenamiento que acabo de tener, y *el sueño que tengo y pesa como plomo en la punta de mis dedos con cada paso que doy*.

Cameron lo entendería. O al menos, de no hacerlo, me escucharía. Pero no quiero perder tiempo hablando de cuestiones sin solución, por lo que evito la pregunta y paso a otro tema antes de siquiera darme cuenta de la decisión que estoy tomando.

—Las chicas no dejan de mandarme mensajes —confieso.

—¿Del colegio?

Asiento un poco avergonzada, no es la primera vez que hablamos de esto.

—Sé que no están enojadas, pero saben que las estoy... bueno, eso.

—Ignorando.

—¡Ey, no! Suena horrible si lo dices así.

—No les das señales de vida desde que empezó el semestre. Eso se llama ignorar.

—Les estoy dando un respiro.

Siento su cuerpo sacudirse contra el mío cuando se ríe por lo bajo.

—¿A ellas o a ti?

Para eso no tengo respuesta.

Doblamos y salimos del sector de canchas deportivas, ingresando a los dormitorios de alumnos. Agradezco estar a solo diez minutos de caminata de la pista porque con cada metro que avanzo, más se quejan mis músculos de la elongación que me salteé al final del entrenamiento.

La realidad es que no creo que ellas necesiten mis quejas ahora mismo, porque si uno lo ve desde afuera, está más que claro que estoy cumpliendo mi sueño, ¿no? Voy a la universidad que mi padre siempre quiso que fuera, a estudiar una carrera de verdad, con una beca del cincuenta por ciento y que como si fuera poco, me permite ser parte de uno de los mejores equipos de atletismo interuniversitarios del país.

Si les dijera que me está costando, que este primer mes de clases ha sido una tortura y que no tengo amigos salvo por Cam (que no cuenta porque está obligado a ser amigo mío por ser el mejor amigo de mi hermano, y porque crecimos juntos), me dirían que la solución es dejar de entrenar.

Y por eso *yo* necesito un respiro.

No creen en mí. Y sé que no lo hacen con malas intenciones, sé que es porque vivir del deporte es uno de esos muchos sueños que la gente manifiesta y nunca llega a ver más que... en sueños. No entienden que yo creo que de verdad puedo hacerlo, que soy *buena*. Soy buena con mayúsculas, buena al nivel de tener una oportunidad. Pero ahí es cuando gente como ellas o mi padre insisten en que no tiene sentido, en que la carrera de un deportista es corta y muchas veces no llega a ningún lado, en que, si estudio una carrera de verdad y me dedico a ella, todo será más fácil.

Solo que yo nunca pedí un camino fácil.

El camino que pienso forjarme implica sudar y llorar mucho (en el sentido literal), y estoy dispuesta a hacer lo necesario para cruzar la línea de llegada.

Así que Cameron se queda con la duda.

No hablamos el resto del camino, pero no saca su brazo de mi alrededor. A su forma, sabe que lo necesito. Sabe que lo aprecio.

Me deja en mi dormitorio y se despide, prometiendo buscarme del entrenamiento de mañana, como siempre.

Cuando cierro la puerta, miro la pila de cuadernos con notas que debería pasar en limpio y lecturas que debería estar repasando. Medio segundo después me dejo caer rendida en la cama, prometiéndome cerrar los ojos solo veinte minutos antes de atender mis responsabilidades.

Cuando abro los ojos, el sol se derrama por mi habitación iluminando su caos.

Pestañeo una, dos, tres veces.

Bostezo.

Me estiro.

Solo entonces busco el celular y recuerdo que ayer lo apagué y lo dejé en mi bolso.

El sueño se disipa lentamente en lo que mis neuronas se van conectando. Chisporrotean lentas pero decididas a lograr hacer las conexiones que deben hacer.

Me lleva un total de dos minutos completos mirar el reloj en mi mesita de noche y comprender que he dormido de maravilla porque son las once de la mañana y, en efecto, estoy más tarde que nunca a clases.

Y sé, en el momento en que tomo la decisión, que voy a arrepentirme de hacerlo, que es una conducta autodestructiva que elijo porque es mucho más fácil que enfrentar el mundo y a toda la gente que hay en él. Aun así, vuelvo a taparme hasta la barbilla y me pierdo una vez más en el sueño.

Ignoro la picazón en los ojos y el aguijón venenoso que se clava en mi esternón.

Lo ignoro todo y me pierdo en el susurro de mis sábanas.

Me hundo en la oscuridad.

CAPÍTULO 3

Hay un pájaro cantando en mi ventana.

Es más afinado de lo que yo nunca podría llegar a ser.

Si yo fuera un pájaro, no me pararía en la ventana de nadie. Tendría mi propio nido en el árbol más alto y más alejado de todo y solo lo usaría para dormir. Si fuera un pájaro, estaría volando todos los días tan lejos, tan alto y tan rápido que los halcones huirían de mí.

Sin embargo, no soy pájaro.

Soy una estúpida que no puede correr lo suficientemente rápido, por irónico que suene.

Termino de ponerme la zapatilla con una patada demasiado brusca, me tiro la mochila al hombro mientras abro la puerta y la cierro de una patada. Camino a toda velocidad por los pasillos de la residencia.

Quisiera ser pájaro, pero soy humana y volví a equivocarme, otra vez.

Llevo el celular presionado a la oreja.

—Bueno, bueno, a cualquiera le puede pasar. Va a comprender —sostiene Cameron, del otro lado de la línea. Me tiene en altavoz y escucho de fondo a sus madres. Se escuchan utensilios de cocina chocando, pasos y susurros a medias. Parece que están cocinando pastas.

—No va a *comprender* nada. —Espero que pueda oír las muchas comillas que le puse a "comprender"—. Me odia. No, no —me corrijo—, odia a todo el mundo y se cree totalmente superior a todos nosotros porque es *tan* inteligente. Seguro quiere fundar una multinacional inmensa y contratarme como secretaria solo para hacer un punto.

El silencio que me responde del otro lado de la línea dura un total de tres segundos, y cuando Cameron habla, todavía no parece estar del todo seguro de tener permitido interrumpir.

—¿Y qué punto sería ese, exactamente?

—¡Que es mucho mejor que yo y lo único que puedo conseguir en la vida son sus sobras!

Cameron se ríe. Porque eso hace Cameron. Se ríe y sonríe, y sus risas se ríen risueñas a cada hora y a cada minuto del día.

—Creo que estás sobreanalizándolo todo un poco. Tal vez no es un tipo muy propenso a hacer amigos y listo.

—No necesito que sea mi amigo, necesito que sea mínimamente amable.

—Si quieres que sea amable, intenta ser amable primero... Y llegar a hora a las reuniones de trabajo que tienen tal vez ayudaría. Digo.

—¿Qué pasó con lo de "va a comprender"?

—Cambié de estrategia. Por lo que parece, estamos lidiando con un asesino serial.

—*Ugh.* Pues cambia otra vez de estrategia, necesito apoyo moral.

—A ti nada te viene bien.

—¡Cameron! ¡Ayuda a mamá a alcanzar el rallador! —La voz de Fabiola interrumpe.

—Déjalo divertirse, Fabiola. Puedo buscar la escalerita yo sola —responde Heidy.

—Que colabore, el vago ese. Todo el día con los mensajitos.

Sin poder retenerla, se me escapa una risotada.

—¿Estás hablando con Livvy? —le pregunto a Cam.

Sus madres claramente escuchan la pregunta porque se emocionan y empiezan a pedirle más detalles a Cameron, que no consigue silenciarlas. Puedo imaginármelo todo colorado, usando su pelo negro para taparse la cara disimuladamente. Era el tipo de reacción que Livvy generaba en él. A veces, pienso en la forma en la que Cameron la quiere y se me acalambran las ideas de envidia. Nunca he sido querida con sonrojos y sonrisitas, con mensajes constantes y llamadas que se extienden toda la noche.

—¡Bueno, basta, ahora voy a buscar el maldito rallador! —El grito fue distante, dirigido a sus madres, pero, aun así, pude escuchar la sonrisa en su voz. Vuelve a mí y se silencia el bochinche de fondo cuando saca el altavoz—. ¿Me cuentas cómo te va con el asesino más tarde?

—Solo si me dices si estabas hablando con Livvy.

—Ya sabes la respuesta.

—Suspiraría románticamente si tuviera aire en mis pulmones.

Se ríe.

—Chau, Leo.

Corta la llamada justo cuando llego a la biblioteca y empiezo a subir los escalones de dos en dos.

La biblioteca es un edificio antiguo y emblemático de la ciudad. Es realmente inmensa. Podría entrar una pequeña ciudad dentro de ella y solo pensar en ello me estresa el doble porque voy a tener que encontrar a Ashford entre sus miles de callejones y habitantes. Porque está *siempre* llena. Los turistas vienen a visitarla y se sacan fotos en la entrada con las columnas romanas, de diez metros que la flanquean. A mi alrededor marcha la gente como hormigas y luchan por atravesar el umbral de entrada, donde la colección de libros más grande de la ciudad los espera, con ejemplares especiales y una tienda de recuerdos los invita a vaciar sus bolsillos.

Piensa, piensa, piensa, piensa, piensa, piensa.

Exprimo mi cerebro en busca de algo que me indique por dónde podría empezar a buscar a Ashford.

No tengo su número de teléfono, porque es un arisco que seguramente quemaría su celular antes de agendar mi contacto, y tampoco quedamos en un lugar en específico. Simplemente en "la biblioteca", como si eso fuera suficiente.

Si yo fuera un narcisista que creo a todos inferiores a mí porque soy hermoso y talentoso y mi cerebro es mucho más rápido que el del resto del mundo, ¿dónde elegiría estar?

Camino por los pasillos atestados de adolescentes que posan para sus *feeds* de Instagram y de madres que obligan a sus hijos a sonreír frente a la cámara. Un grupo de estudiantes toma café y se ríe junto a la ventana y no hay nada que quiera más en el mundo que sentarme con ellos y sentirme, aunque sea por medio segundo, parte de algo. Porque mientras más camino entre esta multitud, más entiendo que no hay nadie más solo que yo. Soy la única que se mueve con agilidad entre el tumulto porque soy la única que no tiene que arrastrar a alguien más con ella, y saberlo me pincha un nervio sensible que no sabía que tenía.

Mi mal humor empeora, pero lo controlo mientras subo las escaleras, bastante segura de que estoy en lo correcto y Ashford va a estar en alguno de los pisos de uso único para estudiantes, donde los turistas no pueden estorbar su *increíble* existencia. Mi ascenso por la edificación es indirectamente proporcional al número de personas que hay por piso. Para cuando llego al tercero, hay muchísima menos gente que en el anterior.

Una señora con el uniforme de guardia de seguridad y la cara de aburrimiento más tétrica que he visto en mi vida, detiene mi carrera interponiendo su brazo en mi camino.

—¿Carnet de estudiante?

Revuelvo en mi mochila hasta dar con la billetera y después de una secuencia de movimientos torpes, lo saco y se lo muestro. Bien podría haberle mostrado una servilleta porque lo miró por arriba una fracción de una fracción de un milisegundo, antes de retirar su brazo y dejarme pasar. No sé quién le paga a esta gente para hacer su trabajo, pero es un terrible desperdicio de la tonelada de dinero que sale la cuota de esta universidad.

Reviso todo el tercer piso a velocidad récord, pero no doy con Ashford.

Me prohíbo dejar de buscar. Encaro las escaleras al cuarto piso, también cerrado solo para estudiantes, saltando los escalones más de tres en tres que de dos en dos. Estoy *sudada*. Y por mal que esté a nivel profesional, me alivia que el guardia que debería estar encargándose de pedir los carnets en este piso, ni siquiera levante la vista del celular cuando me ve pasar.

Paso por una sección de psicología, otra específicamente de psicología estudiantil y otras cuatro más. Empiezo a marearme. Siento que llevo una vida encerrada entre estos muros interminables repletos de lomos y más lomos de libros que nadie toca hace años. Siento su abandono, su silencio. No hay nadie aquí excepto por mí. Los alumnos no consultan esta enciclopedia infinita hace años y se ha convertido en una cáscara de lo que fue alguna vez. Me pregunto si lo siente, en sus cimientos, en los ladrillos, en la pintura, cuidada por la ausencia de un toque, que algo ha cambiado y ya no funciona como antes.

Aminoro mi paso.

Yo lo siento.

Tampoco funciono como antes.

Mi vida no fluye con la ligereza que solía hacerlo. Las esquinas son muy oscuras y parecen no tener salida, muchas veces tengo que quedarme mirándolas por varias horas, incluso días, antes de animarme a acercarme a su niebla porque me aterra que me trague y no poder salir. La gente tampoco se acerca a mí, de la misma forma en la que evitan estos pisos. ¿No podrán darles otros usos a todas estas salas de estudio que veo abandonadas? ¿De qué forma podrían volver a llenarlas? ¿De qué forma podría recuperarme a mí misma? ¿Cómo vuelvo a ser todo aquello que alguna vez estuve orgullosa de ser?

La chica que era un año atrás, jamás se hubiera intimidado por un idiota como Ashford, sin embargo, cuando abro la puerta a una de las últimas salas de estudio y lo veo sentado en un sillón individual, con los ojos cerrados y los auriculares puestos, mis pies se niegan a avanzar.

Mi cuerpo se ve sobrepasado por un alivio abrasador. Me afloja un poco las rodillas. Por primera vez me permito pensar en lo que hubiera sucedido si Ashford no hubiera estado y yo hubiera echado por la borda cualquier posibilidad de salvar este proyecto. Si se hubiera ido y hubiera tenido que enfrentarlo el lunes, hubiera tenido que besarle los pies y rogarle que se quede porque por mucho que odie admitirlo, en este momento necesito más a Ashford de lo que necesito a mi mamá.

Lo que no significa que él vaya a saberlo.

Me acerco lento, porque me da miedo despertarlo.

Lleva *jeans* que gritan *de marca* y tiene puesto un suéter que se ve más suave que mi mejor abrigo. Sus zapatos —por Dios, usa *zapatos*— están *lustrados.* Si este chico, este niño pijo, supiera que no puedo pagar la cuota de esta universidad, que estoy becada y que necesito sacar más de nueve en esta monografía para que no me revoquen la beca, creo que huiría despavorido. Tal vez tendría miedo de que la pobreza fuera como una especie de plaga y se le fuera a meter bajo la piel para siempre.

En la escuela crecí junto a mis compañeros. Para cuando supieron distinguir entre *con dinero* y *sin dinero,* ya éramos todos amigos, yo ya era la primera que elegían para su equipo en el quemado y nuestras madres se habían hecho amigas.

La añoranza gira en círculos dentro de mí hasta convertirse en un tornado.

Hace volar toda mi compostura, echa a perder todo mi autocontrol y por poco no cedo a la tentación de arrancarle los auriculares de un tirón a Ashford.

Solo la languidez de sus facciones me detiene.

Cuando duerme, Ashford tiene cara de... Tiene cara de tonto. No puedo evitar reírme. Si fuera mi amigo, ya mismo estaría sacándole una foto y convirtiéndola en un *sticker* de WhatsApp que reinaría sobre todas mis conversaciones por las próximas semanas. Tiene la boca medio abierta, una mano colgando floja y relajada en el apoyabrazos. Tiene un libro abierto recostado contra el pecho, sube y baja con su respiración.

Me agacho levemente y susurro su nombre, temiendo asustarlo.

—Ashford.

Nada.

—Ashford, despierta.

Ni se mueve.

Después del cuarto intento, empiezo a preguntarme si no estará muerto y en cómo justificaría haberlo encontrado en esta escena tan incriminadora: yo sola, en una biblioteca y con un chico muerto.

Le doy una palmada en el brazo.

—Ashford, por Dios, despiértate, vago inmundo.

Una segunda palmada en el hombro y a la tercera sacudo su mejilla.

Solo allí consigo un parpadeo soñoliento.

No parece estar ni cerca de registrar mi existencia, así que insisto con otro toque en su mejilla; esta vez más fuerte. Y un tercero, en el cual tengo que resistirme a darle una bofetada. Se supone que estoy haciendo un esfuerzo por compensar lo tarde que estoy. No puedo permitirme dejar una marca accidental en su cara.

Ashford abre los ojos y cuando consigue enfocarlos en mí, cualquier vestigio de sueño parece borrarse por completo.

—¿Sorpresa?

Mis manos de *jazz* y mi intento de sonrisa no hacen mella en su ceño fruncido ni en la acusación de su barbilla, que una vez más parece levantarse para aclarar que siempre voy a estar debajo de él. Lucho contra todo lo que me pide que le corrija la cara a cachetazos. No le vendría mal una lección de humildad, y todos sabemos que la vida no va a encargarse de dársela con la belleza de rostro que tiene.

—Llegué —aclaro, como si él no fuera a poder deducirlo solito.

Mira el reloj en su muñeca. No es un Rolex; es más discreto, menos "oh, mira qué rico que soy" y más "oh, soy rico, pero me olvido de ello cada tanto".

—Dos horas tarde.

Su voz es un peso muerto entre nosotros y tironea de partes de mi cuerpo que no deberían ni existir en este instante. Le sonrío como puedo.

—Claro, sí, sobre eso... no vas a *creer* lo que me pasó. Bueno, todavía no tengo una buena excusa, pero dame unos minutos. Estaba más preocupada por llegar que por lo que fuera a decirte cuando estuviera aquí.

Parece que mi sincericidio no le fue tan gracioso como pensé que sería, porque no se molesta en contestar. Simplemente empieza a recoger sus cosas con calma. Su rostro, ilegible, es más desesperante de lo que cualquier indicio de ira hubiera podido ser. Mantener interacciones, porque el término conversaciones le queda demasiado grande, con Ashford, es un poco como intentar arrancarle chistes a un cadáver.

No permito que Ashford termine de guardar el libro en su morral.

—Espera...

Tomo su muñeca.

Lo hago por instinto.

Tiene la piel caliente. Es lo único que llego a registrar antes de dejarlo ir bruscamente porque me clava una mirada que no *dice* nada, pero me atraviesa como una lanza. Se pone de pie con una gracia avasallante que me obliga a retroceder un paso. Hay tanto control y tensión en sus músculos, en cada uno de sus movimientos, que resulta innegable que se está guardando un montón de cosas por el bien de ser civilizados.

Y lo veo, veo cómo se cree *tan* superior a mí por estar controlando sus instintos de mandarme a la mierda.

Bueno, campeón, nadie va a darte un puto trofeo por mantenerte civilizado.

No tengo pruebas, pero tampoco dudas de que a ninguno de los dos nos faltan ganas de empezar a revolearnos enciclopedias. Sin embargo, necesito tanto que se quede, que devuelvo mi amor propio a su lugar a las piñas. Le pego en la cara hasta que retrocede a un rinconcito oscuro y llora porque no lo dejan salir a jugar.

El patio de juegos queda despejado para lo que yo llamo *denigración* o también *reconocer que la cagué.*

—Ashford. —Mencionar su nombre me permite conseguir su atención, apenas gira para mirarme—. Por favor. —Tengo que hacer una pausa porque se me revuelve el estómago—. Por favor, no te vayas.

Tomo la humillación que este momento me genera y la uso para acelerar el flujo de palabras que se me caen de los labios y armar la disculpa menos pensada de la historia.

—Sé que el tiempo vale oro y siento horrores haberte dejado plantado dos horas aquí. Te juro por Dios que me quedé toda la noche pensando en temas para la monografía y pensando en posibles formatos para la introducción para llegar hoy aquí y... —*Y demostrarte que no soy ninguna estúpida, y hacerte comer toda la mierda que piensas de mí, y borrarte esa indiferencia del rostro de una vez por todas*—. Y poder empezar este proyecto con el pie derecho. Me quedé dormida, sí, lo sé. Pero no volverá a pasar. Lo prometo. Si te quedas, te puedo demostrar que todo lo que acabo de decir es cierto y que no vas a arrepentirte. Eso y que, si te vas, probablemente terminemos sufriendo el doble este proyecto y obteniendo una nota de mierda. —*Que no puedo permitirme.*

Pasan solo unos segundos, pero para cuando obtengo lo que *creo* que es una respuesta, estoy segura de que me han salido canas. Probablemente es por eso que cuando Ashford se arrastra hacia la mesa redonda que hay a mi izquierda, deja caer su bolso y toma asiento en la cabecera, una sonrisa me traiciona.

—Gracias —digo, antes de poder siquiera pensarlo.

Enseguida me arrepiento, pero por la absoluta falta de reacción de mi compañero, que está enfrascado en el proceso de sacar su *laptop* y prenderla, parece que soy la única de los dos que me ha escuchado.

No vuelve a hablarme, pero me mira por sobre su hombro y cabecea hacia el asiento vacío a su lado. Internamente, sacudo mi puño en el aire y suelto gritos incoherentes de alegría. Por fuera, acato sus órdenes y me arrastro con calma hacia donde me espera.

Ashford 0 - Leo 1.

Al poco tiempo, me doy cuenta de que me he apresurado en cantar victoria, porque no tarda mucho en darse vuelta el contador.

CAPÍTULO 4

No sé si lo que me incomoda es que me esté mirando o que no parezca darse cuenta de que soy perfectamente capaz de verlo hacerlo.

Cada uno tiene en su *laptop* abierta un documento compartido y tipeamos en silencio. Tengo muchas dudas respecto a todo lo que está anotando y él debe tenerlas respecto a la información que yo voy agregando, pero ninguno de los dos amaga a preguntar. Llevamos tanto tiempo sumidos en esta cápsula que los pocos sonidos que nos rodean me hacen saltar en mi lugar: la respiración de Ashford, el mosquito que cada tanto se acerca a mi oreja, el *tap tap* de nuestros teclados, el deslizar de los dedos de Ashford sobre la pantalla táctil de su computadora.

Me ha sido imposible no notar que tiene manos que piden a gritos un descanso. Tiene callos anchos, pero pulcramente limados, uñas cortas al ras y varias cicatrices y músculos en lugares donde no sabía que había músculos.

Si supiera dibujar, copiaría sus manos hasta comprenderlas, hasta saberme todos sus ángulos. Le preguntaría de dónde viene cada una de sus marcas. Sin embargo, el hada madrina nunca me otorgó el don del arte y la presencia de Ashford me llena el estómago de ácido, recordándome que lo último que quiero es pasar más tiempo del necesario cerca de él.

Vuelve a soltarme una miradita que se extiende más que las anteriores. O al menos eso creo. Me acobardo cada vez que me planteo devolverle la mirada y preguntarle qué tengo en la cara que resulta tan interesante como para desconcentrarlo de nuestro trabajo, así que solo tengo *la sensación* de sus ojos sobre mí, reforzada por el cambio en el sonido de su respiración cuando lo hace. Lo escucho pensar, solo que no hablo su idioma.

Un escalofrío me sube por la espalda.

Antes de permitirme pensarlo, miro a Ashford, pero sus ojos están perfectamente ubicados en la pantalla y me pregunto si tal vez me he imaginado su peso en mi piel.

Al cabo de un rato, todo se repite: Ashford me está mirando, sé que lo está haciendo, demonios, pero cuando intento atraparlo con las manos en la masa, vuelve a la monografía tan rápidamente que no puedo acusarlo de nada.

Por la siguiente hora, bailamos este vals a las esquivadas. Saltamos alrededor del otro hasta encontrar los pasos indicados que nos permiten evitar cruzarnos y nunca dejarnos ir. No importa cuánto intente ignorarlo, siempre termino buscando sus ojos. No importa qué tan segura esté de que esta vez lo tengo, nada me confirma que no sea solo yo volviéndome loca.

Cuando la frustración me sobrepasa porque mis pupilas no pueden tolerar un segundo más sobre la pantalla, dejo escapar un suspiro sonoro y me despatarro en la silla. Mi cabeza cuelga sobre el respaldo.

—¿Qué estudias? —pregunto sin abrir los ojos. Sé que me está mirando, pero me he rendido y prefiero fingir no darme cuenta a seguir enredándome en este juego. Ashford no es el mejor conversador, pero necesito hacer tiempo antes de seguir con este maldito proyecto y no podría tolerar otro segundo de silencio ni aunque me pagaran un millón de dólares.

Bueno, por un millón de dólares, puede ser.

Le tenía tan poca fe a mi compañero, que me sorprendo cuando responde.

—Ingeniería.

—¿Cuál ingeniería?

—Sistemas.

—Ah, muchos numeritos.

—Códigos.

Se hace un breve silencio en el que intento conectar los puntos.

—¿Y qué haces en clase de Sand... de Harrison? —Estoy tan cansada que se me sobreponen las ideas en la lengua y me cuesta horrores elegir la palabra correcta—. No creo que sea muy relevante para tu currículo ir a clase de Historia Contemporánea I.

—Optativa.

—¿*Esto* fue tu optativa? —Yo había elegido Francés porque se rumoreaba que era la más fácil de todas y que no hacía falta hablar francés de verdad, solo saber las suficientes palabras aleatorias como para zafar en el oral. Era lógico que Ashford sería el tipo de niño ingeniero que disfruta de aprender.

Abro un ojo para pispear su reacción.

Su mirada está perdida en algún punto en la pared mientras se encoge de hombros. Tiene un codo sobre la mesa y la barbilla sobre la palma de la mano.

Esas manos.

Callo el pensamiento tan rápido como me lo permite el cerebro.

No sucede lo suficientemente rápido.

Cuanto más *miro* a Ashford, más cosas de él me atraen. Es un desperdicio que un zombi lleve un exterior tan hermoso. La mitad del tiempo, tiene cara de nada, como si le hubieran arrancado las emociones de raíz y lo único que consiguiera mover algo en su interior fuera recordarle al mundo lo superior que es a todos nosotros.

—Acabas de arruinar nuestra conversación más larga —comento, solo para ver si lo puedo pinchar un poco. Conseguir algún mínimo de expresión de su parte.

Y por poco me lo pierdo, pero lo veo tragar saliva, su nuez de Adán subiendo y bajando notoriamente, delineando el contorno de su garganta.

El calor se vuelve sofocante, pero elijo ahogarme en él porque creo que Ashford sabría exactamente lo que estoy pensando si ahora me incorporo y me saco el suéter que llevo puesto.

La piel de su cuello, las manos fuertes, la curva de sus labios, el ángulo de su mandíbula. Lo que sucedería si se acercara, si no fuera tan distante, tan odioso.

Me pongo de pie de golpe, la paranoia de que de repente mi cráneo sea de cristal y proyecte todo lo que pienso al mundo alimenta con adrenalina pura cada uno de mis movimientos.

Me estoy volviendo loca. No puedo tolerar un solo segundo más encerrada en este lugar.

—¿Sabes? Creo que ya tuvimos demasiado de esto por hoy. Mejor nos vamos. ¿Ok? Ok, sí, eso tiene sentido. Nos vemos el lunes en clase y seguimos. Buen trabajo el de hoy. Qué bien que te quedaste. Gracias por eso, de nuevo. En fin, adiós.

El último saludo sale de mis labios demasiado desesperado, pero no me detengo a pensar en nada de lo que dije: ya tengo el bolso al hombro, llevo la computadora abrazada, el cable del cargador enredado entre las manos y ya estoy saliendo del cuarto de estudio.

Sé que Ashford seguro ni se molestó en responderme, pero si lo hubiera hecho, sería demasiado tarde para que llegara a mis oídos.

Ashford 1 - Leo 1

Me dejo caer en la silla.

—Buenos días.

Dos graznidos salen de mi garganta. Me pica el cuerpo como si me hubiera puesto un suéter viejo y la lana oxidada me quisiera arrancar la piel.

Yo quiero arrancarme la piel.

Desde el sábado en la biblioteca, mi cuerpo se revela contra mí. Me traiciona mi mente, me apuñala por la espalda con pensamientos que envenenan. *La piel de su cuello, las manos fuertes, la curva de sus labios, el ángulo de su mandíbula.* Y la lista sigue, susurrante y por lo bajo; aparece en los momentos más inesperados. *El* piercing *en su nariz, la suavidad con la que pasa las páginas de los libros, los hombros anchos.*

Quiero salir de mí misma.

Ashford ni se molesta en mirarme antes de asentir. Reconoce mi existencia, pero no le da valor alguno. Y me molesta todavía más que se comporte así cuando estamos en el aula y Greta parece empeñada en hacerme saber con su mirada que de alguna forma yo tengo la culpa de que haya terminado haciendo sola la monografía.

—¿Arrancamos donde lo dejamos el otro día? —pregunto, intentando romper el hielo nuevamente.

Ashford señala su computadora, ya abierta en el documento compartido que tenemos.

—¿Qué es lo que resaltaste en rojo?

—Cambios.

Lo leo con más atención y siento mis mejillas teñirse del mismo color que el resaltado del texto.

—Ashford. —Consigo su mirada y me alivia poder gritarle mirándolo a los ojos—. Esas son todas las cosas que yo puse. —No responde y tengo que hacer un esfuerzo sobrehumano para mantener mi voz en un susurro y no perturbar la clase que Harrison empieza a dar—. ¿Me estás escuchando?

—Sí.

—¿Por qué quieres cambiar *todo* lo que puse?

Se piensa su respuesta y le doy algo de crédito por tener ese mínimo recaudo. Ahora mismo, las palabras equivocadas podrían hacerme explotar con demasiada facilidad.

—No tiene sentido.

Tal vez tuvo que habérselo pensado un poco mejor.

—Bueno, *genio*, yo tampoco entiendo ni mierda de lo que pusiste. Es un borrador. Tenemos que discutirlo después, antes de decidir qué se queda, qué se va y todo lo demás. No puedes simplemente *cambiarlo.*

—No he simpl... simplemente... —se interrumpe a sí mismo con un bufido irritado. Chasquea los dedos un par de veces con impaciencia y luego los devuelve al teclado de la *laptop*. Un instante después, todo lo que era rojo, deja de estarlo—. Listo —dice con frialdad.

Lo miro con los ojos entrecerrados. Es difícil contener el impulso de mandarlo bien a la mierda a él y su altanería.

¿Qué mierda le pasa?

Me ha dado la razón solo para no tener que hablarme. Qué clase de problema comunicativo tiene este idiota, que no puede juntar más de cuatro palabras para elaborar su punto. Seguro está acostumbrado a que le den la razón sin siquiera tener que compartir una opinión.

La clase sigue de largo sin más interacciones de por medio.

Esta vez no me dedica ni una mirada. El juego que jugamos en la biblioteca desaparece. Él no me busca, yo no intento encontrarlo. No existo salvo por las palabras que tipeo.

Y es mejor así. Es mucho mejor.

Cameron está sentado en la mesa del comedor de mi casa. Se está atragantando con galletas mientras hace cuentas en un cuadernito y pasa los resultados a la computadora.

He visto esta misma escena tantas veces, a lo largo de los años, que me arranca una sonrisa. Crecí con Cameron y mi hermano mayor dando vueltas por la casa, estudiando en esta misma mesa con ellos y devorando esas mismas galletitas con el mismo ímpetu. Algunas cosas nunca cambian.

Algunas.

Miro al asiento donde solía estar Paul y trato de que su ausencia no me moleste, pero no lo consigo.

Hoy le tocaba a él, sin embargo, me ha convencido de que tenía algo extremadamente importante que hacer y que no podía perdérselo por nada del mundo, por lo que he terminado aquí, cuidando de Tino, el más pequeño de mis hermanos; sentado al lado de Cam, mamarrachea una hoja emocionadamente.

—Yo creo —salta a decir Cam después de diez minutos sin más que música de fondo—, que tiene novia.

Lo miro un rato largo, esperando a que elabore, pero continúa con sus cuentas como si nada. Finalmente, Tino interviene, sacándome las palabras de la boca.

—¿Quién tiene novia?

—El asesino.

—No entiendo.

—Yo tampoco —me sumo.

Cameron deja su lápiz al lado del cuaderno y entrelaza los dedos antes de mirarme muy seriamente. Sus ojos celestes son un poco perturbadores cuando te mira tan serio, demasiado claros, casi translúcidos. Mi cuerpo se endereza en respuesta, atenta a lo que sea que vaya a elaborar.

—Lo que hablamos en el auto: el asesino. —Cameron parecía haber bautizado a Ashford como el asesino y no tenía intenciones de dejar ir el sobrenombre—. Creo que es así porque tiene novia y no quiere que te confundas.

—Bueno, eso sería estúpido.

—¿Por qué el asesino es estúpido? —Tino también dejó de dibujar y está metido de lleno en la conversación.

—Porque para no darle señales confusas a Leo y evitar que su novia celosa lo toxiquee, está marcando los límites de la relación —contesta Cam.

—¿Leo está en una relación con el asesino?

Interrumpo antes de que todo se termine de desvirtuar.

—No, no, no. Primero, no *estoy en una relación* con nadie. Sí tengo una relación estrictamente de compañerismo y odio con Ashford porque tenemos que hacer un proyecto juntos y no creo que tenga novia.

Cameron sonríe.

—¿Te molestaría que la tuviera?

—*Uhhhhh*...

—Tino, cállate —le espeto—. Y no, no me molestaría. Solo

digo que es el tipo más cerrado y solitario que he visto. Nunca lo vi interactuar con nadie.

—Tal vez su novia no va a la universidad.

—No comprendo cómo llegaste a todas estas conclusiones.

—Simple. Tú lo has dicho: no tiene motivos para ser un completo idiota... *Salvo que* tenga una novia y quiera marcar los límites contigo.

—Marcar límites no es lo mismo que comportarse como un completo orangután.

—¡Yo estoy dibujando un orangután! —Tino levanta emocionado su hoja y me muestra con orgullo el mamarracho violeta, verde y celeste que hizo.

Ojalá no se dedique al arte.

—Están hermosos los colores —elijo decir. Contento, Tino regresa a colorear y yo regreso a Cam, que me mira como si se me hubiera pasado por alto algo terriblemente obvio.

—Leo, es *hombre*. Claramente no sabe ni manejar sus propias emociones, mucho menos medir sus acciones para que sean coherentes.

—Cam, tú eres hombre.

—Sí, pero fui criado por lesbianas. Yo soy la excepción a la regla, uno en un millón.

—Livvy es muy afortunada.

—Livvy es mi amiga.

—Por ahora.

—Siempre va a ser mi amiga.

—Podría ser más.

—No quiero que sea más.

A eso, no respondo. No necesita que marque sus mentiras cuando ni él mismo se las cree. Se hace un instante de silencio incómodo por su parte y victorioso por el mío antes de que él ceda un poco.

—Livvy va a venir de intercambio a fin de año. Se va a quedar hasta terminar la carrera.

La noticia me toma por sorpresa.

Livvy, la mejor amiga de Cameron, se fue a vivir a Nueva York hace demasiados años y desde entonces no la hemos visto. Si bien muchos de los que solían ser sus amigos le han perdido el rastro, Cam nunca ha dejado de hablarle. Y yo sé que al principio realmente era solo su mejor amiga, pero hoy, con todas esas llamadas larguísimas que hacen y las sonrisas que le dirige al celular cuando le llegan mensajes de ella... sería una idiota si no viera todo lo que ha cambiado desde esos años de amistad.

Tino sigue ensimismado dibujando y tarareando la canción de fondo, por lo que me siento en libertad de hablar sin tener que preocuparme de que mi hermanito vaya a ir contando todo lo que escucha a mi madre.

—Es lindo querer a alguien así. No sé por qué no quieres aceptar que Livvy te gusta. Más que te gusta. La...

—Leonie.

Mi nombre completo se utiliza poco y nada. Cuando Cameron lo deja caer, seco y sin más, entre nosotros, me callo. Es frustrante, su negación ante el tema, ante la mínima idea de estar enamorado de alguien tan increíble como Livvy. Cada tanto hablo con ella y siempre parece estar feliz.

—Solo digo, a mí me gustaría enamorarme de esa forma. —Cameron frunce el ceño ante la palabra con *e*.

—¿Y qué te hace decirlo como una vieja que ya no le queda más que esperar a morirse sola?

Suelto una risita.

—No tan así, pero no creo que pueda *enamorarme* de la forma en la que lo hacen todos. Sería comprometer demasiado. Dedicarle todo ese tiempo a alguien, cuando podría estar entrenando o estudiando o... no lo sé. Ya tengo demasiadas responsabilidades y no creo que exista una persona que haga valer la pena el esfuerzo de inventar más tiempo para compartir con ella.

—Que no conozcas a esa persona todavía no significa que no exista, exagerada.

—Nadie querría estar siempre en segundo lugar... —Cameron me deja el espacio para elaborar, claramente perdido con mi comentario—. Digo que... no lo sé. Nunca voy a poner a alguien sobre el atletismo. Nunca voy a poner *nada* sobre el atletismo...

—Excepto el deseo de tus padres de que estudies una carrera "de verdad"...

—Claro, excepto eso. A lo que voy es a que no tiene propósito buscar a la persona indicada si solo puedo quererla a medias.

—No creo que tu forma de querer sea *a medias*, es solo tu forma de querer y no tiene nada que ver con querer mucho o poco a una persona. Tu prioridad es tu sueño y no serías tú sin eso. El día que alguien te quiera, va a quererte *por eso* tanto como por todo lo demás.

—¿Cameron?

—¿Sí?

—¿Te das cuenta de que esta es nuestra primera conversación seria en la vida?

—Somos muy buenos en esto de ser amigos.

Me acerca la palma de la mano a la cara y le choco los cinco.

Tino sale de su trance artístico, haciendo esos pucheros que hacen los niños pequeños sin darse cuenta.

—Estoy aburrido —sentencia.

Y si bien nada me gustaría más en este momento que decirle que podemos poner una peli, hacer pochoclos y reírnos hasta que Paul regrese, no es una opción.

—Bueno, llevemos ese aburrimiento al cuarto que ya es hora de dormir. Mañana hay clases y es tarde.

Tino empieza a discutir e intenta escapar, pero entre Cameron y yo conseguimos arrastrarlo a su cuarto, meterlo en la cama y eventualmente hacerlo dormir. Puede que haya habido sobornos con chocolate involucrados en el proceso, pero no me hago cargo de los daños que puedan ocasionar.

Estamos bajando las escaleras, decididos a volver al comedor y estudiar, cuando Cameron interrumpe mis pensamientos.

—Leo, creo que deberías hablar con tus padres.

—Le di una chocolatina para convencerlo de que se duerma, no me parece tan grave. La próxima vez lo hacemos comer más vegetales y está.

—No hablo de Tino, me refiero a la universidad.

Me pongo tensa y enseguida me arrepiento de haber apagado la música. Hace la tensión demasiado ruidosa, demasiado palpable.

—¿Qué pasa con la universidad?

—No te está haciendo bien.

—Solo tengo que acostumbrarme.

—No es eso. Estás pálida y tienes unas ojeras horribles...

—Gracias por la honestidad.

—Y eso no sería tan grave si no detestaras cada segundo que pasas en el campus. Te veo...

—Mira, Cam, es muy lindo de tu parte preocuparte, pero todo está bien. El asesino es el peor de mis problemas en este momento y ya voy a aprender a manejarlo.

—No creo que me estés tomando muy en serio...

—Ya tuvimos nuestra conversación seria, no sabía que pudiéramos tener dos por día. ¿Vamos a casa?

—¿Vas a aceptar que estás esquivando el tema?

Estoy cansada incluso para eso. Me pesan los ojos, los músculos amenazan con fallarme con cada paso.

Le arrojo las llaves del auto que están en la mesa y empiezo a guardar mis cosas en la mochila.

—Ten. Paul no debe tardar en llegar. Gracias por traerme, a todo esto. Que tengas auto es un cincuenta por ciento de los motivos por los que esta amistad me es útil.

Suspira, sabiendo que es momento de rendirse.

—De nada, no te iba a dejar hacer dos horas en colectivo. Es demasiado tiempo.

Lo que Cam quiere decir es: no te iba a dejar moverte en colectivo, y después caminar sola por esta zona para llegar a tu casa. Sé que él es consciente de que he vivido aquí toda mi vida y que sé cuidarme perfectamente, pero se me llena de miel la boca y su textura suave se desliza por mi garganta haciendo que me atragante con un montón de cosas que me siento incapaz de decir.

Sin pararme a pensarlo, me doy vuelta y envuelvo a Cameron con mis brazos. Él pasa los suyos alrededor de mis hombros y me atrae a él, como si supiera perfectamente que esta es mi única forma de demostrarle lo mucho que lo quiero.

Me pregunto si sabe que casi el único motivo por el que estoy sobreviviendo en este instante es porque lo tengo a mi lado para ayudarme a nadar.

CAPÍTULO 5

Tuve que prepararme mentalmente durante cuarenta minutos para este momento y aun así no me siento preparada. No creo que nunca vaya a volver a estar preparada para pasar entre cuatro y seis horas encerrada con Ashford en un cuartucho, respirando el mismo aire que él, una y otra vez.

El aire que sus pulmones dejan ir seguro va a meterse en los míos en algún punto y el concepto me perturba y me sonroja. Se siente íntimo, compartir una respiración. Y se siente incorrecto, compartirla con alguien que si pudiera me ahogaría con una almohada para nunca más padecer el terrible dolor que implica verme.

Hasta el momento he compartido dos clases y una sesión de estudio con Ashford y en cada una de ellas he sufrido. Me he enojado, me he abochornado y ahogado en el calor de su presencia, me he quedado impactada con su inteligencia y con su arrogancia, con su rostro y esos ojos que nunca parecen decir nada. Ni una vez he sonreído ni nos acercamos en lo más mínimo a una tregua, y empiezo a preguntarme si seré capaz de sobrellevar lo que queda del semestre.

Me siento como una hoja a la deriva.

El viento sopla y me lleva de un lado a otro. Me sacude y me abolla al golpearme contra los árboles. Cuanto más pasa el tiempo, más me reseco y las membranas que me conforman dejan atrás el verde, se vuelven amarillas y frágiles. Empiezo a tener miedo de quebrarme y, sin embargo, ¿qué sentido tiene gritar y pedir ayuda? Al fin y al cabo, no hay nada que pueda hacer para cambiar lo que me depara. Soy una hoja a la deriva.

Recuerdo las palabras de Cameron: *"no sería tan grave si no detestaras cada segundo que pasas en el campus. Te veo..."*.

Su oración había quedado incompleta y, si bien en el momento me pareció lo mejor, ahora no puedo evitar preguntarme cómo la habría terminado.

¿Cómo me ves, Cameron?

Porque yo también me veo.

Me veo levantarme de la cama con dolores de cabeza que me dan náuseas porque apenas duermo cinco horas por día, me veo caminar cada vez más lento porque mi cuerpo ahorra energías como puede, me veo comer desaforada porque la ansiedad me está comiendo desde dentro; se da un festín con mis intestinos. Me veo corriendo la carrera más larga de mi vida, pero en círculos constantes. Corro contra mí misma y estoy perdiendo. Me estoy perdiendo. No soy tan fuerte, ni tan rápida, ni tan inteligente. Siento la beca escurriéndose entre mis manos. Sé que apenas he comenzado la universidad y que tengo tiempo para adaptarme, tiempo para que todo esto mejore. Pero ¿cómo va a suceder? Para que algo cambie, tengo que empezar a hacer las cosas de manera diferente y yo ya estoy haciendo absolutamente todo lo que puedo para no desarmarme por completo. No puedo hacer nada más, pero tampoco puedo hacer nada menos porque no estoy dispuesta a sacrificar absolutamente nada. Esta es mi vida y si bien empieza a deshilacharse, todavía hay esperanza de devolverla a lo que fue una vez. Y yo... comienzo a atar las costuras del traje que es mi cuerpo apresuradamente, apenas se abren; pero no sé cuánto más va a aguantar. Está roto y cansado. Necesita empezar de nuevo, empezar mejor, pero el tiempo no es mi aliado y los hechos están escritos en piedra.

¿Cómo me ves, Cameron?

¿Triste, perdida, sola? Yo me veo tratando, buscando y encontrando. Solo que en el proceso fracaso, me caigo y se desdibujan los senderos; plantas salvajes crecen en medio del camino y me obligan a desviarme, me raspan cuando paso por su lado.

Tratando, buscando y encontrando.

Me lo repito mientras entro a la biblioteca y me abro camino hacia el cuarto de estudio donde vi a Ashford la última vez.

Tratando, buscando y encontrando.

Me niego a pensar en mí como triste, perdida y sola porque esas son cualidades inalterables, y yo... no quiero estancarme en ninguna de ellas.

Tratando, buscando y encontrando.

Verbos. Estoy en movimiento, estoy en acción y no voy a frenar porque si lo hago, pierdo la carrera: me alcanzan el miedo, las expectativas, las frustraciones, todos los monstruos que me siguen me morderán los talones. Yo puedo con esto. Todos pueden. Todos sobreviven a la universidad, ¿por qué yo no habría de hacerlo?

Mi corazón palpita demasiado lento, como si mi cuerpo también estuviera intentando recuperar energía a través de él, prohibiéndole sentir demasiado, dejando en claro que hoy debe comportarse.

Soy una hoja a la deriva.

Cuando llego a la puerta del cuartucho de estudio, me paro en seco.

Desde donde estoy, veo a Ashford.

La sorpresa despierta a mi corazón de un sobresalto; pero en lugar de latir como debería, se acelera y bombea al ritmo de la confusión.

Esta vez, en lugar de llegar dos horas tarde, he llegado media hora antes, con todas las intenciones de demostrar mi compromiso con lo que le prometí a Ashford. Sin embargo, él ya está aquí y parece haberse instalado hace un buen rato.

La imagen me golpea como un enorme *déjà vu*. Es casi una réplica exacta de cómo lo encontré en nuestro primer encuentro solo que, en lugar de dormido, esta vez Ashford está en el sillón, con los auriculares puestos, pasando las páginas de su libro —uno nuevo, con una portada totalmente diferente a la del último que lo vi leer— con paciencia infinita.

La imagen me enrolla con papel *film* los pulmones, me pone un tapón en la tráquea y prende fuego una tonelada de gasolina en mi centro de gravedad. Era la sensación que me invadía el cuerpo cuando quedaba fuera del podio en una competencia y veía a alguien más subir a recibir *mi* medalla, la sensación de que alguien me robó una idea y se llevó el crédito, la sensación de que felicitaran a alguno de mis hermanos por sus notas mientras que a mí me pedían que me esforzara un poco más.

Celos.

¿Es posible tenerle celos a un libro?

Ni siquiera quería que me mirara como miraba a esas páginas, podía guardarse esa mirada de adulación absoluta para cualquier otra chica, pero me gustaría que al menos una vez, por un solo segundo, me *viera.*

No necesitaba su amistad, no necesitaba nada de él. Pero el problema era que *nadie* me estaba dando *nada.* Ni un solo ser humano en todo el campus me hablaba, me miraba o al menos reconocía mi existencia. Parecía llevar puesta la capa de invisibilidad y Ashford tenía la particular habilidad de incrementar su poder: parada a su lado, ni yo misma podía verme.

Avanzo hacia él apenas consigo respirar, pero los ojos todavía me pican como si hubiera cortado cebolla.

—Hola.

Mi saludo lo saca de su ensimismamiento y cierra abruptamente su libro, tirándolo en la mochila como si mi interrupción hubiera arruinado su química con el maldito compilado de hojas.

—Parece que alguien no está de buen humor... —Aunque lo digo para mí misma, los hombros de Ashford se tensan haciéndome saber que ha escuchado perfectamente.

He visto a Ashford tan pocas veces que puedo contarlas con los dedos de una mano, pero cada una de ellas se extendió por tantas horas que he conseguido darme cuenta de que sus reacciones no voy a encontrarlas en su rostro, están en todo el resto de su cuerpo: en cómo chasquea cuando algo lo irrita, en la tensión de sus hombros y el rebote constante de su piecito contra el piso. Sé pocas de las palabras que hay escritas en el libro de *Qué pasa por la mente de Ashford*. Es un idioma difícil de manejar, pero esos tres gestos quedaron grabados en mi mente.

Como era de esperar, no se molesta en dirigirme la palabra: Ashford arrastra sus cosas hacia la mesa, se sienta en la cabecera y abre su *laptop*. Yo me siento a su lado y lo imito.

Los pelitos de mi nuca saltan, sintiendo el momento exacto en el que los ojos de Ashford pasan de mi cabeza a mis pies, como si recién después de su berrinche pudiera permitirse evaluarme. Recién ahora me da permiso de existir.

Giro, para encontrar su mirada y preguntarle cuál es su problema, pero en cuanto miro su rostro, sus ojos están clavados en la computadora y parece que me lo he imaginado por completo. Salvo porque sé que no es así.

Durante las tres horas que siguen, jugamos el mismo juego.

Por momentos, cuando los dos estamos demasiado concentrados como para dedicarnos nada excepto por gruñidos de irritación y preguntas secas sobre qué demonios está poniendo el otro en el *drive*, el juego entra en pausa.

Pronto terminaremos con la etapa de borrador, en la que simplemente ponemos todas las ideas que consideramos interesantes como disparadores para arrancar, y tendremos que revisarlo todo. No tengo idea de cómo podrá llegar a ser el sostener debates extensos y discusiones —porque claramente habrá discusion*es*, en plural— con Ashford. No sé si será capaz. Tal vez se limite a resaltar en rojo todo lo que no le gusta de lo que he puesto y se niegue a dar explicaciones. Suena a algo que haría.

Cuanto más pasa el tiempo, más nos metemos en el juego.

Conseguí atraparlo un par de veces con la vista en mí, pero en vez de seguir mi instinto —confrontarlo y preguntarle qué clase de moco tengo en la frente que *no puede* dejar de mirar—, en ambas ocasiones opté por fingir que no pasaba nada.

Tiene una mirada que te obliga a callar.

Por primera vez, veo el lado positivo de que me ignore casi constantemente. No hubiera podido decirle ni la mitad de las cosas que le he dicho hasta ahora si hubiera tenido que pronunciarlas mirándolo a los ojos.

La tensión sigue creciendo, trepa como una enredadera sobre mi piel y aprieta, aprieta, aprieta. Sus ramas me cortan la circulación, bajan la velocidad de todo lo que me rodea y me hacen olvidar cómo va el contador. No sé cómo sumar puntos aquí, en este silencio partido en dos únicamente por el tictac del reloj en el fondo de mi cabeza.

Justo sobre mi nuca escucho el agonizante retroceso de las agujas de un reloj.

Tic... tac... tic... tac...

No tengo ni idea de qué sucederá cuando me quede sin tiempo, ni cuánto falta exactamente para que eso suceda. Lo que sí sé es que hay algo viscoso que se revuelve dentro de mí y va a terminar por causar un desastre. Es solo cuestión de esperar hasta encontrar un detonante.

Las palabras que tengo frente a mí se desdibujan, se desarman y las letras se desparraman por la hoja. Pierdo sus significados en una sopa de letras. Intento unirlas, reformarlas de forma coherente, pero siguen cayéndose del margen de la página.

Y seguiría luchando por comprenderlas, pero he aprendido a elegir mis batallas, por lo que volteo a Ashford y le hago la primera pregunta directa de la jornada:

—¿Qué quisiste decir aquí? Párrafo... siete, cerca del final. No entiendo cómo nada de esto se vincula con el artículo que sugeriste que miremos.

Ashford saca una respuesta entre dientes.

—¿Qué? —pregunto, descolocada—. ¿Podrías intentar modular? O como mínimo mirarme cuando hablas, como para que me llegue algo de lo que balbuceas.

—Lo que quise decir es...

—¿Qué?

No sé por qué siento la necesidad de presionar, pero lo hago y ya con eso siento una inyección de satisfacción que me acaricia las venas.

Ashford voltea hacia mí, su cuerpo entero encarando el mío. Su rostro no indica absolutamente nada, pero su piecito inquieto duplica su velocidad de rebote.

—¿Me dejas terminar?

—Lo haría si dejaras de hablarme a uno por hora como si fuera una estúpida.

Tic, tic, tic, tic, tic, tictic, tictictictic.

—Disculpa si te trato como una estúpida cuando no puedes comprender el concepto más *básico* de la historia.

Con su mano apuntando al párrafo por el que acababa de preguntarle, Ashford cruzó la línea que hasta ahora habíamos tenido el recato de respetar.

Boom.

—Hasta aquí llego yo —exclamé poniéndome de pie—. Desde la primera vez que nos cruzamos me has tratado como la mierda. Pero, como una *verdadera mierda*. Ignorándome constantemente, respondiendo siempre mal y descartando todo lo que digo como si fuese inservible incluso antes de que salga de mi boca. Eres un engreído y no sé si crees que el dinero o qué carajo te da derecho a hablarle así a nadie, pero no pienso estar todo el puto semestre aguantando esto.

Es su turno de ponerse de pie.

Ashford estampa las manos contra la mesa, sobresaltándome.

—¿Yo soy el del trato de mierda? ¿Y qu... qué, qué hay de ti? *¿Eh*? —La bronca lo hace atragantarse con las palabras. Está *gritando* y yo quedo completamente en blanco porque su voz es una maravilla incluso cuando no quiero escuchar lo que está diciendo y porque no sabía que Ashford pudiera siquiera generar esta cantidad de sentimientos. Los veo escritos en las gesticulaciones de sus manos, que se sacuden erráticas a su alrededor, como si quisiera tomar lo primero que encuentre y tirármelo a la cara—. ¿Qué hay de ti que has decidido desde el primer momento exactamente lo que pensabas de mí y no has hecho más que ponerme etiqueta tras etiqueta sin conocerme ni un poco? —Se sigue trabando como si la ira tuviera más peso en sus palabras del que es capaz de controlar, las arrastra hacia el fondo de su garganta y él me las escupe con toda la fuerza de su cuerpo—. ¿Crees que tienes derecho a decirme *nada*? Eres otra niña bonita que como todas las niñas bonitas no puede ver ni medio centímetro más allá de su propia nariz. Bueno, tengo noticias para ti, Leo, el mundo sigue más allá de tu carita de Barbie deportiva. —Empieza a marearme la cantidad de veces que está utilizando la palabra *bonita,* y la forma en la que sus labios envolvieron mi nombre me deja completamente idiota.

Se hace silencio.

No puedo hacer más que mirarlo.

Mi cerebro tiene tres niveles de pensamiento en este momento:

1. Cuando me mira como si me viera, todo lo que ya era atractivo de Ashford, se multiplica hasta ocupar tanto espacio dentro de mí que amenaza con quebrar mis costillas una por una.

2. Ashford piensa que soy bonita.

3. Ninguno de los dos está equivocado.

El silencio que nos rodea se resquebraja con una carcajada.

Al principio creo que es de él, pero enseguida me percato de que es mi estómago el que se contrae y mi boca la que está abierta.

Con los ojos abiertos de par en par, me llevo una mano a la boca para evitar que se me escape otra, pero el método es todo menos efectivo, porque me río otra vez con más fuerza que antes. Si la bibliotecaria correspondiente a este piso hiciera su trabajo como debiera, ya habrían venido a callarnos porque estamos haciendo tanto ruido como para despertar al cadáver de mi tatarabuelo. Se me acalambran los abdominales de reírme y Ashford me mira como si acabara de perder la cabeza.

Debe ser la primera vez que no puedo discutirle la forma en que me mira.

—¿Qué mierda te pasa?

La honestidad de su confusión me tienta a doblarme en dos y reír aún más.

—Es que... —me interrumpo a mí misma—. Es que estamos enojados *literalmente* por lo mismo y tienes razón, y odio muchísimo pero muchísimo que tengas razón.

Es su turno de hacer silencio.

Su rostro aún inexpresivo me dedica un par de parpadeos antes de dejarse caer una vez más sobre la silla. Ashford se tapa la cara con la mano derecha mientras se masajea la sien en ambos lados de su rostro con el dedo índice y el pulgar. Solo cuando se aleja así de mí, me percato de lo cerca que estábamos y me recorre un escalofrío que corta mi ataque de risa con la efectividad de una guillotina cayendo sobre la suave piel de un cuello que no se lo espera.

Mi cabeza recibe un baldazo de agua fría e imito a mi compañero.

Cuando me siento, le hablo de verdad. Por primera vez, intento hablarle a Ashford y no al chico que he llegado a detestar solo por todo lo que me dije de él.

—Tienes... tienes algo de razón.

Él baja la mano y me mira por debajo de sus pestañas. Su cabeza cuelga entre sus hombros, como si el agotamiento les hubiera llegado a músculos que ni él sabía que necesitaba.

—Puede que tú también. —Acepta al cabo de un instante—. Algo de razón.

Alzo las cejas.

—¿Algo?

—Bastante.

—Estuviste siendo un maleducado, como mínimo.

—Y tú una egocéntrica.

—Y tú un simio con complejo de princesita.

Ante mi insulto se queda sin más que aportar.

Suspira y, como si eso fuera suficiente para enfriar su cerebro, vuelve a mirarme estando una vez más en completo control de sí. Me gustaría poder hacer lo mismo, pero sigo sintiéndome como un fósforo de esos que no se apagan hasta no quemarte la yema de los dedos.

—No voy a hacer esto otra vez. Estoy más que seguro de que ya me dijiste todo lo que pensabas.

—No creo que tú te hayas guardado nada tampoco —aclaro. Y luego inhalo y exhalo, sumándome al esfuerzo de Ashford por ser civilizados—. Perdón si fui egocéntrica. —No intento explicarle lo complicado que es existir para mí en este momento porque a él no le importa, pero también porque me niego a ser el tipo de persona que disfraza una excusa de disculpa—. A veces me permito creer que mis problemas son peores que los del resto.

—Me di cuenta.

—Bueno, bueno, estoy trabajando para llegar a una tregua aquí.

Ashford no sonríe, porque estoy segura de que, si lo hiciera, se le desgarraría la mitad de la cara, pero se deja caer sobre el respaldo de forma relajada y por primera vez creo que se está permitiendo bajar un poco la guardia conmigo.

El alivio me inunda como si se hubiera roto un dique dentro de mí. No me había dado cuenta de lo mucho que esta situación me estaba pesando, hasta ahora, que parece que estamos levantándola y tirándola a la basura.

—Perdona —dice Ashford al fin—. Te dejo terminar tu disculpa.

—Ah, no, no, eso es todo. Te toca.

—Yo no quiero jugar a este juego.

—Lo hubieras pensado antes de agarrar los dados.

—Buena metáfora.

—Te dije que no tenías que tratarme como estúpida. Cuando quieren funcionan —contesté dándome unos golpecitos en la cabeza.

Eso parece aflojarlo, por más que hubiera sido un chiste.

Un chiste.

El concepto de estar bromeando con Ashford, considerando que hace cinco minutos le hubiera tirado una silla a la cabeza sin remordimiento alguno, volvió a dejarme perpleja.

—No fue intencional —dice.

—Qué cosa.

—Hacerte sentir estúpida. Recién, que te dije... *eso... —Disculpa si te trato como una estúpida cuando no puedes comprender el concepto más básico de la historia—*. Estaba enojado y frustrado y me pasé. Nunca... nunca diría eso si lo hubiera pensado dos veces. No se lo diría a nadie.

Me tragué el chiste que tenía en la punta de la lengua, porque me pareció que por algún motivo para Ashford era importante que yo entendiera eso sobre él. Así que asentí, permitiéndome, con un poco de miedo, creer en esta versión del chico que nunca acepté ver.

—Está bien. Sin rencores.

—Sin rencores.

Y lo dijo mirándome a los ojos de una forma que se sintió como una disculpa más fuerte de lo que cualquier combinación de palabras hubiera sido. Así que le regalé una sonrisa que selló el trato, preguntándome qué clase de pacto acababa de firmar con el diablo.

CAPÍTULO 6

Los sábados de Monopoly en familia se habían desarmado un poco desde que arranqué la universidad. Muchas veces no podía ir. El viaje para visitarlos era demasiado largo en colectivo, por lo que pasaba a depender no solo de no estar tapada de tarea, sino de la disponibilidad de Cameron para llevarme en su auto. A mis padres no les molestaba. Me extrañaban y me lo decían constantemente, además de que les encantaba que fuera con Cam a casa, pero también estaban felices de verme ocupada con la carrera. Para ellos, que me tuviera que desvivir para llegar a la próxima clase solo era otro signo de que estaba haciendo las cosas bien. Yo les sonreía cuando me lo decían como si no quisiera morirme por cada noche perdida con ellos. Porque ellos me extrañaban, pero yo sentía que me habían amputado alguna extremidad invisible pero vital para mi existencia si no estaba mi familia a mi lado; sentía su ausencia, lo sentía palpitar en algún lugar distante, perdido.

Y sé que suena a capricho, sé que sangro negación, pero no me importa: quiero volver a casa. Quiero dormir en mi cuarto, sabiendo que cuando me levante, me esperará una heladera llena de *tuppers* con Post-it con los que mis hermanos reclaman propiedad de la comida. Quiero volver a tirarme a ver la tele con papá cuando estoy aburrida y quiero que mamá me hable de sus delirios constantes todos los días hasta agobiarme. Quiero saber que el abuelo duerme en el cuarto al lado del mío y que, si quiere un nuevo libro, me pida a mí que vaya a comprarlo porque soy la que está más cerca. Quiero volver a lo bueno y a lo malo. Al ruido incesante y a la falta de privacidad, a los domingos de limpieza que nos torturaban porque no podíamos irnos de la casa hasta que no estuviera impecablemente limpia.

Ahora, cada vez que me paro en la puerta de casa, me siento una extraña.

Yo no he limpiado esos pisos ni he dormido en mi cuarto ni he peleado por el control remoto en ese sillón por demasiado tiempo. Ya nada me pertenece.

Mi corazón se petrifica cada vez que abro la puerta, pero en el momento en el que mamá y el abuelo me abrazan, papá me da un beso y mis hermanos empiezan a molestarme, la distancia entre mi vida anterior y la de ahora se achica; deja de doler tanto.

Aún la siento en los detalles, pero ya no me agujerea el cuerpo, ya no intenta romperme ni busca hacerme llorar.

En efecto, esta vez abro la puerta y el abuelo, que está sentado en la mesa del *living* leyendo un libro, se pone de pie con una sonrisa y viene rengueando a darme un abrazo y un beso.

—¡Leonie! —Es la única persona en este mundo que me llama por mi nombre completo sin estar enojada—. ¡No sabíamos si vendrías! —me grita porque está medio sordo y me duelen los tímpanos, pero, aun así, tardo un segundo de más en dejarlo ir—. ¡Sasha, Javier, su hija está en casa! —En ese instante, Cameron, que se había ido a estacionar el auto, debe cruzar la puerta, porque la escucho cerrarse y el abuelo agrega rápidamente—: ¡Su hijo adoptivo también está aquí!

Él se ríe y reniego un poco, pero dejo ir al abuelo para que lo salude.

Cam es tan alto como yo, pero su pelo negro y siempre despeinado hace parecer que está por golpearse con las vigas del techo. Al lado del abuelo, parecemos gigantes. Pero para ser justos con él, es difícil parecer alto en comparación con dos personas que miden un metro ochenta. Al menos Cameron era delgado. Yo tenía los hombros anchos y las piernas pesadas de músculo, era más fuerte que cualquiera en esta casa y si bien en la pista era una ventaja, aquí dentro me hacía sentir un poco alienígena. Incluso Cam, con sus ojos pálidos, parecía ser más nieto de mi abuelo que yo misma.

Paul es el primero que aparece por las escaleras.

Lleva una musculosa deshilachada que deja a la vista los dos millones de tatuajes que se fusionan como un mural vivo en sus brazos. Ahora que pasa más tiempo entre cada visita que hago, mi hermano mayor siempre parece tener una adición nueva que mostrar cada vez que vengo. Esta vez, no tardo en darme cuenta de que se ha tatuado una mariposa enorme... en el cuello. El cuerpo del insecto pasa por su tráquea y sus alas se abren hacia los costados abrazando su cuello.

Me estremezco ante la mera idea de tolerar ese dolor, pero sé que él probablemente lo haya disfrutado. Mi hermano se ha vuelto un adicto a la aguja y... a cualquier tipo de actividad que le acelere el pulso hasta amenazar con matarlo. Tiene un *piercing* en la ceja, como seis más en las orejas, lo he visto pisar el acelerador de la moto hasta dejar las ruedas dibujadas en el pavimento y también intentar trucos tan complicados con el *skate* como para volver a casa con fracturas expuestas y tobillos rotos. Solo espero no tener que escuchar otra discusión entre él y mamá por ese tema. Desde que terminó con Shelly de forma definitiva, después de varios años remando por sostener la relación, mi hermano parece haberse olvidado de todas las cosas que alguna vez lo hicieron feliz y mamá está empeñada en recuperar la vieja versión de su hijo.

Cam y Paul intercambian uno de esos abrazos de *bros*, palmeándose la espalda con fuerza suficiente para que se escuchen los golpes en China, mientras el abuelo se me vuelve a acercar con una sonrisa.

—¿Cómo está Sandy? —me pregunta.

Yo pongo mi mejor sonrisa falsa para él porque si tuviera que decirle la verdad, arrancaría a llorar. Lo que pensamos sería una ventaja al ciento por ciento —tener como profesor a alguien que te quiere y te ha visto crecer—, ha terminado por ser la peor de las pesadillas. Aún no he llegado a hora ni a una de sus clases en todo el año, incluso me he dormido en una de las primeras, antes de que empezáramos con la monografía, que todavía no tenía a Ashford a mi lado todos los días para mantenerme despierta y en alerta.

—Tu amigo está dando unas clases para morirse.

—*Del aburrimiento* —acota Cameron.

—¿Nunca te dijeron que es de mala educación escuchar conversaciones ajenas?

Paul entra en modo compinche y se alía con Cam en mi contra.

—¿Qué pasa, Leo? ¿La universidad no está siendo el sueño que papá quería que vivieras?

Si Aaron Woods, el tercero en su trío del terror, estuviera aquí, de seguro se hubiera sumado a esto y la tortura sería suficiente para sacarme de quicio. Sin embargo, está viviendo en Londres y Cameron es lo suficientemente inteligente como para no seguirle *esa* broma en particular a mi hermano.

—¿Qué pasa, Paul? ¿Todavía no consigues una novia que te saque las ganas de ser una basura?

—¿Podrían al menos *una vez* no empezar a insultarse apenas llegan? —dice mamá apareciendo por el umbral que da a las escaleras.

Enseguida la busco para darle un abrazo. Me zambullo en su perfume. Siempre huele a casa: un poco a productos de limpieza y un poco al cuero de la silla de su escritorio.

—Era todo en chiste, ma —reniega Paul, pasando por su lado y revolviéndole el pelo.

Mamá me deja ir y le da un manotazo a Paul.

—¡Cuántas veces tengo que decirte que *dejes de hacer eso*! Dios mío, eres imposible.

Papá entra en escena con un Tino con el pelo aún húmedo de la ducha a upa.

El caos se extiende entre sonrisas, abrazos y pullas. Me lleno del aire que se respira aquí, que es palpable y suave, se desliza fácilmente entre mis pulmones. Y juro que incluso sin poder mantener ni dos minutos de paz con Paul, incluso con el abuelo que escucha todo a medias y sigue gritando incluso cuando nadie está hablando, no cambiaría esto por nada del mundo.

Al menos hasta que alguien pone en la mesa la caja del Monopoly y sale a la luz el lado competitivo que todos en esta familia llevan en la sangre.

—Tino, piénsalo *bien*. Esa propiedad vale mucho más de lo que te está ofreciendo a cambio. Si me la vendes a mí, te pago cuatro veces lo que la pagaste y no te cobro cuando caigas en mi Monopoly.

—Deja de usar la voz de niño conmigo. Si acepto el trato del abuelo, *yo* voy a hacer Monopoly y eso es mucho mejor que lo que me estás ofreciendo. A menos que... ofrezcas más.

Paul suelta una maldición.

—Era más divertido jugar contigo cuando no entendías el juego. No voy a darte mis propiedades rosas, fúndete solo.

El abuelo sonríe, sabiendo que ha ganado y le entrega la propiedad a Tino, que acepta y procede a comprar una casita y ponerla en su nuevo Monopoly azul. Mamá lo felicita, a pesar de que ella es la que está perdiendo por mucho. Nunca va a desaprovechar el momento de festejar los logros de su bebé.

Es el turno de Paul, que tira los dados y cae en el arca.

—Use esta tarjeta para...

Mi celular vibra sobre la mesa y me llega un mensaje de un número desconocido.

Número desconocido: ¿Mañana, 18:00?

Mi ceño se frunce.

Yo: Quién habla????

Número desconocido: Ian.

Su respuesta aclara exactamente ninguna de mis dudas. En el fondo, Paul negocia su tarjeta para salir de la cárcel con papá, que tiene una tendencia extraña a caer entre barras y perder turnos.

Yo: Perdona! Nos conocemos de algún torneo? No me acuerdo :/

—¡Leo! ¡Holaaaaaaa! ¡Leo, Leo, Leo! —El llamado de Tino me hace saltar. Bloqueo la pantalla del celular por instinto, como si tuviera que proteger al supuesto Ian de las inquisiciones de mi familia.

—Si tienes algo mejor que hacer, pierde el turno y acepta la derrota. —Se pavonea Paul que, a pesar de ser un quejoso, está ganando el juego.

—No seas llorón —le respondo sacándole los dados de la mano.

Tiro y avanzo tres lugares cayendo en uno de los tres ferrocarriles que están en posesión de papá. Él arroja los brazos al aire.

—¡Sí! Sí, sí, sí.

—Mierda —respondo entre dientes.

Él extiende la mano.

—Pague, señorita.

Saco tres billetes de cien y se los doy lo más vulgarmente que puedo. Donde antes había ordenados piloncitos de dinero de colores, ahora tenía un rejunte de billetes de bajo valor amontonados y un único billete de quinientos. Dentro de poco entraría en bancarrota si nadie caía en mi Monopoly.

No me molesto en escuchar los regodeos de papá. Vuelvo a tomar el celular.

Leo la respuesta del número desconocido, pero al principio no ato cabos.

Número desconocido: Ian Ashford.

Me lleva dos segundos enteros que me caiga la ficha y, cuando lo hace, una inhalación violenta me raspa la garganta. Me toma un segundo de más procesarlo, como si fuera algo totalmente fuera de lo común que el chico tuviera un nombre completo. No sé por qué no se me ocurrió antes, que *Ashford* no era un nombre muy normal, o que, en caso de serlo, el chico debería al menos tener un apellido. En mi mente, siempre había sido simplemente Ashford.

Ian Ashford.

—¿Ese no es el asesino?

La voz de Cameron sobre mi hombro me hace soltar un gritito y toda mi familia vuelve a mirarme, interrumpiendo por completo el juego.

—¿Todo bien, Leo? —pregunta mamá con una sonrisa que saca a la luz líneas de preocupación alrededor de sus ojos.

—Sí, sí, Cameron me asustó nomás.

—Lo que a ti te asusta es que te haya escrito el asesino —comenta Cam.

Tino abre su boca en una gran "O".

—¡El asesino tiene novia!

—¡Tino! —exclamo, dedicándole mi peor mirada de decepción. Esto me pasa por compartir confidencias frente a un niño de seis años.

—¿Quién es ese? —Paul se olvida de su faceta de ganador de Monopoly y entra en la conversación su faceta de hermano mayor interrogador que utilizará cualquier aspecto de mi vida para molestarme.

—Es...

—No tienes una idea... —canturrea Cameron.

—Bueno, bueno —el abuelo interrumpe y, como siempre que habla, se hace silencio—. Dejen a la chica tener algo de privacidad.

—No, no, papá, yo quiero saber exactamente qué clase de persona le escribe a mi hija, especialmente si lo apodan "el asesino". —Papá dibuja comillas en el aire—. Y más aún si tiene novia... que espero que no sea mi hija y nos estemos enterando así...

La cara de asco se me escapa.

—Ew, no. No es mi novio.

—¿Entonces por qué te estaría escribiendo un sábado por la noche? —insiste, alzando las cejas.

—Javier —el abuelo lo corta, pero me está mirando a mí con una sonrisa aliada—. La chica ni siquiera vive en esta casa ya, no tiene por qué reportarnos nada. Déjala vivir. Además, si no lo haces, el precio de esta tarjetita va a subir mucho más —agrega, sacudiendo en el aire una de sus propiedades.

—¡Ey, esa me la ibas a vender a mí! —exclama Paul.

Y con eso, mi padre vuelve al juego a regañadientes y el resto de mi familia lo sigue. Mamá dedicándome una sonrisa cómplice, el abuelo fingiendo que no pasó nada y mis hermanos otra vez perdidos por completo en la competencia.

Cameron sigue mirando sobre mi hombro. Normalmente no me molestaría, pero esta vez ha vuelto a ser el chiquilín mejor amigo de mi hermano que se alía con él antes que conmigo, por lo que le estampo la palma de mi mano en medio de la cara y lo empujo lejos.

—*Traidor* —murmuro, volviendo a mirar el celular.

Al hacerlo, entro en personaje. Vuelvo a ser Leo, compañera de Ashford —de *Ian* Ashford— y le respondo acordemente. O al menos todo lo acordemente que se puede. No estoy segura de cómo funciona tener una conversación por teléfono con este chico.

Desde nuestra tregua en la biblioteca, tuvimos dos clases más juntos y dos sesiones de estudio y... Y algo cambió. No puedo *apuntar* al cambio, porque objetivamente, Ashford sigue respondiendo a todo lo que digo con la menor cantidad de palabras posibles y seguimos limitándonos a hablar de la monografía casi siempre. Pero luego están las sutilezas: ahora me devuelve los saludos y no parece gruñir cada palabra. Noto que intenta usar más que monosílabos en las oraciones y que hace un esfuerzo por explicarme las cosas sin hacerme sentir estúpida. Las miradas siguen acompañando cada sesión de estudio y las he empezado a asociar con mi tiempo con Ashford. Sigue habiendo una tensión eléctrica en el hecho de no reconocer su existencia, pero también, gracias a la tregua, hay un nuevo eje en el juego que aún no comprendo del todo.

Ah, y ahora Ashford me acompaña a la residencia. No me deja en la puerta de mi habitación, pero ya no camino sola en medio de la noche por todo el campus para volver a casa y eso me deja... tranquila. En las caminatas mantenemos una distancia abismal entre nuestros cuerpos. El aire helado de la noche sopla como una tortura entre nosotros, pero el silencio que nos envuelve ya no se parece al rozar de dos témpanos de hielo, sino a la caricia de la seda contra la piel.

Me estremezco levemente y pienso bien lo que quiero decirle antes de abrir la notificación para responder.

Yo: Ajajajaj no sé cómo nunca supe tu nombre hasta ahora, lo siento! Sí, mañana en la biblioteca. Puede ser un poco más tarde?

En cuanto presiono enviar, se me anuda el estómago porque soy terriblemente consciente de que nunca en mi vida he puesto "ajajajaj" al inicio de un mensaje. Pero mandar un meme irónico no parecía una opción teniendo en cuenta con quién estoy hablando.

Ian: ¿A qué hora?

Yo: Tipo 19:30?

Ian: Ok. No vayas a llegar tarde.

Una oleada de vergüenza me sacudió los huesos y subió por mi cuerpo hasta enrojecer mi rostro. Todavía me quedaban resquicios de culpa por haberlo hecho esperar dos horas esa primera vez y encima haberlo convencido de quedarse a hacer el proyecto de todas formas.

Yo: Perdón de verdad por eso. Prometo ser extrapuntual esta vez.

Y entonces cae sobre mí la respuesta más inesperada posible. Es un poco como una muerte súbita, o un giro inesperado justo al final de la película. Y no hablo del tipo de giros en la trama que veías venir, pero finges que no es el caso porque es más divertido hacerte el sorprendido que aceptar que la película era en efecto una reverendísima porquería. No, no. Hablo de un giro de tal magnitud que me obliga a bloquear el celular porque simplemente no tengo respuesta.

Ian Ashford responde lo siguiente:

Ian: Estaba bromeando.

Mi cerebro queda completamente en blanco. Lo único que se me ocurre es que tal vez tuve que haber mandado el maldito meme.

CAPÍTULO 7

Al principio pensé que era mugre.

Cuando Ashford se sacó el suéter y vi el borrón negro de tinta en su antebrazo derecho, pensé que el muy sucio no se habría bañado antes de venir. Después de eso, mis ojos siguieron los músculos grabados por el deporte bajo la piel de sus brazos, la forma en la que se flexionaron mientras se deshacía de la prenda.

Y ahora no puedo dejar de pensar en el concepto de Ashford deshaciéndose de ese suéter. ¿Habrá más tinta en su pecho? ¿Será el resto de su cuerpo tan fuerte como sus brazos? ¿Su piel emanará un calor constante o su sangre es tan fría como su mirada?

Solo una de esas preguntas tiene respuesta, pues todavía recuerdo cómo lo frené, en plena desesperación porque no se fuera ese día que yo llegué demasiado tarde y él estaba demasiado harto. Lo tomé por la muñeca y ahora sé a ciencia cierta que bajo su piel hay llamas, que irradia un calor que consuela como un fogón en las noches perdidas bajo las estrellas de invierno.

Me remuevo en la silla y cruzo mis piernas.

Monografía, monografía, monografía, monografía. Concéntrate.

Vuelvo al documento abierto en mi computadora y avanzo con el trabajo.

Siempre pasa lo mismo: las primeras horas de estudio fluyen como una corriente de agua tranquila. Cuando empezamos a agotarnos y las ideas empiezan a trabarse, empieza el juego.

Se me está desgarrando la voluntad del esfuerzo que requiere ignorar la mirada de Ashford sobre mí, pero lo consigo. Al menos hasta que deja de mirarme y soy yo la que me encuentro con los ojos en él. No sé en qué momento he volteado o si lo he hecho de forma disimulada o no, no sé si él me nota contemplándolo de la forma en la que yo lo noto cuando él me evalúa a mí. Solo sé que lo que veo me llena la cabeza de signos de pregunta.

Ashford desliza los dedos sobre el cursor de la *laptop* con la mano derecha y tiene la cabeza apoyada en su mano izquierda, dejando su tatuaje completamente expuesto a mi curiosidad.

Es un mapamundi, hecho en dos círculos que encierran los dos lados del planeta. Se unen casi en la punta, haciendo que el mar fluya entre ellos. Las líneas son finas y los detalles pocos, tampoco hay sombreados ni límites entre países. Es únicamente un mundo arraigado al tono oscuro de su piel.

No deja de sorprenderme.

Cada vez que creo que empiezo a entenderlo, Ashford saca su pincel y garabatea el lienzo con más detalles que borronean y desdibujan todo lo que creía empezar a entender.

Su mensaje del otro día, esa estúpida broma, me tuvo pensando por horas en cómo se vería mandándolo. ¿Se habría reído o estaría igual de inexpresivo que siempre? ¿Se le habría escapado o estuvo pensando un buen rato antes de mandarlo? ¿Le molestó que le clavara el visto o ni siquiera se percató de ello?

Y el otro día, que me saludó y vio cómo observaba el libro que sostenía, me lo tendió para que lo viera mejor en lugar de esconderlo a toda velocidad. El libro, en efecto, estaba escrito en alemán.

—¿Hablas alemán? —pregunté, devolviéndole el libro.

Se encogió de hombros mientras lo guardaba.

—*Poco.*

—Estás leyendo un libro en alemán, me parece que eso es más que poco.

—Hablo mal. Leo bien.

La conversación murió ahí. Pero luego, esa fue *otra* sorpresa.

Nuestras conversaciones ya no morían con hostilidad. Era como si se fueran a dormir. Sabíamos que despertarían por cortos períodos de tiempo, que se abrirían camino entre nosotros y luego volverían a desaparecer.

Me quema la garganta de ganas de preguntarle a Ashford qué significa ese tatuaje, por qué lo eligió. No me parece el tipo de chico que fuera a marcarse la piel de por vida porque sí. Pero, de nuevo, ¿qué voy a saber yo? De todas formas, no pregunto nada. Quiero terminar la introducción, como dijimos que haríamos hoy, e irme a casa de una vez.

Nunca nos hemos quedado hasta tan tarde aquí.

La biblioteca tiene otra mística en la noche.

No sé qué hora es, pero el sol ya no ilumina el cielo. Por una ventana entra la luz de la luna y la lámpara de la mesa irradia una luz cálida que es apenas suficiente para no dejarnos en la penumbra absoluta. Nunca hay ruido aquí, porque los cuartos de estudio están preparados para que nada del mundo exterior consiga molestarte, pero hoy hemos elegido un cuarto de estudio diferente al de siempre. Está ubicado más atrás, en un recoveco entre estanterías que se pierde a la vista si no lo estás buscando. Es un espacio más pequeño que el que solemos ocupar: la mesa se tambalea un poco, las sillas son viejas y te hacen doler la espalda después de un rato sentado y en lugar de tener dos sillones individuales enfrentados, tiene un único sillón para tres personas y una mesita en la esquina. Se siente como una madriguera encantada. Podía imaginarme un millón de cuentos de hadas cobrando vida entre estas cuatro estanterías.

Ashford podría tranquilamente ser un príncipe y yo nunca había sido muy partidaria de ser princesa, porque nunca le tocaba nada interesante en las películas, así que me conformaría con ser hada madrina. *Bibidi babidi dú.*

Concéntrate. Estás delirando.

Me doy cuenta de que estoy cabeceando. Va siendo hora de cerrar la sesión, pero no quiero irme sin haber terminado la bendita introducción. Y tampoco quiero ser la primera en aflojar, cuando a Ashford se lo ve como nuevo. Sigo decidida a demostrar mi valor en este proyecto, y si eso implica seguirle el ritmo, es exactamente lo que voy a hacer.

Vuelvo a la monografía, seguimos trabajando en silencio, jugamos al juego.

Todo es perfectamente normal.

Al menos hasta que las luces se apagan de golpe y quedamos sumidos en la más completa oscuridad.

Se me acelera la respiración, el susto todavía ruge en mis oídos.

—¿Qué acaba de pasar?

—No sé —responde la oscuridad.

—¿Deberíamos salir a preguntar?

—Debe ser un corte de luz. Ya volverá.

—Esta biblioteca tiene el tamaño de un estadio de fútbol. Tiene que tener su propio generador.

—Es una biblioteca. —No hay ningún tipo particular de sarcasmo en su voz, pero sé perfectamente que está criticando mi razonamiento.

—¿Y? También es la atracción turística más grande de la zona.

Para eso, Ashford no tiene respuesta. Su computadora tiene el brillo tan bajo que, si bien veo el cuadrado luminoso en la mesa y este dibuja sombras en sus brazos y su torso, su rostro queda sepultado entre las sombras. Me recorre un escalofrío.

Ninguno de los dos se mueve.

No importa que estemos exactamente en el mismo lugar que estábamos quince segundos antes, ahora que la negrura de la noche se nos cayó encima, hay una tensión diferente. Algo se siente *mal.*

Entonces y solo entonces, se me ocurre mirar el relojito en la esquina de mi computadora.

Nueve y cuarenta y siete minutos de la noche.

Trago saliva.

—Eh... ¿Ashford? ¿A qué hora cierra este lugar?

Lo veo moverse de golpe hacia su computadora. Sus movimientos lentos, cargados de conciencia. Sabe exactamente lo que estoy pensando.

No suelta un suspiro, pero exhala y sé que la respuesta no va a gustarme.

—Nueve y media.

Mierda.

—Déjame a mí. —No responde—. Al menos intentemos juntos. Esto claramente no está funcionando. Si empujamos los dos, va a abrir.

Ashford está en completo control de sí, empujando una y otra vez la puerta, pero esta está negada a ceder. Yo, por otro lado, estoy empezando a comprender la claustrofobia de Paul. Mi hermano mayor es incapaz de subir a un ascensor o pasar más de veinte minutos en un espacio pequeño sin una ventana abierta. Toda la vida me he asegurado de molestarlo hasta el cansancio por ello, pero después de quince minutos aquí, empiezo a comprender la falta de aire, la sensación de que las paredes se cierran sobre ti, de que te engullen lentamente.

Parece que las puertas tienen cerraduras automáticas y eléctricas. Hay que tener una tarjeta y deslizarla por el sensor que está bajo el picaporte para que se abran. Sencillo. Salvo que no tengas tal tarjeta, y cierren la biblioteca, y la gente inútil del *staff* decida apagar todo sin chequear los cuartos de estudio en busca de dos estudiantes responsables que estaban demasiado metidos en su tarea como para percatarse de la hora.

Mi corazón bombea acelerado, pero la sangre se mueve lentamente por mis venas. Siento el mundo en cámara lenta. Me niego a aceptar que Ashford sea mi única compañía esta noche. Me niego a aceptar que lo único que veré durante las próximas ocho horas es el petróleo negro que se arremolina a nuestros pies. Ni siquiera podemos llamar a un rescate. No hay ni una ínfima barrita de señal aquí, y antes de irse debieron haber desconectado internet. Nuestro acceso al mundo exterior es inexistente.

Como si se diera cuenta de que necesito una pausa ya mismo o voy a vomitar hasta la comida de ayer, Ashford deja de forcejear contra la puerta. Con la palma de la mano abierta sobre la madera, deja caer su frente contra la puerta. El ruido seco del golpe se amortigua en la acústica perfecta del lugar, que se traga cada sonido o posible pedido de auxilio.

—No estamos tan mal —insisto, negándome a dejarme aplastar por la falta de oxígeno—. Solo tenemos que aguantar hasta mañana. Podemos aprovechar y seguir avanzando con la monografía.

Ashford ni siquiera me mira.

—¿Sin internet?

—Podemos usar libros, a la antigua.

—¿Sin luz?

—Tenemos celulares.

Saca su celular del bolsillo. Lo mira y luego me muestra. Su pantalla indica que tiene veinte por ciento de batería. La mía indica cinco. Esto me pasa por olvidarme de cargar el celular antes de irme a dormir. Me niego a pisotearme la moral.

—Al menos no estamos solos.

—Me... —Ashford traga saliva, pero no parece dispuesto a terminar la oración.

—¿Qué? —Necesito desesperadamente que diga algo. Lo que sea con tal de no seguir hablando sola en mi cabeza porque voy a terminar colgándome de una estantería—. ¿Qué ibas a decir?

Ashford se aferra a su silencio.

La ira me pega en la espalda como una ventisca de aire denso, húmedo y caliente. Se me mete en la piel en un instante y mis acciones se apoderan de mi cuerpo sin darle a mis pensamientos la opción de oponerse.

—*Perfecto* —digo entre dientes—. Gran momento para volver a ser un cascarrabias egocentrista. Por si no te diste cuenta, los dos estamos atrapados aquí, ¿ok? No puedes hacer un berrinche solo porque no te gusta. Porque, adivina adivinador, ¡yo tengo todavía menos ganas de estar aquí que tú! Voy a perderme el entrenamiento de mañana y mi entrenadora de seguro va a tener algo que decir al respecto y ni hablar de la *pitufizorra* que tiene algo para decir sobre absolutamente *todo* lo que hago.

Con la última palabra, me desarmo sobre el sillón, presionando las yemas de mis dedos contra mis ojos. Me concentro en mi respiración. Inhalo... exhalo... inhalo... exhalo... Justo como hago antes de una carrera. Necesito calmarme si quiero sacar lo mejor de esta situación. Necesito ver todo lo que puede salir bien y poner el foco en ello; evitar a toda costa la desmotivación de los escenarios terroríficos que mi mente construye. Inhalo... exhalo... inhalo...

—¿Vas a llorar?

—No, idiota. No podías ser más insensible, ¿no?

Con mi propia mano bloqueando la vista del resto de la habitación, no me doy cuenta de que se está acercando hasta que se deja caer en la otra punta del sillón. El terciopelo sisea cuando se acomoda. De reojo, lo veo sentado: las piernas estiradas frente a él, la espalda larga deslizándose por el respaldo y la cabeza reclinada hacia atrás. Es apenas una silueta de luz de luna, pero no necesito más que eso para saber que hay algo que se mueve dentro de él. Hay algo que no está diciendo y no me animo a preguntar, porque no quiero invocar al Ashford que vi el día de la pelea, no quiero escuchar las cosas que ese Ashford piensa de mí.

—Perdón, perdón. Sé que acabo de hacer un berrinche nefasto, pero es que te juro que el mundo está en mi contra. Nada me sale bien. Nada parece nunca estar... No lo sé, siempre estoy en el lugar equivocado en el momento equivocado.

—¿Me estás pidiendo perdón o estás poniendo ex... ex...?

Esta vez sí volteo a mirarlo, extrañada. Ashford tiene los ojos cerrados, pero no parece relajado en absoluto, parece... parece estar pasando el peor momento de su vida. Cuanto más se adaptan mis ojos a la oscuridad, más me doy cuenta de lo tenso que está. Todos los músculos de su brazo están en contracción. Es difícil concentrarse en lo que está sucediendo cuando mis ojos se niegan a despegarse de esa vista.

—¿Excusas? —ofrezco.

Él asiente.

—¿Vas a llorar? —pregunto, solo medio en broma.

Él tarda lo suficiente en responder como para que mi *medio en broma* se convierta en *nada en broma.*

—Eres una mierda para pedir perdón.

Tan rápido como me preocupé, me despreocupo. Siento los surcos en mi frente profundizarse.

—Y tú eres una mierda para comunicarte.

—Soy tartamudo.

Ruedo los ojos y devuelvo mi mirada al techo.

—Sí, sí, se nota.

—¿De veras?

—Claro, Ashford, porque siempre te trabas tanto al... al hablar de... pues...

Los segundos que se toma antes de empezar una oración.

Los constantes carraspeos.

Todas esas palabras que deja a medias. Todos esos monosílabos que creí desdeñosos. Todos esos silencios a mis preguntas.

La lentitud con la que me habla siempre, como si fuera una estúpida que no puede comprender castellano básico... o como si tuviera que meditar las palabras antes de dejarlas salir.

Su absoluta negación a decir más de dos oraciones juntas. Y la única vez que lo hizo... cuando discutimos... que se cortaba y se volvía a cortar y yo pensé que... pensé que nada más era el enojo. Que era el tipo de persona que no está acostumbrada a que le lleven la contra y que no sabía cómo contestar...

Con la lentitud de un caracol yendo en reversa, o de una Leo dándose cuenta de lo mucho, muchísimo, muchoso que acaba de cagarla, tengo que preguntar.

—¿Puede ser… que eso no lo hayas dicho de chistecito?

—Deberían darte un premio.

—¿Por idiota?

—Y por cómo siempre abres la bocota, hablas y luego te arrepientes y pides perdón solo para volverlo a hacer. Es un talento único.

—Ashford.

—¿Qué?

—Todavía no sé si era de chistecito.

—No, Leo, no era *de chistecito.* —Su sarcasmo es tan duro que envía un *shock* de electricidad de la punta de mis pies.

—Ah…

—Sí, *ah*…

El silencio se instala.

Vuelve a ser tenso. Podría cortarlo con una nube de lo tirante que se siente alrededor de mi pecho. Creo que Ashford también lo siente. Lo que no sé es si lo odia tanto como yo lo odio. Se parece al silencio que teníamos al principio, antes de nuestra pequeña tregua, antes de que no nos quedaran cosas que decir guardadas cada vez que nos veíamos. Y me sorprende un poco lo mucho que no quiero volver a esa forma de estar con él, me sorprende decir que *me gusta* la forma en la que hemos estado las veces anteriores que nos vimos. Sí, es un poco rara, sí, tiene mucho que pulir, pero… pero me gustaba. Me gusta.

—¿Por qué no me lo dijiste antes? —pregunto en un susurro.

—¿Cuando me mirabas mal solo por existir?

—Te miraba mal porque pensaba que me ignorabas y que te creías insufriblemente superior al resto. Ya hablamos de esto.

—No —dice—. Hablo del momento en el que Harrison nos puso a hacer la monografía juntos. —Me cuesta acostumbrarme a la cantidad de palabras que se está permitiendo decir. Se traba casi siempre al principio de la oración, pero continúa, a pesar de que se ve a kilómetros la vergüenza que le da cada tropezón—. Me miraste como si yo fuera la peor escoria del planeta.

—Eh, eh, eh, alto al caballo, vaquero.

—Nunca en tu vida vuelvas a usar esa frase.

En mis mejillas explotó el color carmín y mi vergüenza se mezcló con un inmenso agradecimiento a la oscuridad.

—No me digas qué hacer, primero. Segundo, yo *nunca* te miré así. Pero claramente no estaba contenta de que me hubieran emparejado contigo después de haberme tratado como la mierda el primer día de clases.

—¿El primer día de clases? —hace la pregunta genuinamente confundido.

Genuinamente confundido.

Si no estuviera sentada, me hubiera caído de culo. Es más, por un segundo tengo esa sensación de caída libre, que te deja convencida de que tu alma se ha quedado atrás porque el mundo a tu alrededor va demasiado rápido.

Por primera vez desde que lo conozco, soy perfectamente capaz de interpretar lo que le pasa por la cabeza a Ian Ashford. Nunca iba a saberlo por su rostro, que se mantiene neutral incluso ahora, que está siendo lo más abierto que lo he visto ser, tampoco iba a saberlo por los tics nerviosos que se le escapan por las manos. Todo lo que le pasa, todo lo que siente, todo lo que piensa, estuvo todo este tiempo escondido en su voz. Y cómo iba yo a pretender encontrarlo si él lo tenía todo encerrado en la bóveda de su pecho.

Me olvido de la indignación. Me olvido de la bronca.

Siento que acabo de ganar algún tipo de punto en el juego que hemos estado jugando. Se me infla el pecho de orgullo y me cuesta apagar todo lo que se acaba de activar en mí por algo tan sencillo como sentir que por primera vez comprendo algo de lo que es Ian Ashford.

—El primer día de clases —repito—, que me senté a tu lado y te hablé y tú me ignoraste deliberadamente. Tenías los auriculares puestos y ni siquiera te los sacaste. Fue... creo que fuiste la primera persona en mi vida que me hizo sentir completamente invisible.

Es su turno de buscar una respuesta.

—No... em... no me acuerdo de eso.

—No puedes acordarte de alguien que no ves —lo digo en tono de chiste, pero creo que él nota cómo en la última palabra se me corta un poco la voz. En otra situación, hubiera agregado algo más para disimularlo, pero no se me ocurre nada más para decir.

—El primer día fue complicado. Estaba distraído, completamente en mi mundo. Siempre me cuesta volver a la facultad.

—¿Volver?

—Estoy en mi anteúltimo año.

—O sea que tienes veintidós años. —Noto que asiente desde las sombras—. ¿Por qué? Me refiero a por qué te cuesta volver.

Se toma su tiempo para responder. Y quiero saber si es porque no tiene una respuesta a mi pregunta o porque está dándole forma a la respuesta. Tengo muchas preguntas más, pero me las guardo. Las anudo, las encadeno, les pongo un candado y las meto en una caja que meto en un cajón que se cierra con llave.

—Porque me da miedo dejar de ser invisible.

No puedes acordarte de alguien que no ves.

—¿No quieres que la gente se acuerde de ti?

—¿Que se acuerde de mí cómo? ¿Como el tartamudo o como el chico negro con dinero? ¿Como el que...? —Sacude la cabeza—. Ya entiendes. Para eso prefiero que me olviden.

—Yo me acordé de ti como el cretino que se creía mejor que yo por tener dinero.

—¿Ves? Si no te hubieras acordado de mí, nada de esto hubiera pasado.

—No creo que funcione así.

—Piénsalo, de no haberme recordado nunca hubiéramos entrado en esta pelea.

—Ashford, es físicamente imposible que me hubiera olvidado de ti. —Me arrepiento en cuanto lo digo, pero me arrepiento el doble cuando vuelve a mirarme y sus labios formulan la pregunta.

—¿Por qué?

Porque eres irreal. Porque antes de hablarte ya estaba nerviosa porque me parecías la persona más linda en la sala. Porque no eres guapo, como cualquier otro chico, eres bello de una forma que me hace tener vergüenza de mi cara incluso en mi mejor día. Porque hay partes de ti que ni siquiera son parte del estereotipo de belleza pero que de alguna forma consiguen hacerte aún más llamativo.

Se remueve mi estómago como si hubiera cobrado vida y quisiera salirse de mí. De un segundo a otro, todo mi cuerpo se revela contra la lógica y la coherencia. Me susurra que la solución es acercarme, mientras que lo que queda de mi conciencia me pide a gritos que corra en la otra dirección.

—Porque... no lo sé. Porque creo que todos merecemos ser recordados.

—Si todos en este mundo obtuvieran lo que merecen, las cosas serían mucho más simples.

Esta vez no me quedo sin palabras. Simplemente decido que es mejor callarme la puta boca. Porque si tuviera que decir algo, sería que no tiene razón. Que el motivo por el cual me levanto todos los días y me deslomo para ser la atleta que quiero ser y ser la hija que quiero ser es porque eso hace que *merezca* los resultados. Y por eso no puedo dejar que intente convencerme de que tiene razón en esto. Cada uno tiene exactamente lo que se merece.

Y me destruye que Ashford crea que ser olvidado es lo que le espera a él.

CAPÍTULO 8

Las caricias se están volviendo lentas cuando me remuevo, así que vuelvo a moverme, buscándolas entre sueños. El sillón se mueve debajo de mí.

Tal vez eso debería preocuparme.

No me preocupa.

Suspiro y busco volver a dormirme.

Huele a cuero, a limpio y a la tinta de un libro recién impreso. Y emana calor a pesar de que este lugar está helado. Por inercia, mi cuerpo busca evitar la muerte por congelación y se acerca suavemente al suyo.

Solo cuando la mano que me acariciaba se detiene, con los dedos justo bajo la curva de mi mandíbula, el pulgar enterrado en los pelitos detrás de mi oreja, me doy cuenta de que eso no es algo que un sillón debería hacer.

Un sillón no debería tener manos, no debería rozar un ronquido con cada respiración, no debería moverse ni sentirse tan sólido debajo de mí. Un mueble no debería ser tan difícil de dejar ir, pero mi cabeza reposa en un regazo y soy una garrapata, hecha una bolita a su lado, tan cerca como la física me lo permite.

Mi mente se tensa, pero mi cuerpo sigue completamente negado a ir al ritmo de mi cabeza. Está sumido en una calma suave como sábanas de seda que te abrazan después de un día eterno, cautivado por el peso de la mano de Ian Ashford sobre mí. Me sorprende que no sea una mano suave, sino que me raspa la piel con cada respiración.

A medida que me percato de todos los puntos en los que mi cuerpo entra en contacto con el de Ashford —mi hombro contra su cadera, mi mejilla contra su muslo, mi nuca contra su estómago, las yemas de mis dedos que rozan el lateral de su pierna porque tengo los brazos recogidos contra el pecho—, se me ponen de punta los pelitos de la nuca, mi corazón deja de latir y pasa a sacudirse errático como si lo hubieran electrocutado.

No sé cómo hice para dormirme y mucho menos para terminar recostada sobre Ashford. Habíamos estado hablando y luego... luego ya no más. Me lo puedo imaginar: Ashford respondiéndome solo para recibir un silencio a cambio. La ironía de la situación no se me escapa en absoluto y de hecho tengo que hacer un esfuerzo para no reírme porque la idea de despertarlo se parece a algo que podría ser un sueño o una pesadilla.

Hola, Ashford, ¿o debería llamarte almohada? Ja, ja, sí ya sé que debería ser comediante. Ah, ¿no te pareció gracioso? Claro, claro, mala mía, amigo.

No estaría siendo el mejor escenario.

Ashford vuelve a dejar ir uno de esos pequeños ronquidos y se me derrite un poquito el corazón. Ronca como un *bulldog* francés.

A mi alrededor, todo sigue oscuro y no parece haber pasado demasiado tiempo. Miraría mi celular, pero lo tengo en el bolsillo delantero del pantalón que estaría siendo completamente inaccesible en mi posición actual. Además, a estas alturas de seguro se haya quedado sin batería.

Cierro los ojos con la intención de encontrar las fuerzas para enfrentar la vergüenza inevitable que vendrá cuando me mueva y despierte a Ashford, pero alargo demasiado el momento. Se extiende ante mí un lienzo pintado por Morfeo y me pierdo en él. Antes de darme cuenta, mi respiración se ha regularizado y mi cerebro se llama al silencio.

Esta vez las caricias han vuelto.

Me he dado la vuelta por completo y mi nariz está enterrada en el abdomen de Ashford como si quisiera atravesarlo y revisarle los órganos. Su mano sigue en la curva de mi mandíbula, pero no cae muerta, si no que su pulgar dibuja círculos en mi mejilla.

Me derrito, pero sigo fingiendo estar dormida porque no sé cómo afrontar la situación sin que todo sea terriblemente incómodo.

Estoy tan descansada que me pregunto qué clase de somnífero tiene este sillón porque desde que empecé la facultad, no consigo saciarme incluso después de doce horas de sueño.

Cada tanto, Ashford suelta un suspiro.

Y yo pienso mucho.

Pienso en él y su confesión, en todas las palabras que se ha guardado conmigo, porque prefería fingir antes que decirme la verdad.

En la curiosidad, encuentro la fuerza para moverme. Envuelvo su muñeca entre mis manos y la aparto lentamente. Él inhala con tanta fuerza que temo que se le reviente un pulmón, pero no me detengo. Giro hasta quedar mirando el techo.

—¿Por qué no me lo dijiste antes? —disparo la pregunta antes de que ninguno de los dos pueda decir *nada* respecto a la situación en la que estamos. Nadie necesita esa incomodidad en su vida.

Estoy mirando el techo, pero siento el peso de la mirada de Ashford sobre mí. Sigo sujetando su muñeca, no sé por qué no puedo dejarla ir. La forma de sus huesos entre mis dedos es un recorrido que me tienta a explorar más, pero me mantengo firme.

—¿Qué?

—Que eres tartamudo. ¿Por qué no decirlo antes? ¿Por qué tomarte la molestia de ocultarlo todo este tiempo solo para...? —Se me olvidan las palabras por un instante cuando él baja la mano que aún tengo sujetada hasta mi estómago—. ¿Para decírmelo ahora? —Se encoge de hombros—. Eso no es una respuesta —insisto.

—No lo oculté...

—¿Me vas a decir que parte del motivo por el que eras *Mr. Monosílabos* no era porque estabas intentando que no me diera cuenta de tu tartamudeo? —En cualquier otra ocasión, hubiera pedido perdón por ser tan brutalmente honesta, pero aquí, acunados por la canción silenciosa de los miles de libros que nos rodean, no siento que deba arrepentirme de lo que he dicho. La oscuridad te invita a sincerarte, y Ashford parece entenderlo porque se rinde y esta vez me dice la verdad.

—Al principio... Al principio me ponía más nervioso hablarte. Y ya quedamos en que ninguno de los dos estaba siendo exactamente agradable, así que... quería evitar darte más herramientas para... Quise evitar algo que podría haber sido doloroso.

—¿Crees que lo hubiera usado...? —La incredulidad me previene de terminar la oración—. Ashford, jamás usaría algo así para molestarte, Dios. Soy un poco tosca, no una asesina serial de cachorritos *golden retriever*.

—Ahora lo sé.

—¿Antes pensabas que mataba perritos?

—Antes pensaba que eras una niña bonita de colegio privado que no dudaría en despedazarme.

Pensaba que eras una niña bonita.

Se me llena de brillantina rosa el estómago y tengo que hacer un esfuerzo que por poco me parte en dos para no ponerme a toser.

—¿Tan mala cara tengo?

—Me gustaría decirte que sí, pero mi psicóloga seguro diría que es mi propia predisposición a que las cosas salgan mal lo que hace que perciba a la gente como si... ya entiendes.

—No entiendo.

—Entendiste.

—Bueno, puede ser, pero quiero asegurarme de haber entendido bien. —Le sonrío, y algo me dice que él puede sentir el gesto a pesar de no verlo.

—Como si fuera una amenaza.

—¿O sea que esto te pasa seguido?

—En general no me quedo encerrado en bibliotecas un domingo por la noche, no.

—*Ashford.*

—¿Por qué insistes en tener conversaciones profundas?

—Porque nos quedan como setenta años hasta que abran este maldito lugar y tenemos que hacer algo para matar el tiempo.

—Siempre podemos volver a dormir.

Podemos volver a dormir.

La implicación de dormir juntos toma mis intestinos brillosos entre sus garras y los empuña como una espada contra mí.

—Eso no es divertido.

—No te escuché quejándote hace un rato.

—Y cómo vas a escucharme si roncas como un oso hibernando.

—Mentira.

—Lamento arruinarlo para ti: no eres perfecto. Roncas.

Unos ronquidos adorables que no molestan, sino que solo me alertaban de vez en cuando que no estaba completamente sola en esta oscuridad impenetrable. Pero él no tiene por qué saber eso.

Siento el subir y bajar decepcionado de su pecho.

—Vamos, cuéntame. ¿Te pasa seguido, lo de percibir a la gente como una amenaza?

—Sí, Leo. Eso es lo que pasa cuando eres tartamudo en primaria y te llenas de acné en la secundaria.

Ruedo los ojos. Las palabras salen de mi boca antes de pasar por mi cerebro.

—Seguro eras igual de hermoso que ahora.

Silencio.

Uno, dos, tres, cuatro...

Antes del quinto segundo de esta pesadilla, vuelvo a hablar.

—Hermoso en el sentido completamente objetivo de la palabra. No como que *yo* creo que seas hermoso. Tampoco eres feo. Eres normal. —*Normalmente deslumbrante*—. Ya sabes. Eso. Entendiste.

—Bueno, puede ser, pero quiero asegurarme de haber entendido bien —responde, imitando voz.

Mi boca se abre con indignación.

—Para empezar, yo no hablo así. Y segundo, ¿me explicas cómo es que los únicos chistes que sabes hacer son a costa mía?

—Eres una persona particularmente molestable.

—Sí, ya veo.

—¿Ashford?

—Sí, Leo.

—No deberías asumir que la gente va a ser una basura antes de conocerla.

—No sabía que estaba en terapia. —No respondo, solo porque quiero que sepa lo mucho que hablo en serio. Después de unos largos eternos instantes, cede—. Lo sé. *Lo sé.*

—Bien.

—Bien.

—¿Leo?

—Sí, Ashford.

—¿Qué es una *pitufizorra*?

Me estallo.

Me estallo y río tanto que me duele la panza. Una vez que creo que puedo respirar, de nuevo, me embarco en una profunda conversación sobre por qué una chica de pelo azul, enana y que es una zorra, puede ser categorizada como una *pitufizorra*. Le cuento sobre Gemma y sobre las incontables formas en las que no la tolero. Ashford escucha y pregunta en los momentos indicados. Me cuenta que hace remo y que hace unos años había un chico en otro equipo que le hacía la misma mierda.

Cuando ve que tengo frío se pone de pie y me presta su suéter. Pierdo el calor de su cuerpo, porque vuelve a sentarse lejos de mí, pero lo compensa porque esta tela es una nube de algodón de azúcar a mi alrededor. Me envuelve con más intensidad que nunca el olor a pergamino y tinta, y solo así me doy cuenta de que todo este tiempo, ese perfume adictivo ha sido Ashford y no esta habitación.

Nos volvemos a acercar cuando abro la compu y decido que la mejor manera de sobrevivir a la noche es jugando al dinosaurio de Google Chrome mientras charlamos. Ashford demuestra ser pésimo, lo que habla muy bien de su conexión al wifi en casa y muy mal de la mía.

La conversación sigue, se desvía, se deforma, se pierde y se vuelve a encontrar. Es como un árbol, nacido de una semilla débil que requiere el doble de cuidado que cualquier otra, pero que con el tiempo crece y sus ramas se vuelven fuertes, se retuercen unas sobre otras. En un momento lo miras y no sabes cómo en algo tan frágil ha existido la fuerza para convertirse en lo que ves ahora.

Hablamos toda la noche y Ashford me hace reír tantas veces, que para cuando quiero darme cuenta, no puedo parar.

CAPÍTULO 9

Hay una escena en *Shrek*, en la que Fiona canta una nota tan aguda que hace explotar un pajarito. Si mi corazón fuera un pajarito, Ashford dejándome en la puerta de mi dormitorio —no en la puerta de la residencia, sino en la puerta exacta del lugar en el que paso cada noche— casi sin darse cuenta, porque estábamos hablando y ni yo me percaté de dónde estábamos hasta que me vi obligada a abrir la puerta, hubiera sido mi Fiona cantando.

No podía dejar de pensar en ese saludo en la puerta.

—Supongo que aquí termina la noche.

—Son casi las nueve de la mañana, hace rato terminó la noche —respondí metiendo la llave en la cerradura y abriendo apenas la puerta. Lo último que quería era que Ashford viera el caos que era mi habitación antes de irse a su casa y que esa fuera la imagen final que se quedara del día de hoy.

—No fue tan mala noche.

Agradecí aun estar de espaldas a él, porque mi rostro se prendió fuego y mis facciones se desarmaron por completo. Me recompuse lo más rápido que pude y construí una sonrisa al tiempo que me daba vuelta. Todavía no me acostumbraba a la vibración de su voz, a pesar de haberla escuchado incontables veces. Me llamaba, como si quisiera que me acercara. Y por eso lo culpo a él, por la forma en la que mi cuerpo se movió —un paso hacia adelante, un latido traicionero del corazón y una inclinación leve—, depositando un beso en su mejilla.

—Nos vemos, Ashford.

Ashford dejó de moverse por completo durante un instante. Solo así me di cuenta de que había estado frotando su pulgar contra su índice, una variación del chasqueo.

—Bueno, sí, eso. Por el trabajo.

Su incomodidad se me contagió como una patada eléctrica, complementando el chisporroteo que aún sentía sobre la piel de mis labios, un resquicio de su cercanía.

—Sí, por el trabajo. Queda mucho que hacer.

Entonces Ashford me saludó. Sacudió la mano, estando a medio metro de mí y *me saludó* antes de dar media vuelta e irse caminando como si nada.

Como si eso no hubiera sido el gesto más tierno de la historia.

Como si esa noche no hubiera sido la más extraña de la historia.

Como si no lo hubiéramos pasado *bien.*

Como si aún fuésemos dos desconocidos, aunque a estas alturas sabía que solo tomaba café negro *del bueno,* porque el café instantáneo le parecía un sacrilegio.

Como si con ese simple saludo que me derritió el corazón, no me hubiera hecho perderme gran parte de la explicación que está dando la profesora al frente de esta clase infernal. La ansiedad me hace temblar las manos.

Estaba tan increíblemente cansada que no podía concentrarme. Las palabras de los profesores me esquivaban. Entre que me duché, cambié y llegué al edificio principal de la Facultad de Derecho, donde tomaba la mayoría de las clases y como ya perdí casi por completo la clase de Harrison, opto por venir directamente a mi segunda clase del día, pero no conseguía comprender nada de lo que estaba sucediendo a mi alrededor. El cansancio me estaba jugando una mala pasada.

Y era mi culpa, porque ayer había sido irresponsable, había dejado que se me escapara de la mira el verdadero objetivo, distrayendo mis ojos con Ashford que por primera vez me mostraba todas las facetas de él que tanto me habían intrigado. Dejé que mi curiosidad del momento chocara de lleno con mis sueños, desviándolos del camino, haciéndolos derrapar fuera de la carretera.

Me había relajado, había reído y soñado en voz alta, había compartido quejas y buenos recuerdos, había conocido a Ashford desde ángulos que no sabía que eran posibles y había dejado que él me conociera sin un comentario sarcástico cada dos segundos. Y si bien, cada tanto, a lo largo de la noche, me tentaba la idea de cerrar los ojos e irme a dormir, me llamaba el mullido sillón, el recuerdo del calor que emanaba el cuerpo de Ashford como almohada... nunca me dejé ir a los brazos del sueño porque... porque prefería no dormir. Porque lo estaba pasando bien y hacía demasiado que no me permitía eso sin nada más en mente que el simple hecho de disfrutar.

Pero ahora estaba pagando el precio.

No estoy dispuesta a volver a pagar este precio.

El resto del día lo sufrí como pocos en mi vida.

Si antes de ayer ya tenía sueño, ahora estaba destrozada. Mis ojos estaban secos y picaban como si un millón de pequeños pájaros carpinteros estuvieran atacando mi retina, mi cerebro se había desconectado por completo de mi cuerpo después de reproducir hasta el cansancio el saludo de Ashford y de darle *replay* al sonido de su voz hasta perderla por completo. Y mi cuerpo... Mi cuerpo había quedado resentido de tanto tiempo en tantas posiciones incorrectas. Pasar la noche en un sillón viejo y destartalado no era la mejor idea del mundo. Mi cuello gritaba cada vez que giraba la cabeza demasiado a la izquierda y mi espalda baja lloriqueaba solo por existir como si en lugar de tener diecinueve hubiera cumplido noventa y ocho años.

Entrenar en el cuerpo de una mujer de noventa y ocho no es recomendable.

Ya de por sí, llegar a la pista para recibir el reto de mi entrenadora aludiendo que si quería llegar a nacionales como mínimo tendría que presentarme a los entrenamientos de la mañana, fue una pesadilla. Cuando me preguntó por qué no había ido a entrenar, me quedé en blanco. ¿Qué iba a decirle? *No, claro, disculpa, pasa que me quedé encerrada en la biblioteca toda la noche con Ian Ashford y para cuando abrió a la mañana siguiente, el entrenamiento ya había terminado.* No veía cómo eso podría parecer cierto desde ningún punto de vista. Así que me quedé en silencio, dándole más material a Gemma —que claramente estaba escuchándolo todo—, para irritarme hasta hacerme desear la muerte.

Corrí con mala técnica, mala frecuencia y pésima concentración. Me pasé el entrenamiento torturándome a mí misma. Si Uma no me estaba recordando lo irresponsable que fui, yo misma me lo recordaba y me reprendía por ello.

Después de elongar, me dirijo a las gradas, donde Cam me estuvo esperando como siempre, con hojas de un resumen en la mano y una sonrisa. Cuando llego a su lado, con el bolso de entrenamiento cargado al hombro, Cameron parece sentir que estoy al borde de caer de rodillas y echarme a llorar, porque me recibe con un abrazo que me mantiene de pie a la fuerza y no me suelta ni siquiera cuando empezamos a caminar.

—¿Mal día? —pregunta, su brazo sobre mis hombros siendo lo único que me hace avanzar.

—Quiero morirme.

—No es gracioso.

—Nadie dijo que fuera chiste.

—No tienes que decírmelo, es tu sentido del humor que es una completa mierda. —Sin embargo, escucho la sonrisa en su voz y eso me devuelve algo de calor al cuerpo—. Está bien tener un mal entrenamiento cada tanto. No siempre puedes ser la mejor.

Pero tampoco puedo darme el lujo de no serlo.

No ser la mejor implica no ganar las estatales, que implica no clasificar a nacionales, que implica nunca poder dedicarme al deporte profesionalmente. Tanto trabajo, tantos años de hacerlo absolutamente todo para llegar... y se siente como si una noche de permitidos lo hubiera arruinado todo.

—No es tan fácil...

—No dije que lo fuera. Pero tienes cara de que se hubiera muerto alguien y lo único que he visto desde aquí ha sido un mal entrenamiento.

—Fue una noche larga, Cam. Realmente no tengo ganas de hablar... ¿Por qué frenas?

Lo miro, solo para encontrarme con unas cejas bailarinas.

—¿Una noche larga?

Me sonrojo violentamente, y lo empujo, haciéndolo recuperar el ritmo de la caminata.

—No así.

—Ah, ¿no? ¿Por eso no te llegaron mis mensajes hasta hoy a la mañana?

—No es lo que estás pensando.

—¿Y qué crees que estoy pensando?

—En que vas a tener un buen chisme para contarle a Paul, pero no es el caso. Me quedé encerrada en la biblioteca.

—Un domingo.

—Sí.

—Pero tú solo vas a la biblioteca con... —No necesito mirarlo para darme cuenta de que sus ojos se han abierto de par en par—. Oh... Eso no suena bien.

Salvo porque había estado más que bien. Había estado tan bien como para arruinar por completo todo lo que pensaba de Ashford y luego arruinarme el día siguiente porque no puedo dejar de pensar en todo lo que sé ahora sobre él.

Pero no sé cómo explicarle a Ashford que la personificación de todo lo que más odiaba hacía tres días ahora era... algo que no odiaba en absoluto. Algo que tal vez podría llegar a ser mi primer amigo en este lugar.

Así que me quedo en silencio y lo dejo asumir cosas.

Es mucho más fácil que intentar explicármelas.

CAPÍTULO 10

Cam: Tienes que responderles los mensajes. Ahora.

Yo: No puedo, estoy ocupada.

Cam: Es solo armar un párrafo explicando que estás viva y ya está. Son tus amigas y están preocupadas. Hoy me llamó Ali para saber si sabía algo de ti.

La culpa es un puñetazo en el estómago, pero por más que me doblegue, no consigue mover nada más en mí. Cameron sigue mandando mensajes, pero yo ya sé cómo va esta conversación y no tengo ganas de luchar esta batalla hoy.

Discretamente levanto la vista del chat que tengo abierto en la computadora.

A mi derecha, sentado en la cabecera como siempre, Ashford tipea. Sus dedos caen furiosos sobre las teclas y hay una coma entre sus cejas que solo sale a la superficie cuando realmente está buscándole la vuelta a algo. Esta vez, está trabajando en un segmento de la monografía que le dije que me parecía poco claro. Al principio me mandó a arreglarlo a mí, aludiendo que era todo lo claro que podía ser, pero después de otra de esas discusiones secas y cargadas de obstinación, de esas que cada tanto se meten entre los ladrillos de nuestra tregua, terminó dándome la razón y poniéndose a trabajar en ello a regañadientes.

Vuelvo la vista a la computadora para encontrar que mamá en efecto no me responde los mensajes. Necesito que me pasen la mensualidad porque estoy quedándome sin comida en la heladera y si no tengo dinero para ir al súper ya mismo, hoy estaré comiendo tostadas de oxígeno con mermelada de polvo de departamento sucio. También hablé con papá, pero él tampoco responde. Cuando le escribí a Paul, mi hermano sugirió muy cordialmente que *no le rompa una parte muy preciada de su cuerpo* durante su turno en el trabajo.

El tercer problema del día, siendo la insistencia de Cameron y la ausencia de mis padres los primeros dos, sigue machacando su teclado frente a mí.

Desde la noche en la biblioteca, todo se ha dado vuelta.

Lo paso tan bien en las sesiones de estudio con Ashford, que me encuentro a mí misma queriendo tenerlas más seguido. Es más. Un par de veces nos juntamos a estudiar otras materias. Simplemente nos encontramos aquí en la biblioteca y nos sentamos en nuestros lugares de siempre para ponernos a trabajar en cuestiones que no tenían en absoluto que ver con la monografía de historia. Y, sin embargo, se había sentido *bien*. No, bien se quedaba corto. Se había sentido *correcto*. Me había servido más que cualquier sesión de estudio que hubiera hecho con Cameron, en la que nos distraíamos y terminábamos charlando de cualquier cosa menos de la facultad. Con Ashford me veía obligada a centrarme, como si su presencia trazara el caudal que el río de mi mente debía seguir. Cada tanto, muy cada tanto, pero, aun así, más seguido de lo que me gustaría, se desprendía un pequeño ramal de pensamiento generado por la mirada de Ashford posándose sobre mí, los engranajes del juego girando el tablero a mi alrededor, poniéndolo por completo patas para arriba para asegurarse de que perdiera de una buena vez. Sin embargo, siempre conseguimos volver al eje, nos mantenemos en nuestro papel. Pero cada vez está costando más volver; y creo que él también lo sabe.

Cada vez que lo veo, soy más consciente de la tensión que se va construyendo. Que nada tiene que ver con nuestro odio y nuestras ganas de acuchillarnos. Al menos no de mi parte. Lo que sucede es que se me hace imposible no preguntarme si él piensa lo mismo que yo, si todas esas miradas que me dedica son una caída accidental de sus ojos sobre mí, o si es algo más, porque yo ya no puedo negar la forma en la que responde mi cuerpo cuando se inclina demasiado cerca para señalar algo en mi computadora o las cucarachas que se remueven en la boca de mi estómago cada vez que entre pullas suelta un *niña bonita*. Aunque lo use como insulto.

¿Qué tan mal habla eso de mí?

La culpa es de un verde profundo e intenso, un color que molesta un poco a la vista, y cada vez que me siento así con Ashford, cada vez que la parte baja de mi estómago se acalambra en su presencia o se me corta la respiración porque se me mete su perfume en los pulmones, ese tono asqueroso de verde brilla en el fondo de mi mente.

Porque no se trata en absoluto de una atracción hacia su persona. Por bonito que sea su exterior, nunca me gustaría alguien como Ashford. Para empezar, es el tipo de chico que ni siquiera se da cuenta de que tiene dinero, no se da cuenta de lo beneficiado que salió en la lotería de la vida. Segundo, es tan increíblemente frío que por momentos su mirada me escarcha los huesos. Y he visto suficientes películas, he hablado con suficientes personas que han sentido amor —amor del de verdad, del que buscamos hasta debajo de la cama porque nos desespera la idea de nunca encontrarlo— para saber que eso es lo opuesto a lo que un chico debería hacerte sentir. El frío que hay debajo de sus ojos me espanta, no hay luz, ni chispas, ni un mínimo indicio de emoción en el color carbón de los ojos de Ashford cuando me mira. Tercero, es más obstinado que yo. Y *hay que ser más obstinado que yo*. Nunca parece poder darme la razón sin, aunque sea, cinco minutos de discusión previa. Y lo peor de todo es cuando de verdad tiene razón y se regodea como si fuera el mejor día de su puta vida.

Es insufrible.

Sé perfectamente cuál es la línea que separa la atracción física de la atracción emocional.

El problema es que juzgando por la forma en la que mi cuerpo reacciona al suyo, no sé cómo evitar cruzar la línea entre todo lo que pasa por mi imaginación y lo que puede o no hacerse realidad. Si él es un sueño, yo soy el niño que va a esconderse bajo las sábanas para protegerse y evitar despertar en el mundo real. Porque *ese* es un sueño que no pienso salir a buscar. No vale la pena arruinarse por un deseo que sale de la química del cuerpo, que no es más que un instinto animal. No cuando está en juego este proyecto, la beca, la sonrisa de mi padre y mi futuro en el deporte. Nunca me arriesgaría a perseguir este sueño sabiendo que Ícaro perdió sus alas porque voló demasiado cerca del sol.

Ícaro fue un idiota. Y yo estoy concentrada en no serlo, al menos no cuando se trata de esto, pero me lo está poniendo difícil. Porque cada vez estoy más convencida de que Ashford sabe exactamente lo que está haciendo y no le tiene miedo al fuego ni a la insolación.

Ashford está jugando al juego.

Otra vez.

Solo que esta vez estoy más decidida que nunca a no caer en la rutina, a soltar este nudo que tiene sobre mí. Pero es más difícil que nunca porque en mi intento de no jugar soy mucho más consciente, más de lo que nunca pude ser, de todos los efectos que tiene sobre mí. No hay un solo átomo, un solo electrón, protón o neutrón de mi cuerpo que no tiemble.

Ashford me mira mientras intenta aparentar que no lo hace. Esa es su cosa, ese es su papel. Y yo juego con él. Hago mi cosa, me aferro al guion, porque nos gusta seguir nuestras líneas y se me acalambra hasta la piel de solo pensar lo que podría pasar si las dejásemos de lado. Se me acelera el pulso; hasta mi sangre está cansada de jugar. Quiere salir de mí, quiere chocar contra él, quiere que me levante de esta silla, que me mueva, que reaccione, que cambie el personaje de una vez. Pero no lo hago.

Sigo el guion al pie de la letra y finjo no percatarme de sus miradas porque todavía no me animo a enfrentar la estática que hay en el aire y que chisporrotea en mis oídos, como una advertencia.

Finalmente desvía los ojos al tatuaje de su antebrazo. Se queda mirándolo un segundo y, cuando cree que no me doy cuenta, vuelve su atención a mí.

Me está volviendo loca.

Porque me gusta ese tatuaje. Porque quiero acercarme hasta que no quede más que un suspiro entre su piel y mis ojos, y pedirle que me explique qué significa. ¿Un mundo que conoce? ¿Qué piensa conocer? ¿Una banda que le gusta? ¿Un recuerdo privado en el que no debería meterme? Es una incógnita que me llama: un dibujo grabado con una aguja sobre la piel de un chico que se mueve como si estuviera hecho de piedra.

—¿Lo...? —me interrumpo y carraspeo porque el sonido que acabo de hacer es demasiado ronco y me aterra lo mucho que parece no pertenecerme. Vuelvo a intentarlo—: ¿Lo encontraste?

Esto también es parte del guion: dejar el juego antes de que se nos vaya de las manos. Siempre alguien rompe la burbuja y arruina el personaje. Volvemos a ser nosotros, nos concentramos en la humedad del aire a nuestro alrededor, del aroma a libros viejos, en el silencio de la noche y el susurro ocasional de pasos cruzando el pasillo del otro lado de la puerta, en los pilones de hojas que tenemos frente a nosotros; abiertos, desparramados y rodeados de anotaciones. Siempre termina el juego así, con una pregunta, un solo comentario que nos recuerda *qué* somos. No somos el juego. Somos *compañeros*. Queremos librarnos de este proyecto, separarnos de esta mesa y todo el tiempo que perdimos, perdemos y vamos a perder en estas sillas.

Ashford chasquea los dedos, como si necesitara el gesto para salir del trance, pero no dice nada más. Su rostro no coincide nunca con el resto de su cuerpo. Me mira con el mismo semblante de *siempre*: la arruguita en el entrecejo, los labios tensos y esos ojos que no dicen absolutamente nada, que son negros, tan negros que las sombras tienen miedo de adentrarse en ellos. Aunque, si me acercara... no puedo evitar pensar en acercarme y buscar algo más. ¿Quién sabe? Tal vez encontraría algún tipo de luz en ellos, palabras que se perdieron de camino a sus labios, de esas muchas que nunca dejó salir. Es irritante y confuso. ¿Qué parte de él sigue jugando? ¿Qué parte es real? No termino de entender la razón por la que necesito respuestas. No sé por qué me hago preguntas. Cuando no jugábamos todo era más fácil.

Lo veo dudar. Se me corta el aire. Es un gesto muy sutil, la línea de sus labios tiembla y su nariz se arruga un poco —moviendo el millón de marquitas de acné que duermen sobre su piel—, pero sus palabras surcan el aire como si fueran una advertencia.

Y entonces, hace lo impensable: Ashford se sale del guion.

—No —repite—. Me estás distrayendo.

Bom, bom, bom.

Mi corazón se oye como si estuviera latiendo en mi frente. Me distrae, me lastima. Lucha por un lugar al lado de mi cerebro, que insiste en tomar todas las decisiones solo. Inhalo y, cuando exhalo, lo obligo a bajar adonde pertenece. Late más lento en mi pecho, se niega a darme el aire que necesito.

Bom, bom, bom, bom.

El mundo gira tan despacio que creo escucharlo rotar.

—¿Ah, sí? —Incluso esas tres letras me suenan forzadas, inciertas como si estuvieran usando todas sus fuerzas para aferrarse a mis cuerdas vocales, donde nadie puede juzgarlas, donde el aire no quema—. ¿Y cómo estoy haciendo eso, si puedo saberlo?

Los ojos de Ashford empiezan a bajar por mi cuerpo, pero gracias a todo lo bueno que tengo, se detiene antes de que mi corazón se agite lo suficiente como para romperme las costillas. Se mueve como si tuviese un montón de planes y no pudiera esperar a cumplirlos, golpea como si mi pecho fuese el cielo y quisiera llegar más alto. Lo escucho con tanta fuerza que estoy segura de que Ashford también lo siente. Debe sentirlo porque cuando me mira a los ojos, parece saber exactamente cómo se juega este nuevo juego. ¿Y yo? Yo todavía no entiendo el tablero.

No.

Su silla apenas susurra cuando las patas se arrastran sobre la alfombra, cuando se pone de pie y da un paso hacia mí.

No.

Sí.

Y otro más.

Sí.

No. No. No.

Sí.

No puede dar más pasos. Estoy sentada justo frente a él y veo bailar todas las dudas que tiene, se nota en cómo frota su dedo pulgar con su índice todo lo rápido que su cuerpo puede, veo cómo se esfuerza para mirarme directamente, cómo creo que en realidad la fuerza de los latidos que escucho, de los golpes que siento, no vienen solo de mí corazón, sino también del suyo. Creo que estos dos órganos se están aprovechando del silencio muerto que nos rodea para comunicarse, para mandar mensajes que nuestras bocas nunca aprobarían y nuestros cuerpos sepultarían rápidamente. Ahora somos cuatro jugadores: Ashford, su corazón, yo y el mío. No creo que ninguno esté muy seguro de cómo ganar.

Pero queremos jugar.

Quiero jugar.

Quiero *ganar.*

Siempre quise ganar. En todo. Y siempre pensé que nunca perdería.

Hasta ahora.

Cuando se inclina hacia mí, atrapándome entre sus brazos y el respaldo de la silla, uno de esos ricitos que siempre quise tironear le cae sobre la frente, su aliento me golpea y espero que el mío huela igual de bien. A manzana verde y azúcar. A cualquier cosa que pueda darle a este chico ganas de besarme de la forma en la que quiero besarlo a él.

Sé que no conozco las reglas.

Sé que es muy probable que no me beneficien.

Sé que esto es lo último que necesito.

Porque está mi beca en juego, están mamá y papá, sus sonrisas orgullosas, está el equipo, están los consejos de Cam que nunca escucho, está correr, correr y correr. Está el mundo entero esperando que me recupere, que me *reencuentre* con la chica que era, y debería estar buscándola.

Pero cuando se acerca un poco más y mis ojos caen sobre sus labios, esos labios anchos que tanto tiempo tardé en notar, me olvido de todo esto que sé. Me olvido de mí misma.

Me convenzo de que no importa.

Después de todo, es solo un juego.

CAPÍTULO 11

Me inclino hacia adelante.

Una milésima de una centésima de centímetro.

Es un movimiento tan ínfimo que juraría que Ashford no lo nota, salvo porque siento cómo se le corta la respiración. Los nudillos de sus manos, aún aferradas a los reposabrazos de mi silla, se vuelven blancos por la presión. Mis labios se entreabren buscando más aire, pero los ojos de Ashford caen sobre ellos y respirar deja de ser una prioridad. El aire se detiene hecho una bola en mi pecho.

Aún hay un punto de retorno. No estamos tan cerca como para que el choque sea inevitable. Todavía hay tiempo para girar el volante.

Pero no quiero detenerme. No puedo pensar en un solo motivo por el cual querría evitar esto. Pero tal vez se debe a que no estoy pensando en absoluto. Todos mis sentidos están despiertos y chillando como si fuera la primera vez que salen al mundo. Oigo nuestras respiraciones como vendavales capaces de tirar abajo edificios enteros, los pelitos de mi cuerpo están de punta, como si quisieran acercarme todo lo posible a Ashford. En mi boca se saborea la anticipación como una entrada al mejor plato del mejor restaurante de la ciudad y mis ojos ven a Ashford, solo a Ashford, con un enfoque telescópico.

Inclinado sobre mí, su tez oscura a juego con la oscuridad que se abre a mis pies, Ashford parece una pantera lista para saltarme. Es el tipo de imagen que habría asociado al chico que pensé que conocí a principios del curso, pero que jamás habría creído que volvería a ver después de conocer al verdadero Ashford. Sin embargo, aquí está, recordándome que aún me quedan muchas versiones de Ian Ashford que desconozco.

Y quiero conocerlas.

Tengo tantas ganas de conocerlas que siento cómo mi cuerpo toma control y se prepara para inclinarse un poco más...

¡RING, *RING, RING, RING, RING, RING, RING, RING!*

Mi celular empieza a sonar a los gritos. La melodía irritante del tono de llamada que había puesto para Paul taladra el aire haciéndome saltar en mi lugar.

El momento se resquebraja, las piezas caen una por una ante mí: nuestras respiraciones ahogadas por la llamada, mi piel retraída dolorosamente por la musiquita incesante, mi boca se reseca y en mi lengua se derraman arenas del desierto, y Ashford... La imagen de Ashford frente a mí se vuelve imposible de mirar. Ya no encuentro en mí el coraje que necesito para buscar sus ojos.

Mi corazón ha sido entrenado de todas las formas posibles para correr incluso después de que el resto de mi cuerpo se haya rendido y no pueda seguir. Y, sin embargo, es incapaz de tolerar un solo latido más teniendo a Ashford así de cerca.

Con la mirada puesta en el suelo, separo mis manos y estiro el brazo —haciendo un esfuerzo sobrehumano para que mi piel no choque con la de Ashford en el proceso— hasta dar con el celular que había quedado justo a mi lado, sobre la mesa.

Ashford no se mueve un centímetro.

En la llamada, el nombre de Paul brilla tanto que me cuesta mirarlo.

Me toma por sorpresa, cuando caigo en lo que significa.

—Es mi hermano —susurro.

¿Por qué me llama?

Ashford deja ir los antebrazos de mi silla con una lentitud tortuosa. Como si él recién se diera cuenta de lo que estaba sucediendo; de lo que casi habíamos permitido que sucediera. Por un segundo me había olvidado de todo, pero lo escucho suspirar mientras atiendo la llamada y se me atoran en la garganta un montón de ideas de cosas que tal vez debería decirle. Solo que no sé por cuál empezar y Paul responde enseguida, con un sobresalto en la voz que hace que el mundo se desvanezca por completo.

—¿Leo? —Le tiembla la voz.

—¿Qué pasa? —Me pongo de pie de golpe. Ashford retrocede y me da la espalda mientras se frota los ojos con el índice y el pulgar. Puedo ver la tensión que predomina en cada movimiento.

—¿Me escuchas bien?

—Sí.

Me acerco a la puerta del cuarto de estudio, donde llega mejor el internet y es casi imposible que se corte la llamada. Con cada paso que doy me desespero más porque Paul está del otro lado de la línea diciéndome que por favor lo escuche con atención y que respire y que todo va a estar bien pero que necesita que lo escuche. Y lo estoy escuchando, pero él no parece encontrar la forma de avanzar con el discurso. Está trabado en el montón de advertencias y consuelos incluso antes de dar la noticia. Jamás en toda mi vida escuché a mi hermano así.

Han jugado demasiado con mi corazón en muy poco tiempo. Necesita un descanso. Siento su debilidad en el repentino agotamiento de mis huesos, en el temblor de mis manos que son a duras penas capaces de sostener el celular.

—Por favor, dime *qué pasa*. —La angustia se me escapa en la voz y me chorrea por la barbilla como la rabia a un perro enfermo. De reojo, veo a Ashford darse vuelta. Su atención está completamente en mí. La siento en la forma en la que reacciona mi cuerpo, como si no se diera cuenta de que algo mucho más importante está pasando y solo quisiera volver adonde estaba unos minutos atrás.

Entonces Paul habla y finalmente se me cae el celular.

La pantalla se hace añicos contra el piso, pero no la escucho.

Hay un ruido sordo en mis oídos.

El mundo deja de existir.

El peso de este silencio podría aplastar a un elefante.

Empiezo a reconocer los diferentes tipos de silencio.

Existe el silencio de una persona que no quiere hablar.

Existe el silencio de una persona que quiere hablar y no encuentra el valor para hacerlo.

Existe el silencio de una persona que quiere hablar y está haciendo un esfuerzo sobrehumano para guardarse las palabras.

Existe el silencio de una persona que ha dicho todo lo que tenía que decir. Este silencio pesa como vapor de agua hirviendo en el aire, casi no te deja respirar.

Y, por último, existe el silencio de una persona que no puede hablar, que tiene la cabeza llena de gritos pero por más valor, por más ganas, por más que sienta que debe hacerlo, no *puede hablar*. Se la come desde dentro el ruido de su cabeza, la aturde la enormidad de lo que sabe. Este es mi silencio. Es un silencio que te atraviesa la piel como clavos oxidados. Los siento en mi estómago, en mis brazos, en mis rodillas, en mis pies, en mis sienes. Mi lengua no se ha salvado: está crucificada por el silencio, ya no se puede mover.

Ashford estaciona.

Apenas cayó el celular de mi mano, en la biblioteca, apareció a mi lado. Hizo un montón de preguntas que no pude escuchar, pero algo respondí. Algo dije. Algo le di, porque me hizo el favor de tomarme de la mano y mover el mundo para mí.

Me hizo atravesar la biblioteca, me hizo caminar por calles que mi cerebro estaba demasiado nublado para recordar y me subió a un auto. Empezó a manejar. Nos subimos a la autopista. Y sé que dijo cosas, aunque nunca comprendí ninguna, pero una parte de mí se lo agradecía porque su voz fue el cable a tierra que necesitaba, porque estar sola en mi cabeza era demasiado.

Pero ahora que empiezo a despertarme, no estoy segura de poder dejar que me arrastre al destino final. Necesito encontrar la fuerza en mí para espabilarme y caminar por mí misma. No puedo llegar y sumar al caos en lugar de a las soluciones.

La puerta del lado del acompañante se abre y allí está Ashford.

Tiene la mano extendida hacia mí y sin pensarlo la tomo, apoyándome en él para encontrar las fuerzas que me faltaban para hacerme cargo de mi cuerpo. Mis rodillas apenas tiemblan, pero él no hace amago de sujetarme y le agradezco que me dé el tiempo para sostenerme a mí misma en lugar de intentar hacerlo por mí.

Pasan unos minutos cuando siento que da un apretón a mi mano que se siente como una pregunta. ¿Vamos?

Cuando lo miro, me doy cuenta por primera vez de que esta era la última situación en la que esperaba encontrarme con el chico de piedra. Y, sin embargo, se me escapa algo que tira de mi cara en un intento de sonrisa, porque estoy agradecida de tenerlo aquí, de que sea su mano rasposa tomando la mía.

Es todo tan blanco que creo que el blanco se debería ofender por la forma en la que han abusado de él en este lugar. O tal vez, el blanco tiene un contrato con los hospitales y por ello tienen permitido hacerle esto a mis ojos. El pasillo tiene cuatro asientos apretados contra la pared, dos de los cuales están ocupados por una pareja desconocida que habla en voz baja.

Ashford intenta dejar ir mi mano, pero lo retengo y volteo a verlo.

Me obligo a doblegar mis palabras, a volverlas mías, como se suponía que siempre debieron ser, y por primera vez desde que dejamos ese cuartucho de estudio en la biblioteca, hablo.

—Gracias.

Ashford asiente.

—Te espero aquí —responde. Y pienso en decirle que me deje, que está bien, pero la realidad es que no quiero que me deje y nada está bien, así que me silencio.

Esta vez, cuando sus dedos se aflojan, los dejo ir. La palma de mi mano siente el aire cálido de las estufas del lugar, pero, aun así, la noto helada, como si me hubieran presionado hielo seco contra la piel. Mis dedos se cierran, buscando imitar el calor del tacto de Ashford, pero el vacío sigue allí.

Encaro la puerta frente a mí y toco dos veces.

Mamá abre.

Está con ropa de entrecasa, con el pelo en una coleta baja y prolija que desentona totalmente con el cansancio que veo en su mirada. Hay un nivel de agotamiento en sus ojos que quiebra algo dentro de mí porque es un reflejo exacto de cómo me siento: como si hubiera envejecido mil años entre una llamada y un viaje en auto. Sin embargo, mamá me demuestra exactamente por qué tiene razón cuando me dice que no soy tan adulta como creo ser, porque ella toma la responsabilidad de sonreír por las dos, de fingir que todo va a estar bien para que yo no vuelva a perder los nervios.

Después, me da un abrazo y me arrastra hacia adentro.

—No parece...

—No parece él —completa Paul por mí.

—Siempre me pareció que estas eran las cosas que iban a empezar a sucederle cuando fuera... —Trago saliva—. Grande. Grande de verdad.

—*Es* grande de verdad —interrumpe mamá, que se da vuelta con una taza humeante de té en la mano. Las enfermeras trajeron comida hace un rato, pero ni Paul ni yo pudimos comer nada de lo que había en la bandeja—. Tiene setenta y cinco años. Y estas cosas... le pueden pasar a cualquiera. No tiene nada que ver con la edad.

Pudo haber sido Mamá, pudo haber sido Tino, pudo haber sido Paul o...

Mis ojos se deslizan a mi padre, que está sentado en una silla al lado de la camilla donde el abuelo descansa, sujetando su mano en silencio. Si mamá estaba agotada, papá estaba devastado. Tiene el semblante serio, la mandíbula dura, pero la palidez de su rostro habla de un malestar que va más allá de cualquier cosa que hubiera sufrido hasta ahora.

La mamá de papá había muerto antes de que él pudiera siquiera recordarla. Es la primera vez que él, Paul, Tino o yo experimentamos un roce de este tipo con la muerte.

No está muerto, me recuerdo.

Paul me lo dijo por teléfono, tuvo un accidente cardiovascular. Sin embargo, es recién ahora, cuando lo veo, que las palabras logran tomar forma en mi mente. La dimensión de todo se asienta como un corte lento entre mis costillas, va abriendo de a poco la piel, duele un poco más con cada segundo. No sabemos si despertará del coma y, si lo hace, tampoco sabremos con qué consecuencias del episodio nos encontraremos. Los médicos dijeron que podríamos estar hablando de una parálisis parcial o total, dificultades para hablar, trastorno del equilibrio, dificultades para comer, entre un montón de otras cosas. Y el panorama no se veía para nada bien. Todo horizonte parece sombrío cuando las nubes tapan de esta forma el sol.

Me irrita que la única forma que tenga papá para distraerse sea hablando de mí. Pero hago un esfuerzo consciente por no mandarlo a la mierda teniendo en cuenta que está pasándolo tan mal como yo. Paul se ha ido hace un rato a casa para buscarle una muda de ropa a mamá y papá, que pasarán la noche aquí con el abuelo. Y yo me he quedado, porque irse se siente incorrecto, aunque no tanto como el interrogatorio al que me están sometiendo en este momento.

—Podrías faltar a algún entrenamiento, dedicarle un poco más de tiempo al estudio, si tanto te está costando.

No puedo, porque mi beca es una beca deportiva, lo que quiere decir que, si no tengo un desempeño atlético excelente, me quitarán la beca sin parpadear. Y también, porque no quiero. No quiero porque el motivo por el que elegí esta universidad es por la excelencia deportiva que tiene y porque son sus atletas los que siempre llegan a hacerse un nombre en el mundo real.

En lugar de eso, respondo con un "no es tan fácil", en un intento por cerrar allí la conversación. Sin embargo, papá no parece dispuesto a dejarla ir.

—Claro que es fácil, solo tienes que ordenar tus prioridades y empezar a ser un poco más responsable con tu futuro. Ya no eres una niña.

Sigue sentado al lado del abuelo y solo mi miedo a fallar me retiene de revolearle el vaso de agua que tengo en la mano.

—Siendo que no soy una niña, estaría bien que por una vez confiaran en las decisiones que estoy tomando —replico, mirando a mamá en busca de un poco de ayuda. Sin embargo, me encuentro con que tengo un puñal en la espalda, porque en lugar de buscar calmar a mi padre, como suele hacer, se pone de su lado.

—Y confiamos en ti, Leo, pero esto es un tema mayor. Tu promedio no puede...

—No puede bajar de un ocho porque si no, te revocan la beca...

Papá interrumpe mi imitación de la voz de mamá.

—No le faltes el respeto a tu madre, Leonie.

—Entonces no me falten el respeto a mí —exijo—. O al menos no me hagan una emboscada en este momento, por Dios.

—¿Y en qué momento quieres que sea? ¡Si nunca estás en casa!

—¡Porque estoy estudiando! ¡Estoy haciendo exactamente lo que me están pidiendo que haga y más! ¡Estoy haciendo todo lo que puedo!

Mientras que papá y yo gritamos, mamá mantiene su tono de voz.

—El año pasado no estabas tan distraída, te iba bien y...

—¡El año pasado no es este año! ¿Está bien? ¡Las cosas cambiaron!

—Las cosas *no* cambiaron, Leonie —sentenció papá, su voz aumenta el volumen con cada palabra—. Lo que pasa es que estás distraída y estás descuidando el esfuerzo que estamos haciendo para que puedas ir a esa universidad. Lo único que has traído a casa desde que empezó el año son notas mediocres y si no las mejoras, vas a echar a perder tu única oportunidad de tener el futuro que quieres.

—¿El esfuerzo que estamos haciendo? *Disculpa* que te lo diga, pero el cincuenta por ciento que no cubre la beca, lo paga el abuelo, no tú. —Me doy cuenta de lo mucho que me estoy pasando, pero no puedo frenarme. No entienden. Están negados a entender que la universidad no es la escuela y que la presión es demasiada y que yo no soy perfecta. No puedo con todo y no puedo con esto, y mucho menos puedo con esto *ahora*—. Y aunque tú lo pagaras, es mi vida y, aun así, no puedes hacer el mínimo esfuerzo de dejarme vivirla, aunque sea un poco.

—Eres una desagradecida...

—Javier... —interrumpió mamá, pero no fue suficiente para frenar a mi padre.

—Y sobre todo esto que estás diciendo, te vas a arrepentir cuando te des cuenta de que estás tirando todo por la borda por correr en una pista. No vas a llegar a ningún lado así, Leonie. Ya no eres una niña y ya no puedes seguir viviendo de sueños infantiles. Así que anota lo que te digo y piénsalo, porque si no lo haces, vas a darte cuenta de que tenía razón cuando sea demasiado tarde.

Mi boca se abre, pero las palabras se quedan dentro.

Boqueo en busca de algo que decir.

Nunca alcanza. Verdaderamente nunca va a alcanzar. Eso es lo que no pueden entender. No importa que ahora mismo no duerma más de cinco horas por día porque me quedo estudiando hasta tarde para cumplir *sus* sueños, y me levanto a las cinco y media todas las mañanas para entrenar y cumplir los míos. No importa que me organice perfectamente, que consuma cafeína en cantidades industriales y me pellizque durante las clases para no quedarme dormida, ni que use los mejores métodos de estudio, ni que tenga una dieta balanceada que... ya no sé qué más puedo hacer. Mis notas no son lo suficientemente buenas, Gemma siempre está ahí, pisando mis talones en cada carrera, amenazando con sacármelo todo; Harrison no me perdona ni una llegada tarde a clase y me exige más que a cualquiera como si el hecho de que él creyera que pueda hacer más esfuerzo implicase que *debiera* hacerlo. Pongo cada gota de sudor de mi día en ser todo lo que se espera de mí y, sin embargo, nunca parezco estar ni cerca de conseguir nada.

Desde chica me enseñaron que puedo conseguir todo lo que quiero si me esfuerzo lo suficiente, pero ahora que soy un adulto empiezo a darme cuenta de que puede que haya sido una mentira, de que puede haber un límite a lo que mi voluntad puede conseguir. Excepto porque no puedo aceptarlo, no puedo simplemente decidir que no es suficiente *desearlo* y que no es suficiente *luchar por ello* para conseguirlo. Porque, entonces, ¿qué más puedo hacer? Si cumplir mis sueños no está en mis manos, entonces, ¿en manos de quién está y por qué me está haciendo esto? ¿Qué hice para merecer que nadie a mi alrededor sea feliz con mis decisiones, que ni siquiera yo misma pueda hablar con orgullo de lo que soy hoy?

Sigo estancada; somos yo y esta enorme piedra en mi camino que se llama universidad. Los días pasan, pero son todos tan iguales que ya no le veo el sentido a intentarlo, y cada mañana mis esfuerzos por sortearla y corregir las cosas son más débiles, porque me estoy quedando sin fuerzas.

Me deshago con cada segundo que pasa.

Mis músculos se quejan cuando les doy órdenes, mi cabeza está siempre al borde de estallar. Y ahora mismo, en este instante, en este cuartucho me siento como si me hubieran prendido fuego por dentro. Mi pecho sube y baja al ritmo de las llamas. Llamas que alimentan mi ira y me recuerdan todos los motivos por los que no puedo permitir nada de lo que está sucediendo. No puedo permitir creerme que no puedo cambiar las cosas. Puedo hacerlo, y se los voy a demostrar.

Sin siquiera darme cuenta de ello, me pongo de pie.

—No te atrevas a irte —amenaza papá—, no hemos terminado con esta discusión.

Sin embargo, avanzo hasta el lado opuesto de la camilla, le doy un beso en la mejilla al abuelo y le corro el pelo blanco de la frente.

Hemos terminado con esta discusión, pienso, *porque no continuaré gritándonos y maltratándonos en este espacio, con el abuelo aquí y en este estado. Esto no es lo que él hubiera querido para nosotros. Ni ahora ni nunca.*

—Leonie...

—Javier, *basta.* —El tono de mi madre es severo, pero es demasiado tarde. Ya se ha dicho todo lo que se tenía que decir.

Mientras abro la puerta, ellos discuten detrás de mí, así que cierro lo más rápido que puedo para ahogar las voces. Aun así, si me concentro, aunque sea un poco, escucho cada palabra. Y aunque no los escuchara, podría adivinar exactamente qué está sucediendo allí dentro: papá soltando bufidos mientras mamá, de brazos cruzados y utilizando su tono más calmo, le dice que volvió a dejar que la ira sacara lo peor de él —un hábito en común que tenemos, con la diferencia de que yo tengo diecinueve años mientras que él es un adulto que no sabe controlarse—. Por amor a todo lo que está bien, *yo* tuve que irme de la habitación para evitar que escalara. ¿Nunca va a comportarse como el adulto? ¿Nunca va a...?

Me congelo.

—¿Qué haces aquí?

Ashford me mira desde un asiento ubicado directamente frente a la puerta de la habitación donde está mi abuelo. Se encoge de hombros, pero su pie repiquetea contra el piso. Es extraño. Por primera vez soy más alta que él.

—Te dije que te esperaría.

—Sí, pero han pasado... —Miro la pantalla destruida de mi celular—. Dos horas.

—Te dije que te esperaría —se limita a repetir, encogiéndose de hombros. Lo dice como si su presencia en este lugar no fuera más que algo que debería dar por seguro, como si él lo diera por seguro y nunca se le hubiera cruzado por la cabeza irse en todo este tiempo. Y, aún más importante, lo dice como si quisiera estar aquí.

Es por esto y por sus palabras, y también porque creo que acabo de comprender la esencia de Ian Ashford, que cuando se pone de pie, lo rodeo con los brazos y entierro la cabeza en su pecho, permitiéndome inhalar su aroma a cuero y tinta. Al cabo de unos segundos, deja caer su barbilla en mi cabeza y me estrecha aún más contra su cuerpo. Su fuerza me lastima un poco los hombros, me deja en una posición un poco extraña, pero no me muevo ni un centímetro. Mis dedos se entierran en la parte de atrás de su camiseta y se vuelven puños.

Por primera vez en mucho tiempo le doy la bienvenida al dolor.

CAPÍTULO 12

Me costó separarme de Ashford. Fue como sacar un dedo que has hundido en un tarro de miel, su textura suave se estira y no te deja ir como si supiera exactamente cuál es el lugar al que perteneces.

Mientras caminamos por los pasillos del hospital, soy plenamente consciente de todas las formas en las que aún lo llevo pegado a mí: en cómo caminamos, uno al lado del otro, con nuestros pasos sincronizados, en cómo su mirada recae sobre mí cada tanto, como si esperase algún tipo de explicación que soy incapaz de darle, en la corriente que hace chispas bajo mi piel, en...

—¡Leo!

Giro en una esquina, demasiado perdida en mis pensamientos y mi cerebro tarda en asimilar la voz de Sandy, su presencia en estos pasillos. Mi corazón se retuerce, detestando la imagen de todos estos seres queridos, todas estas personas que amo más que a nada en el mundo, juntas, en el peor lugar posible.

Sandy Harrison está a un par de metros de mí. La puerta del ascensor del que acaba de salir se cierra a sus espaldas y camina en mi dirección a paso apresurado hasta envolverme con los brazos. Lleva puesto un tapado largo, abierto, que se cierra a mi alrededor cuando me abraza y me hace sentir un poco mejor. Aquí, incluso con las camisas y pantalones bien planchados que usa para dar clases, no es Harrison, es Sandy, y su ausencia en la habitación donde está el abuelo se había sentido como un hoyo en mi pecho.

Le devuelvo el abrazo un segundo antes de que me aleje.

—¿Cómo está Dante? —pregunta, con sus manos sobre mis hombros, sus ojos buscando en los míos cualquier cosa que pueda prepararlo en caso de que las noticias no sean las que le gustaría escuchar—. ¿Les dieron noticias? ¿Los médicos están pendientes de él?

Veo la desesperación que le rodea los ojos, arrugas que van más allá de la vejez, y me pregunto si mi abuelo sabe que Sandy está enamorado de él.

Crecieron juntos, como hermanos, pero mientras que el abuelo creció para enamorarse de mi abuela y tener a mi padre, Sandy se mantuvo firme en su soledad. Nunca lo escuché contar anécdotas de amores del pasado en la forma en la que lo hace mamá, ni quejarse de extrañar a nadie como el abuelo cuando toma un poco de más y se pone a balbucear sobre lo maravillosa que era "tu preciosa abuela Sienna". Harrison siempre fue parte de la vida del abuelo como pudo serlo, pero no tengo dudas de que le hubiera gustado estar para él de muchas otras formas más. En general, lo esconde algo mejor, pero hoy veo que sus ojos son vitrinas llenas de adornos destruidos y el poco pelo que le queda está revuelto como si el tornado que lleva dentro hubiera atravesado la barrera física de su cuerpo, tomándolo por completo.

Siento en mi pecho el escozor de un trago amargo: me quema la garganta hasta asentarse en mi estómago.

—Está... —Me trago la palabra bien, porque es una mentira demasiado grande para una pecera tan pequeña como la nuestra; no hubiera pasado desapercibida—. Está cuidado y mamá y papá lo acompañan. Hoy dormirán aquí.

Él bufa, un gesto que por algún motivo me hace recordar la edad que tiene y me pone más triste de lo que ya estaba, porque no puedo evitar preguntarme si esto podría pasarle a él también. No importa cuánto me saque de quicio dentro del aula, la mera idea de perderlo en todos los otros aspectos que cubre en mi vida, me destruye.

—Están soñando, tienen que trabajar mañana. Yo me quedaré.

—Paul ya fue a buscarles ropa y tú tienes que trabajar también.

—No voy a volver a la universidad hasta que tu abuelo esté bien. No lo voy a dejar solo en esta... —*En esta pocilga, en este hospital de cuarta, en esta excusa de lugar que es lo único que tu familia puede pagar pero que de todas formas no es suficiente.* Sin embargo, no completa la frase. Suspira—. ¿Y tú? ¿Ya te estás yendo?

Y así como así, recuerdo que hay alguien más conmigo y me vuelvo piedra.

Mi cabeza se gira lentamente hasta dar con Ashford, que había quedado parado a mi izquierda, apenas unos pasos detrás de mí y miraba la escena con su cara de siempre que bien podría no significar nada o podría estar tan impactado como yo lo estaría si la situación fuera al revés.

Sandy sigue mi mirada hasta dar con Ashford y se endereza de golpe, dando un paso atrás y alejándose de mí.

—Sí, ya me iba. De hecho, Ashford me trajo. —Mis palabras pretendían ser lo más casuales posibles, pero el temblor en mi voz me delató.

Ashford optó por asentir y extender una mano al frente, que Sandy tomó y sacudió con una calma fingida que nos hacía ver más culpables de un asesinato que de ninguna otra cosa.

—Bueno, adiós.

Harrison se despidió de mí en una secuencia incómoda en la que yo fui a darle la mano y él buscaba abrazarme, y luego invertimos las intenciones hasta que nos conformamos con un rápido saludo al aire antes de que cada uno siguiera por su camino.

Esta vez, estoy segurísima de que la mirada de Ashford me pide explicaciones.

Aguanto tres pasos contados antes de explotar.

—No es nada de lo que puedas estar pensando —digo, mientras entramos en el ascensor. Las puertas se cierran y presiono el botón de planta baja—. Harrison es el mejor amigo de mi abuelo, desde que... no lo sé, pero desde antes de que mi abuelo tenga memoria, de seguro. Y vino a visitarlo, porque eso hacen los amigos, ¿no? Como tú, que me estás acompañando. Solo que yo no estoy en coma en una cama y tú no tienes arrugas ni das clases de Historia.

¡Ping!

El ascensor chilla cuando llega a la planta baja y las puertas se abren ante nosotros, dándonos vía libre a la salida.

Ashford empieza a caminar primero, con calma, y yo lo sigo.

—¿No vas a decir nada? —pregunto, pasados un par de segundos en los que no me dirige ni la mirada.

—Al principio me asusté —confesó—. No sé si diría que me asusté, pero cuando estem... —Se traba con el inicio de la siguiente oración y creo que es lo más cerca que lo he visto de ponerse rojo de vergüenza—. Cuando te abrazó, pensé que tal vez él y tú... sabes.

Mi cara se desfigura ante tal horror.

—¡Ashford!

—Apenas empezó a hablar me di cuenta de que no era eso, lo juro, pero la imagen ya estaba en mi mente.

—Pues bórrala, por amor a Dios.

Sin embargo, mi queja va acompañada de una risa rara que se termina convirtiendo en una sonrisa. Si bien no es ideal que nadie en la universidad sepa de la relación de Sandy con mi familia, no siento que Ashford vaya a decir nada. Especialmente cuando su especialidad es el silencio y su mayor deseo es mimetizarse con las paredes. Para mi sorpresa, los nervios se disipan por completo y, mientras caminamos al auto, me doy cuenta de que no me preocupa en absoluto que Ashford sepa. No solo porque sé que no dirá nada, sino también porque me gusta la idea de que tenga acceso a este pequeño pedacito de mí que tan pocos —solo mi familia y Cameron— saben que existe.

—Borrado —dice, alzando las manos en rendición.

En la calle el viento congela mi rostro. Generalmente en invierno uso calzas térmicas debajo de los *jeans*, porque amo tanto estos que me niego a dejar de usarlos a pesar de las roturas que tienen, sin embargo, hoy no hacía tanto frío y cuando me vestí para ir a la biblioteca, decidí que sin las calzas estaría bien. ERROR. Estaba helándome. Me entraba el viento por todos lados y se me subía hasta la nuca haciéndome estremecer.

—¿Frío? —pregunta Ashford.

Niego.

—Apenas.

Él lleva puesto un saco negro que le llega casi a los talones. O más bien llevaba, porque en un parpadeo, se lo saca y lo tiende sobre mis hombros, al mismo tiempo que me gira para abrochar los botones. Tardo en reaccionar, porque lo cerca que estamos hace que mi mente vuelva corriendo a lo que quedó incompleto en la biblioteca, al desafío en su mirada, al hambre que sentía en la boca de mi estómago y que no tenía nada que ver con comida.

—¿Qué...?

—Leo, si empiezas a discutir ahora, no vamos a llegar más al auto. Acepta el abrigo y ya.

Me desconcierta la forma en la que se adelanta a mis acciones. Lo miro de arriba a abajo: ha quedado expuesto a este clima con solo un suéter y una bufanda azul con estampado escocés que le vi puesta en más de una ocasión.

—Pero vas a tener frío.

Sus ojos se encuentran con los míos un único segundo antes de que los aparte y empiece a caminar con esas zancadas largas y ágiles tan suyas. Sin embargo, fue un segundo que se extendió lo suficiente como para que me pregunte qué hubiera pasado, dónde estaríamos ahora si Paul no me hubiese llamado para interrumpir. Me pregunto si hubiéramos permitido que todo escalara, si yo hubiera encontrado la fuerza en mí para detener esta estúpida atracción que me traicionaba en mis momentos de mayor debilidad. Pero no importa, todas mis preguntas son arrancadas de raíz cuando se aleja de mí. La facilidad con la que rompió el hechizo del momento me descoloca y hace que me quede atrás. Cerca de Ashford funciono con *delay*. Tardo mucho más en reaccionar a todo lo que sucede como si mi cerebro fuese incapaz de procesar todas las facetas que Ashford empieza a mostrarme.

Cuando lo alcanzo, habla antes de que pueda agradecerle por el abrigo o decir nada más.

—¿No es extraño tener a Harrison en clase cuando lo conoces... fuera de clase? —Noto en cada pausa cómo busca la forma de expresarse con la menor cantidad de interrupciones posibles y me sorprende porque cada tanto me olvido de que es tartamudo. En el último tiempo casi no ha habido grandes trabas cuando habla.

—Es diferente. No asocio a Sandy...

—¿Sandy?

—Es como siempre le dijimos en casa. No lo asocio con la persona que está en la universidad. Es demasiado duro, demasiado inflexible, espera demasiado de mí.

—¿O sea que nunca nos daría una ayudita extra con el trabajo?

Le doy un empujoncito en el hombro, que lo hace tambalearse unos pasos hacia la derecha. Cuando regresa, se coloca un poco más cerca de lo que estaba antes y nuestros abrigos se rozan al caminar. Si se da cuenta de ello, Ashford no lo demuestra. Sigue manteniendo la misma aura de ligereza de recién.

—No, no nos va a dar ninguna *ayudita*. Creo que es la persona menos dispuesta a ayudarme en el mundo. Todo lo que hace es complicarme la vida. Mira dónde estamos, me emparejó *contigo*. —Finjo una mueca de asco mientras Ashford saca las llaves del auto y lo desbloquea.

—Ahora lo dices en broma, pero hacía dos semanas seguro lo pensabas en serio.

Él entra al auto y yo lo imito antes de responder.

—Puede ser, pero ahora solo estoy agradecida de tener a la persona más inteligente del curso conmigo porque realmente necesito aprobar.

Si bien yo estaba haciendo un chiste, Ashford, que estaba metiendo las llaves en el contacto, se congela por un instante, antes de proceder a girar la llave y responder.

—Por la beca, ¿no?

Suspiro.

—Bueno, veo que escuchaste cada palabra de esa discusión.

—Sí.

Se mete en el auto y lo imito.

—Culpo a las ínfimas paredes de estos hospitales baratos.

—Estaban gritando. Tu padre te estaba gritando. Eso...

—Él es así. —Salto a defenderlo enseguida—. Y yo también soy así —admito, aunque él conoce mejor que la mayoría mis instintos explosivos—. Y lo odio. Estoy... trabajando para cambiarlo y todo eso. Pero, sí, es por la beca. Necesito un promedio de siete en todos los cuatrimestres sin excepción o me revocan la beca. Y digamos que... que bueno, me está costando llegar al seis, ni hablar al siete.

—Igual no creo que deba gritarte y... y entiendo que no sé nada de la situación, pero no creo que debas escucharlo. No me imagino lo que debe ser la presión de no poder sacarte menos de siete en ningún examen y mucho menos cuando no te gusta la carrera.

—Ey, ¿quién dijo que no me gustaba la carrera?

Pone el vehículo en marcha y responde con los ojos enfocados en la calle.

—Leo, creo que ni una vez en todo este tiempo te vi decir absolutamente *nada* relacionado con la facultad más allá del proyecto que tenemos juntos. Es como si hubieras decidido activamente ignorar el hecho de que estás estudiando una carrera.

—Puede que simplemente no me guste *hablar* de la carrera.

—¿Qué estás estudiando?

—Leyes.

—¿Por qué la elegiste?

—Porque es interesante.

—Hay muchísimas carreras interesantes ¿Por qué esta está sobre el resto?

Al fin, consigue hacerme rodar los ojos y volteo a la ventanilla.

—No tengo por qué responder a este interrogatorio estúpido.

—O no quieres hacerlo porque no tienes las respuestas, o, más probable aún, porque sabes que vas a tener que terminar dándome la razón.

—No me molesta darte la razón siempre y cuando la tengas, pero no es el caso.

—¿Por qué elegiste estudiar Leyes? —insiste.

—Déjame en paz.

—Por qué. Dime. —No respondo—. Leo...

—¡No lo sé, Ashford! Porque es una carrera de verdad y mi padre quería que estudiara en la universidad. Nadie en su familia tuvo un título, ¿ok? Es importante para él y es... es importante para mi abuelo. Están haciendo un esfuerzo enorme para poder pagar el porcentaje de la cuota universitaria que la beca no cubre porque voy a ser la primera Grimaldi en tener mi nombre en un título.

—¿Y te parece justo cargar con eso?

—No tengo tiempo para detenerme a pensar en qué me parece, Ashford. Es como son las cosas y disculpa si no encuentro en mí las ganas de decepcionar a todo el mundo.

—No debería ser una decepción verte hacer lo que te haga feliz.

—Estoy feliz.

—Por lo que acabo de escuchar, estás *conforme*. Y eso no tiene nada que ver con estar feliz.

—¿Te comiste un libro de frases de Tumblr para quinceañeras?

—Ya te pusiste a la defensiva.

—¡Porque me estás atacando!

—No te estoy atacando, me estoy poniendo en tu lugar y eres demasiado terca como para darte cuenta de ello.

Me obligo a calmarme. No le respondo hasta no haber procesado del todo lo que acaba de decir y ser capaz de aceptar que... *mierda, odio esto.*

—Tienes razón —acepto a regañadientes—. Lo siento. Es solo que no creo que puedas comprender lo que esto es para mi familia, entonces no creo que tengas derecho a opinar.

—Con todo respeto, me importa una mierda tu familia.

—Esa oración no lleva ni un poco de respeto encima, Ashford.

—Mi punto es que las decisiones que estás tomando ahora son las que van a marcar el resto de tu vida. Y no me malinterpretes, puedes equivocarte mil veces, pero mi consejo es que cometas estos errores tú solita. No dejes que nadie más falle eligiendo el camino porque tú vas a ser quien tenga que caminarlo.

Esta vez, no respondo porque sus palabras me forman un nudo en la garganta y no encuentro el lugar indicado para deshacerlo. Así que miro por la ventana y me entretengo con la lluvia que ha empezado a caer. Es más fácil contar las gotas que golpean la ventana que ponerme a pensar en por qué las palabras de Ashford han dolido tanto.

CAPÍTULO 13

Tengo el codo encastrado en la puerta, apoyo el brazo en la ventanilla del auto y mi mejilla reposa sobre la palma de mi mano. Mi frente ha caído contra el vidrio y con cada exhalación que dejan mis pulmones, se empaña. A Ashford no parece molestarle en absoluto que esté ensuciando su auto caro, así que no me molesto en detenerme.

La autopista se extiende ante nosotros como una serpiente inmensa y desolada. A las diez de la noche de un lunes, pocos se encuentran con ganas de cruzar la ciudad. Un auto pasa por nuestro lado cada tanto y con Ashford jugamos a adivinar qué es de la vida de las personas que van dentro. Y con *jugamos*, me refiero a *juego*, porque Ashford parece negado completamente a mi increíble sentido del humor.

—Seguro ese está yendo a ver a su abuelo comatoso en un hospital —comento desganada, apuntando al Audi que pasa a toda velocidad—. No hay otro motivo para ir tan rápido.

—¿Podrías dejar de hacer bromas con eso?

—No es broma, está yendo rapidísimo. —En efecto, el puntito azul oscuro del vehículo ya se ha perdido en el horizonte—. Es muy irresponsable.

—Hablo de tu abuelo.

—Bueno, bien. Pongámonos a llorar entonces. ¡En equipo! ¡Diversión segura! —exclamo mientras me enderezo y levanto las manos en el aire, como si estuviéramos en una montaña rusa.

—Me parecería más saludable.

—Como no tomar gaseosas y dejar las comidas procesadas, sin embargo, dudo que ninguno de los dos vaya a hacerlo.

—¿En serio no te sientes mal?

—Claro que me siento mal. Me siento tan mal que si me pusiera a llorar inundaría el auto y me está costando un poco respirar, así que elijo mirar por la ventanilla y hacer chistes. —Un autito pequeño y destartalado pasa por nuestro lado—. Ese está volviendo de ver a su abuelo comatoso en el hospital, maneja como una tortuga. Seguro le dijeron que el abuelo no va a morirse.

—Leo...

—*Ashford...* —respondo, imitando la profundidad de su tono. Sin embargo, no me sale, porque no creo que su cuerpo haya reaccionado de la forma en la que el mío reacciona al sonido de su voz. Trago saliva para disimular y sostengo mi sonrisa.

—Olvídalo —bufa en respuesta.

Como era de esperar, el perfil de Ashford es tan perfecto como todos los otros ángulos de su rostro. Tiene facciones complicadas, todas demasiado fuertes, que no deberían funcionar entre sí, pero lo hacen. Te descoloca un poco, hace que no sepas bien qué enfocar cuando lo observas, porque todo te llama. El único motivo por el cual soy capaz de apartar la mirada es porque Ashford se pasa nuestra salida sin siquiera pestañear.

—Teníamos que bajar ahí —le digo.

—No vamos al campus.

—Siento que estás tomando mucha confianza. ¿Qué pasó con el Ashford adorable de los primeros días de nuestra tregua?

La indignación tiñe su voz.

—¿Pensabas que era adorable?

—*Pienso* que eres adorable, solo que comienzo a darme cuenta de que también eres un tirano.

—No soy ninguna de las dos cosas.

—Literalmente acabas de decidir que no volveremos al campus sin siquiera preguntarme qué quería hacer yo.

—Es que ya sabía que me ibas a decir que no porque *tienes que entrenar mañana.*

—Claro, tomar decisiones por el resto para que no se nieguen, para nada tirano de su parte. Y ya hablamos de esto, pero tu imitación de mi voz es malísima.

Por un instante, aparta la vista de la carretera y sus ojos encuentran los míos. Se me acalambra el pecho porque la severidad en su mirada pesa demasiado como para sostenerla.

—*Tienes* que tomarte un descanso —dice, como si no existiera la posibilidad de ignorarlo todo y seguir con mi vida como yo pensaba hacer. Enseguida vuelve a mirar la ruta, pero aún siento el calor de su mirada sobre mi piel—. Si... si me prometes que ahora te llevo a tu dormitorio y mañana vas a tomarte el día para descansar y procesar esto, ya mismo doy la vuelta. Si no vas a hacerlo, te voy a llevar a cenar a algún lado y vas a procesar esto a la fuerza.

El calambre se desliza por mi cuerpo; sube y sube hasta aferrarse a mi garganta con la fuerza que una serpiente mortal se aferraría a su presa.

Pienso en lo que ha dicho.

Si voy a casa, sé que el sueño va a pegarme de golpe y voy a caer rendida en la cama y no voy a dedicarle ni un segundo a pensar en todo lo que acaba de suceder. Y eso sería tanto más fácil, tanto mejor. No puedo prometerle a Ashford que vaya a llegar y a hacer el esfuerzo de pensar en cómo puede que mi abuelo nunca más abra sus ojos, porque no quiero hacerlo. Pero... pero ir con él a cenar y no estar sola... por más que él quiera hacerlo para intentar obligarme a caer en el tipo de "momento para procesar los sentimientos" que él considera saludable... suena tentador. Suena a que voy a irritarlo hasta que quiera sacarse los oídos y voy a divertirme a montones. Pero, sobre todo, suena a que no voy a estar sola y creo que de momento es lo único que me importa.

Carraspeo antes de hablar.

—Podemos cenar. Pero solo porque eres un tirano y no creo en absoluto que tenga otra opción.

Ashford rechaza tres restaurantes diferentes antes de que encontremos uno que le parezca aceptable. Pasamos y nos sentamos en una mesita en la esquina rodeada por ventanales que dan a los otros montones de locales de comida que hay en la calle. Carteles de neón compiten por llamar mi atención, pero ninguno de ellos lo consigue, porque en la ventana puedo ver el reflejo de Ashford, que mira con la boca abierta el lugar como si nunca en su vida hubiera pisado esta peatonal. *La peatonal*, a la que todos, pero absolutamente todos los alumnos de la Universidad de Crawford, recurrían para un escape, una salida con amigos o una cita. Era lo más cercano que había al campus, siendo que este estaba en medio de la puta nada.

—Eres un tirano exigente —comento.

—Los otros lugares eran demasiado ruidosos.

—No sabía que hubiera venido a cenar con mi abuelo.

No sé si alguna vez volveré a cenar con mi abuelo.

Mi cuerpo reacciona a mi propio comentario como si me hubieran apuñalado a mí misma y me hubiera tomado por sorpresa. Si Ashford nota que esta vez no fue un chiste, sino mi mente jugándome una mala pasada, tiene la prudencia de no decir nada al respecto.

—Ir a lugares con tanto ruido hace que me sea más difícil hablar.

Enseguida tiene mi atención. No suele hablar de su tartamudeo. Creo que prefiere fingir que no existe, un poco como si con eso pudiera convencernos a todos.

—¿Por qué?

—Cuesta más escucharme, me distraigo, estoy más tenso.

—¿Por eso siempre estás en la biblioteca?

Él no aparta la mirada, pero puedo ver que quiere hacerlo. La mesa se mueve un poco porque su pie no deja de rebotar.

—No estoy *siempre* en la biblioteca. Pero sí, es parte del motivo.

—Creo que nunca he llegado sin que tú estuvieras allí desde antes.

—Es que... —dice algo por lo bajo que no termino de entender—. No importa. ¿Cómo estás?

La pregunta me descoloca.

—¿Qué es lo que no importa? A mí me importa, cuéntame.

—No cambies de tema.

—No puedes pedirme que no cambie de tema si tú cambiaste de tema primero.

—Yo no...

—Hagamos una cosa —sugiero, antes de que pueda negarlo—: Tú me cuentas eso que tan poco importa y yo juego a tu juego de procesar sentimientos verbalizándolos como personas estables emocionalmente. Después de todo, tu sugeriste que me despejara, así que hazlo, despéjame. Entretenme, Ashford.

—No soy un bufón.

—No, eres un buen... —Me pongo roja, porque no sé terminar la oración. "Amigo" parecía un montón, pero "compañero" era un menosprecio después de todo lo que había hecho por mí hoy. Finalmente, opto por la menos dañina de las dos opciones—. Amigo.

Suena más a una pregunta que a una afirmación, pero veo cómo Ashford se vuelve completamente de piedra por un instante, como si tampoco estuviera del todo seguro de que esa fuera la palabra. Y me siento una idiota por asumir que él pensaría lo mismo que yo, que tal vez estábamos volviéndonos amigos. Sigo hablando antes de que mis pensamientos se magnifiquen lo suficiente como para arruinar mi humor o, peor aún, se me escapen de la boca.

—Ahora cuéntame, ¿por qué siempre estás en la biblioteca?

—Porque comparto habitación con un idiota.

—¿Esto quiere decir que no vives en un *penthouse* de dos pisos con un *jacuzzi* en la terraza?

—¿Por qué creerías eso? —pregunta con un tono que me dice que no está del todo seguro de querer escuchar la respuesta.

Yo señalo a la calle de enfrente, donde está aparcado su auto.

—Porque manejas un BMW y porque me has prestado un suéter tuyo y estoy muy segura de que no lo compraste en Target. De hecho, no creo que en tu vida hayas comprado *nada* en Target —respondo apartando la vista y yo me regodeo ante mi victoria—. Lo sabía.

—¿Y qué si nunca fui a un Target?

—Te estás perdiendo de pasar un buen rato, solo eso. Especialmente si tienes dinero, porque eso significa que puedes comprar un millón de estupideces.

—¿No crees que estás un poco obsesionada con el dinero?

—No estoy *obsesionada* con el dinero. Si lo estuviera, no estaría en esta universidad que va a endeudar a toda mi familia de por vida. Estoy señalando lo obvio y eso es que, si quisieras, probablemente estarías en un *penthouse*. La pregunta es... ¿por qué no?

—No podría estar en ningún *penthouse*, para aclarar, pero sí podría estar viviendo solo, en un departamento en la ciudad o como mínimo en una habitación individual en los departamentos de estudiantes, pero mis padres querían que tuviera la experiencia universitaria completa y... b-bueno, que hiciera amigos y todo eso...

Me quedo en silencio ante la implicación que hay debajo de esa frase. Mi corazón se achicharra y se doblega.

—Tampoco es para que me mires como si se me hubiera muerto el perro, Grimaldi.

Grimaldi, Grimaldi, Grimaldi.

Ese acento tan raro que tiene hace que mi apellido suene mucho más sofisticado de lo que es. Hace que quiera escucharlo hasta el cansancio. Para evitar a toda costa que los poderes psíquicos de Ashford dejen expuestos mis pensamientos, tomo el menú en mis manos y lo escaneo por encima.

—No, no, en absoluto, pero... siempre pensé que lo tenías todo.

—¿Porque mis padres tienen plata?

—No, porque eres estúpidamente hermoso. —El calor me sube al rostro y tengo ganas de morirme, pero trato de que se note lo menos posible que las palabras se me han escapado y sigo hablando como si nada—. Y porque te mueves como si no te importara nada. Generalmente, la gente que no le importa nada es gente que nunca tuvo miedo de perder.

—O gente que no tiene nada que perder, ¿no crees? —responde él, un poco en broma y otro poco en *me estoy exponiendo de-*

masiado aquí, por favor no hagas un chiste. Así que me guardo mi chiste y le sonrío.

—Sí, eso puede ser. ¿Así que por eso tienes un compañero de habitación insufrible del que quieres escaparte?

—Es *lo peor* que vi en mi vida. Literalmente juega videojuegos con el volumen tan alto que tiemblan las paredes y se lo pasa insultando a gente *online*. Y eso cuando está solo, porque muchísimas veces trae más idiotas al departamento y se pasan *horas* jugando. Y cuando digo horas, no son dos o tres, son muchas más.

—*Hombres* —me limito a responder.

—¿Perdón? —pregunta, Ashford.

—Digo, que es un comportamiento típico del hombre.

—Yo no hago eso.

—Porque eres un hombre escrito por una mujer.

Él se toma unos segundos.

—No entiendo.

—Es que... te vistes bien y eres dentro de todo decente y tienes todo ese rollo de chico misterioso y seguro te gustan los animales, o cocinas, además de que te ves bien siempre y esas cosas... *Tienes* esas cosas que hacen que parezcas salido de la cabeza de una mujer.

Él se queda pasmado y a mí me empieza a atosigar el calor de este lugar, porque se siente como si hubiese comentado algo terriblemente personal a pesar de que solo le compartí una teoría que me explicó Cameron la semana pasada. Gracias a Dios, justo en ese momento, se materializa a nuestro lado el mesero, interrumpiendo la conversación.

—Hola, buenas noches. ¿Ya saben qué van a pedir?

Yo miro al menú en mis manos y el otro menú que Ashford tiene a su lado y ni siquiera ha tocado.

—No, disculpa. ¿Nos darías cinco minutos? —pido con una sonrisa. Él se retira, dejándome una vez más con Ashford, que ya está revisando el menú.

—¿Así que siempre me veo bien? —pregunta casualmente.

Las alarmas empiezan a sonar en mi cabeza, todo se tiñe de rojo.

—No, pero ese es el estereotipo de hombre escrito por mujer.

Una de las muchas cosas del estereotipo. No significa que cumplas con todo. Porque es un estereotipo. No te creas tan importante. ¿Por qué siento que te estás riendo de mí a pesar de que no estás ni sonriendo? ¿Te estás riendo de mí?

Ashford levanta la mirada del menú solo para decir:

—Porque me estoy riendo de ti.

—¿No habías venido aquí a ayudarme a procesar? —reniego.

—Sí, pero empezaste a decir que siempre me veo...

—Ya sé, *ya sé* lo que empecé a decir. No lo repitas. —Sin embargo, y muy a pesar de la frustración, estoy sonriendo como una idiota porque me maravillan todos estos lados de Ashford que están saliendo a la luz, incluso cuando esos lados tienen como único fundamento irritarme hasta el cansancio.

El mesero regresa mientras Ashford y yo seguimos discutiendo. Ashford pide pastas y yo pido lo mismo que él porque claramente no tuve la oportunidad de mirar el menú entre tanta charla. Ashford se saca la bufanda y el suéter, quedando en una camiseta de manga tres cuartos que expone su tatuaje por completo.

—¿Te puedo hacer una pregunta?

—No creo que pueda decirte que no.

Apunto al mapamundi en su brazo.

—¿Qué significa?

Él dobla el brazo hasta poder ver su propio tatuaje, como si hubiera olvidado por completo su existencia. Se queda en silencio por tanto tiempo que me apresuro a agregar:

—No hace falta que me cuentes si no quieres. No hay problema. Entiendo todo el mambo de que los tatuajes pueden ser personales. *—O pueden ser dibujitos aleatorios como los de Paul.*

Pero Ashford levanta la mirada y me cuenta todo.

Lo primero que me dice es que nació en Australia.

Y me sorprende ligeramente, pero no demasiado.

De Australia pasó a vivir en Sudáfrica y luego fue a España, de allí a Colombia y de Colombia a Estados Unidos. ¿Y después? Su padre tuvo que mudarse a Francia y Ashford fue con él. Mencionó tantos países que no estaba segura de poder recordarlos todos. En algunos lugares vivió seis meses, en otros un año, pero en ninguno más de tres.

—Mis padres querían que tuviera la experiencia universitaria completa y... b-bueno, que hiciera amigos y todo eso.

El recuerdo de sus palabras me atraviesa y mi corazón derrama una lágrima por el niño pequeño que arrastraron por el mundo como si no fuera más que una muñeca de trapo. Imagino todos los amigos que dejó atrás, todos esos vínculos cuyos lazos se rompieron y se perdieron en el tiempo.

—¿Y el tartamudeo? ¿Cuándo empezó eso?

—Cuando era pequeño.

—¿Qué tan pequeño?

—No lo sé. ¿Dos o tres años?

—Pero ¿tus padres no...? —Sabía que había sonado a un juez declarando su sentencia, pero no me llegué a corregir, porque Ashford completó por mí.

—¿Que si no hicieron nada? —Se encoge de hombros—. Al principio pensaron que era normal. Es común en niños pequeños tartamudear a esa edad, que sus pensamientos van más rápido que su capacidad de conectar palabras. Así que esperaron a que se arreglara.

Y parece que el tiempo pasó y pasó, y de repente, Ashford tenía diez años y aún tartamudeaba.

—Era peor que ahora —aclaró, y sentí la timidez de sus palabras incluso cuando intentó ocultarla—. Fui a un montón de logopedas a partir de los diez años, pero como siempre nos mudábamos, nunca tuve continuidad en los tratamientos y eso dificultaba todo. Con cada mudanza mis avances retrocedían montones y... eventualmente me cansé de todo y dejé de ir. A mis padres no les pareció tan grave, pero mis abuelos insistieron en que siguiera yendo. Y ahora me prometo retomar las sesiones de logopedia todos los años, pero nunca lo hago.

—¿Y el tatuaje?

—Viajé por el mundo. No me siento... parte de ningún lugar.

—Eso suena triste.

—No, no lo es en absoluto. Creo que me hizo darme cuenta de todo lo que me queda por conocer, de todos los lugares que existen y que sería completamente estúpido de mi parte limitarme, instalarme en uno, cuando hay tanto por ver. —Al ver mi cara de confusión, continuó—: Quiero viajar. Quiero conocer todo lo que me queda del mundo como mis abuelos, que viajaron hasta el último momento de sus vidas.

—¿Así que es algo familiar? Tus abuelos, tus padres, todos nómadas.

—Puede ser.

Vuelvo a pensar en esos lazos perdidos. En mi mente veo las cuerdas rojas que antes ataban a dos personas, flotando abandonadas, sin nadie esperando en ninguno de los dos extremos.

—¿Y la gente? ¿No extrañas a la gente? ¿No tienes ganas de al menos una vez quedarte en algún lugar y construir algo ahí?

Él le quita importancia.

—Es lo que estoy haciendo ahora y no me parece gran cosa.

Su respuesta me atraviesa como una lanza. Me genera una rabia indignante.

—Lo que estás haciendo no es construir algo, estás yendo a la universidad para pasar desapercibido e irte lo antes posible.

—¿No es lo mismo que estás haciendo tú?

—Ni siquiera un poco. Yo no estoy *pudiendo* construir nada porque aparentemente tengo lepra por ser pobre y tonta, y si bien detesto con toda mi alma estar en Crawford, me gustaría salir de este lugar con algo que contar, con un recuerdo que lo haga valer la pena.

Él niega. Se interrumpe dos veces antes de hablar, como si no supiera cuál de todas mis declaraciones responder.

—Ya no importa. Me queda un solo año y luego quiero irme. No voy a hacer un esfuerzo para "construir" nada ahora.

—Entonces, ¿cómo vas a saber si no te estás perdiendo de algo que te haría más feliz que ese viaje?

Ante mis palabras, se silencia. Y por primera vez desde que lo conozco, no me regodeo en tener razón, sino que me aferro a la pregunta y al enigma de sus ojos. El color carbón se alza como una barrera entre su mente y la mía. Si los ojos son la ventana al alma, Ashford ha tapiado los suyos. No me dicen nada, pero no necesito que lo hagan. Entiendo su silencio, entiendo lo que está pensando y entiendo que me deteste por haber puesto esa idea en su cabeza.

Para cuando nos traen la comida, ya hemos cambiado de tema cinco veces, pero mi pregunta resuena como un eco en las profundidades del mar, en busca de respuesta.

CAPÍTULO 14

No volvemos a hablar de todo lo que Ashford se niega y todo lo que yo no pude construir. Tampoco hablamos del abuelo. Creo que Ashford se dio cuenta en alguno de sus intentos por sacar el tema, de que todavía no puedo enfrentarme a todo esto, que no hay más lugar en mi pecho para más desgracias y que no puedo ocupar ese espacio desplegando este desastre. Tengo miedo de que, si abro el compartimento en el que he metido este desastre, mis emociones me desborden y me pierda en ellas.

Y no tengo tiempo para estar perdida o para nadar en círculos sobre este tema.

Lamento haberle mentido a Ashford cuando me dejó en la puerta de casa y prometí que me tomaría el día para pensar, pero es para mejor. No necesito pensar en nada de esto. Solo necesito que se termine.

Solo necesito que se termine.

Me aferro al pensamiento mientras cuelgo el bolso en mi hombro.

El reloj marca las cinco y cincuenta y cinco de la mañana cuando salgo del departamento.

CAPÍTULO 15

Me sudan las manos.

Creo que en cualquier momento voy a empezar a gotear como una canilla rota.

Ashford, en cambio, está completamente concentrado en su computadora, como si nada hubiera cambiado. Como si no estuviera sentado en mi escritorio, prácticamente pegado a mí, porque no hay más lugar en mi pequeño departamento. Cada vez que tipeo algo, mi brazo roza el suyo y la piel se me pone de gallina y se prende una llama en el fondo de mi estómago que me calienta la piel hasta hacerme imposible la tarea de concentrarme en nada.

Mi celular suena.

Ashford lo mira.

Yo lo miro.

—¿No vas a responder? —me pregunta justo mientras llega otro mensaje. Y otro más.

No lo sé. La realidad es que para ver quién me escribe, tendría que agarrar mi celular y para hacer eso tendría que rozar el brazo de Ashford entero y no sé si estoy dispuesta a descubrir lo que eso puede hacerle a mi organismo. Ya de por sí no estoy funcionando bien estando completamente envuelta en la caricia de su perfume.

—No creo que sea importante.

—¿Y si es sobre tu abuelo?

La posibilidad no había cruzado mi mente, porque había llegado a la silenciosa conclusión de que era mejor fingir que nada estaba mal con el abuelo. Que simplemente tenía un resfriado fuerte, o una migraña que era mejor atravesar durmiendo. Pero era difícil fingir con Ashford, que en la última semana me había preguntado cómo estaba todos los días e incluso me había llevado un café a clase el lunes porque había dos por uno en la cafetería de la uni. Si bien parecía contento de ignorar el tema de Sandy por algún motivo, mi *no-amigo-pero-tampoco-compañero* parecía empeñado en sacar el de mi abuelo a la luz y restregármelo en la cara en cada oportunidad que tuviera. Y si bien sus intenciones eran buenas y nunca insistía más allá del "cómo estás", empezaba a irritarme.

Al fin consigo sacar a mi cuerpo del entumecimiento general al que lo había sometido. Mis articulaciones se niegan y tiemblan un poco, una corriente eléctrica me sacude cuando la piel expuesta de mi antebrazo roza los nudillos de Ashford.

Agarro el celular y cuando al fin lo tengo frente a mí, me llega otra notificación, iluminando la pantalla antes de lo que me hubiera gustado.

—Tenías razón —comento en voz alta, dándome cuenta de mi error cuando ya era demasiado tarde y Ashford tomó las palabras como una invitación para mirar por encima de mi hombro. *Inhala, exhala, inhala, exhala, pero no demasiado rápido ni demasiado fuerte ni demasiado lento*, me digo a mí misma en un intento por recordar cómo se suponía que funcionaba todo este tema de la respiración—. Es sobre el abuelo.

—¿Qué dice? ¿Está todo bien?

Leo las notificaciones sin abrir el chat porque ya no sé qué responderle a mi madre, que todos los días me cuenta del estado del abuelo solo para que piense que algo ha cambiado, pero todo sigue exactamente igual.

—Maravilloso, sigue igual de comatoso que ayer y antes de ayer y el día anterior a ese.

—¿Estás bien?

—Estoy excelente. ¿No ves? —Volteo a sonreírle—. Todo es colores y alegría, Ashford. ¿Podemos por el amor de Dios terminar con esto?

Y recién entonces me doy cuenta de lo increíblemente cerca que estamos: sus ojos a centímetros de los míos, tan cerca que cuando suelta una exhalación, la siento como una brisa cálida acariciándome el rostro. Huele a manzana verde y azúcar y yo siempre fui de las que prefieren dulce a salado. Se me hace un nudo en la parte baja del estómago y amenaza con ahogarme. Y lo peor de todo es ver tan de cerca lo inalterado que está él, en perfecto control de su cuerpo, de sus sensaciones. A veces creo que ese día en la biblioteca, la forma en la que me buscó, en la que me miró, en la que sus ojos parecían no querer dejar ir mis labios, fue una alucinación, algo que mi cerebro inventó para compensar todas las cosas terribles que vinieron después.

—Perdón...

—Perdón...

Hablamos a la vez y nos interrumpimos. Él sigue inexpresivo, pero yo suelto una risita nerviosa, mirando al piso como si hubiera algo de interesante en mi alfombra.

—No tuve que haberte gritado así. Estoy cansada y me estoy desquitando contigo porque mi madre es... —Me volteo, buscando distancia porque no quiero que vea el desastre que soy por dentro, y poniendo los codos sobre la mesa, clavo los talones de mis manos en mis ojos, sumiéndome en la oscuridad—. Bueno, es mi madre.

—¿Todavía no te pidió perdón?

—Ella no pide perdón. Ignora el problema y listo. Y papá ni siquiera me ha hablado. Es un terco cabezota.

—Me suena un poco a alguien más... —Debe de haber rotado en la silla, porque su rodilla choca contra mi muslo y me sobresalto.

—Tengo diecinueve años, no debería ser yo la que lo busque para hablar cuando él la ha cagado. Se supone que es el adulto.

—No por ser adulto sabe más. Podrías ser la mejor persona y...

—A la mierda con la mejor persona —exploto, sacando las manos de mis ojos y mirando al frente porque no quiero que los ojos de Ashford me hagan perder las palabras—. Siempre soy la mejor persona cuando de ellos se trata. Y los amo con todo mi corazón, pero esta vez van a tener que pedirme perdón como se debe si quieren que en algún momento considere responder alguno de sus mensajes.

—Eso, es de cabezota.

—No me vengas a criticar como si nunca te hubieras enojado con tus padres.

—Nunca dije eso.

—Entonces cierra el pico.

—Solo digo que tus padres están intentando estar para ti, aunque no sea de la forma en la que a ti te gustaría y eso... eso es más de lo que tienen otros. —Algo se desbalancea en su voz al final de esa oración, como si hubiera estado caminando sobre una cuerda floja y el viento hubiera soplado demasiado fuerte para su gusto—. No creo que aplicar la ley del hielo sea la mejor forma de aprovechar eso.

Eso es más de lo que tienen otros.

—¿Mala relación con tus padres? —pregunto.

—No mala, solo complicada. —El silencio es total, estoy esperando que elabore y, cuando lo hace, se me rompe un poco el corazón—. Nunca me entendieron bien, así que nunca se metieron demasiado en mi vida.

—No sé qué responder... Eso es una mierda.

—Una soberanísima mierda. Por eso te digo que no te ensañes con los momentos en los que fallan cuando solo están preocupados. Se dan cuenta de que no estás bien.

—Estoy más que bien.

Él mira a su alrededor y cuando finalmente vuelve a mí, sé que no va a gustarme lo que sea que tenga para decir.

—Leo, te lo pasas quedándote tildada en medio de conversaciones, cada dos minutos te masajeas el cuádriceps, lo que debe significar que te duele más de lo que vas a admitir y estás viviendo en un desorden... importante.

Me paraliza todo lo que ha notado. No la parte del desorden, porque eso estaba expuesto a la vista. Cuando entramos, había un montón de ropa sucia en una esquina, mis carpetas estaban abiertas y había hojas por todo el escritorio, y ni hablar de la pila de platos que tengo todavía sin lavar en la bacha. Me había encargado de solucionar las primeras dos de esas cosas antes de sentarnos en mi pequeño escritorio/mesa empotrado a la pared, pero aún estaba mi cama deshecha y la cocinita se veía toda desordenada en la otra punta del monoambiente. No era mi culpa que hubieran cerrado la biblioteca por remodelaciones sin avisar antes. De haber sabido que íbamos a terminar estudiando en mi dormitorio, hubiera ordenado, hubiera limpiado hasta que todas las superficies brillaran como diamantes. La vergüenza me atravesó como un latigazo. Por haberle permitido a Ashford ver mi departamento en este estado, por el hecho de que casi siempre estaba en este estado, pero también porque él se había dado cuenta de los detalles que yo tanto me había empeñado en disimular.

—No siempre es un desastre —mentí.

—No estás contenta.

Bufé.

—Suenas como el insoportable de Cameron.

Por el rabillo del ojo, lo vi enderezarse.

—¿El insoportable de Cameron? —repitió, casi con cautela.

—Sí, Cameron. Mi mejor amigo, te hablé de él.

—Pensé que era mujer.

—¿Hay algo de malo en que no lo sea?

El aire se había vuelto denso, irrespirable. Era como pasar vapor de vino por mis pulmones, la ligereza de una borrachera amenazaba con asentarse en mi cabeza.

—No, solo... —Se removió y tomó una lapicera con un enorme pompón rosa de mi lapicero—. Solo me sorprendió. Él... ¿Cameron también te dijo que no estabas contenta?

—Sí, pero es Cameron y exagera siempre.

—O tal vez te conoce.

—O tal vez es muy obvio, considerando el hecho de que tú pareces pensar lo mismo.

—O tal vez yo también empiezo a conocerte.

El aire finalmente se termina.

Sus ojos irradian una calma absoluta que no concuerda ni un poco con cómo juguetea con la lapicera rosa. Bajan a mis labios casi con timidez. Es una imagen totalmente ridícula y, aun así, me tensa hasta el último músculo del cuerpo.

—Tal vez —respondo en un suspiro.

Sin embargo, no fui lo suficientemente suave, porque mis palabras rompen el hechizo.

Ashford parpadea un par de veces y aparta la mirada con una brusquedad que de haber estado parada me hubiera hecho perder el equilibrio. En ese momento me doy cuenta de que yo también estaba mirando sus labios, el contorno oscuro contra su piel. En el fondo de mi mente soy plenamente consciente de que detrás de nosotros está mi cama. Que es una cama pequeña, que está toda desarmada y que tiene un peluche del Correcaminos encima, pero es mi cama, al fin y al cabo, y Ashford estando tan cerca de ella hace que mi cerebro entre en corto. Imágenes que he estado empujando hasta ahora, evitando a toda costa, salen a la luz: los labios de Ashford acariciando los míos, mis dedos enredándose en sus rulitos, mis caderas contra las suyas y la sensación de sus manos sosteniéndome tan cerca como sea posible mientras me deshago en sus brazos.

Quiero besar a Ian Ashford.

El pensamiento se hunde en mí como un líquido espeso y se pegotea entre mis costillas. Es petróleo y voy a morir ahogada en él, ahogada en estas ideas que no dejan de escaparse de mi mente con la inevitabilidad de un último aliento.

Quiero besarlo ahora mismo y quiero arrastrarlo hasta mi cama y tirarlo sobre ella solo para poder besarlo un rato más.

Otro mensaje revienta como una bomba en el silencio y me sobresalta lo suficiente como para hacerme soltar el celular, que impacta contra el piso y cruje haciéndome saber que lo he roto aún más.

Instintivamente, Ashford hace que su silla con ruedas retroceda —la mía es una banqueta que se niega a moverse contra la alfombra y que me destruye la espalda— y se dobla en dos para buscarlo. En el acto, su rostro queda frente a mi rodilla y su aliento se enreda con mi piel, haciendo que un escalofrío suba como un rayo por mi columna vertebral.

Al oxígeno le salen púas y me pincha los pulmones. Lo retengo porque dejarlo ir podría desgarrarme por completo.

Ashford se reincorpora lentamente y me devuelve el celular. Cuando lo tomo de sus manos, sus dedos apenas tocan los míos, pero es suficiente para arrancarme una exhalación. En efecto, es doloroso. El aire me atraviesa en su salida como una navaja abriendo un camino vertical de mi ombligo a mi barbilla.

Sin siquiera percatarme de lo que estoy haciendo, me pongo de pie.

—Gracias —le digo, ahora parada, con sus ojos mirándome desde abajo aún hechos un enigma. ¿No siente nada de lo que estoy sintiendo yo? ¿No acaba de desangrarse como yo lo hice? Porque siento que no me queda una gota de sangre en el cuerpo. A mis piernas les cuesta horrores sostenerme y no tiene nada que ver con el dolor que se ha instalado en mi cuádriceps desde el miércoles.

Miro el celular y agradezco que me dé una distracción.

Incluso si todavía siento los ojos de Ashford sobre mí como un paño de agua tibia deslizándose por mi cuerpo.

—Las nacionales son en Chicago —leo en voz alta el mensaje de Uma—. No he pisado Chicago en mi vida.

—Es bonito.

Su voz.

La voz de Ashford es tan áspera que me serrucha el piso bajo los pies y por poco me tambaleo.

—Espero ganar las estatales, en ese caso.

Trato de sonar todo lo casual que puedo, pero creo que nunca en mi vida me ha importado tan poco el atletismo, ni siquiera me preocupa la posibilidad de que Gemma me descalifique de las nacionales. Mi único miedo ahora mismo es lo cerca que estoy parada de mi cama y cómo eso hace que todos mis pensamientos sean más vívidos y se llenen de piel.

La piel oscura de Ashford contra la mía.

El susurro de la ropa cayendo.

No puedo estar pensando en esto. No quiero estar pensando en esto.

Sin embargo, no puedo parar.

Ashford se pone de pie y mi cuerpo reacciona solo. Mi piel irradia calor. Es tan alto, que si midiera diez centímetros más, se golpearía la cabeza contra el techo. Tiene la computadora en la mano y el bolso colgado al hombro. No sé en qué momento agarró ambas cosas y todavía estoy buscándole una explicación a eso cuando anuncia que se va. Y creo que dice algo sobre tener un compromiso y sobre ya arreglar para vernos en estos días, pero no puedo procesar ni una media parte de todo eso.

Cuando cierra la puerta a sus espaldas, todavía tengo el corazón dado vuelta y un calor tan hambriento instalado en lo bajo de mi estómago que me dejo caer sentada en la cama y me lleva lo que parece una eternidad encontrarme a mí misma.

CAPÍTULO 16

Cuando tocan la puerta me sobresalto y se me cae la tapa del resaltador que tenía en la boca.

El libro de texto abierto delante de mí está casi completamente resaltado porque creo que todo lo que dice es importante, pero algo me hace pensar que probablemente esté equivocada y que voy a arrepentirme de no saber resaltar cuando llegue el día del examen y esto no haya servido de nada. Pero no puedo concentrarme, porque ha pasado una semana entera desde la última vez que vi a Ashford en esta misma habitación, no dejo de pensar en la forma en la que miraba mis labios. Lo recuerdo en los momentos más inesperados —lavando platos, caminando, en medio de un entrenamiento—, y luego mi mente inventa un final alternativo en el que él no huye de mí y yo no me acobardo.

Vuelven a tocar. La burbuja del recuerdo estalla y se desperdiga a mi alrededor como un mal sueño. Esta vez mis brazos se tapizan con piel de gallina y tengo la sensación de que debería quedarme donde estoy, tirada en la cama repasando para mis exámenes. Del otro lado de la puerta insisten a los golpes arrancándome de mis pensamientos.

Se hace silencio mientras avanzo y con cada paso aumenta la sensación de que el aire está cargado de susurros incomprensibles. Son vocecitas que se entremezclan y se solapan hasta no ser más que un ruido que molesta y aturde y me marea un poco.

Y descubro que tengo razón cuando abro la puerta y Paul está ahí, con los ojos rojos, venas gruesas y rosadas pintadas alrededor del iris.

Debería haberme quedado estudiando, nunca debí abrir esta puerta.

Paul asiente.

El mundo se derrumba.

Paul llora cada tanto mientras me explica.

Estamos sentados en mi alfombra, de piernas cruzadas y no puedo dejar de pensar en todos esos momentos que jugamos sentados de esta misma forma cuando éramos pequeños. Siento una calma que me perturba. Siento que de alguna forma es todo parte de un mal sueño. Al menos hasta que Paul me dice que el funeral es mañana. Porque nunca, ni en mis peores pesadillas, habría podido castigarme de esa forma.

Y él debe verlo en mi cara, porque mis gestos son transparentes y mi hermano nunca tuvo problemas para leer lo que había debajo de ellos.

—¿Qué? ¿Qué pasa?

—Mañana son las estatales.

—¿Qué mierda tiene que ver el atletismo en todo esto, Leo?

¿Qué hice mal?

La pregunta salta en mi mente, incrédula. Hay cosas que no deberían suceder. Hay incendios que se comen bosques enteros, hay muertes que se llevan a gente joven, gente inocente, hay hambre en lugares donde debería haber sonrisas, hay mares que llevan a sus orillas animales bañados en petróleo, hay gente cruel que no conoce el límite, hay amores no correspondidos y hay... hay chicas que se ven obligadas a elegir entre su sueño y despedirse de la persona que las llevaba a todos sus entrenamientos, que las ayudaba a estudiar y que les regalaba justo lo que querían en todos sus cumpleaños.

¿Qué hice mal?

¿Por qué nunca nada parecía querer que las cosas estuvieran bien?

Cuando empezaba a mejorar en mis entrenamientos, empeoraba en mis clases.

Cuando mejoraba en mis clases, empeoraba en mis entrenamientos.

Cuando veía a mis amigos, no tenía tiempo de ver a mi familia.

Cuando veía a mi familia, no tenía tiempo de nada y sufría por tener que despedirme para volver a esta mierda de lugar.

Cuando creía que el panorama con Ashford estaba mejorando, él se borraba del mundo.

Cuando al fin podía competir en las estatales estando exactamente en el lugar que debería estar, corriendo en los tiempos que debería correr, el mundo me arrebataba una parte de mi corazón y la usaba para arruinar ese sueño.

—Si no... Si no compito en las estatales, quedo eliminada de las nacionales. Y no solo tengo que competir. Tengo que ganar. Y, y... y yo... —Se me corta la voz porque antes no había permitido que la idea de perder fuera siquiera una posibilidad.

Las facciones de Paul se desfiguran, pasan de la furia a la comprensión y a la pena. Sé que no necesito decir nada más. Entiende lo que está sucediendo, entiende que esto puede girar completamente el curso de mi vida porque no he parado de hablar de las estatales en la última semana.

—Nadie va a culparte si no vas al funeral, ¿sabes? —dice al fin, poniendo una mano en mi hombro.

—Mamá y papá van a odiarme y con razón. Van a decirme que sigo poniendo el atletismo sobre las cosas que deberían importarme de verdad. Y van a decir que el abuelo no hubiera querido esto para mí y tienen razón.

El abuelo hizo un esfuerzo descomunal, poniendo en pie el que ahora es el negocio familiar. Grimaldi es una casa que arregla electrodomésticos averiados y lo que mis abuelos quisieron desde el momento uno era dedicar cada centavo ahorrado allí a pagarle la universidad a mi padre, pero esa idea se desarmó ante ellos cuando papá no pudo conseguir una beca para ayudarlos. Según las universidades, en su familia no la necesitaban tanto como otros y papá no tenía las notas para aplicar a una beca académica. Así que se limitó a seguir con la profesión de su padre, trabajando en Grimaldi donde terminó conociendo a mamá, una diseñadora de interiores que resultó tener un microondas que había dejado de calentar. Papá lo arregló y no se lo cobró porque "era una tontería". Mamá volvió a pasar por Grimaldi a los pocos días con su número de teléfono anotado en un papelito. Y si bien mamá tiene un título, papá no puede esperar a poner su apellido en un diploma, algo que sería enfurecedor si lo quisiera para él, pero la realidad es que lo único que quiere es que nosotros nunca pasemos por las cosas que él pasó, que tengamos una vida mejor de la que él tuvo.

—Van a odiarme... —repito, cuando caigo en la cuenta de que lo que está en juego no es solo mi despedida, sino mi reconciliación con el abuelo.

—El abuelo querría que fueras a las estatales —responde mi hermano, con tanta convicción que me aturde—. Te llevó toda la vida a todos esos entrenamientos contra mar y viento porque sabía que era lo que más querías y si lo tiras por la borda estando tan cerca, te mataría.

—¿Y Tino? ¿Y tú? ¿Y papá y mamá? —Se me descascara la piel hablando, quedo completamente expuesta, al rojo vivo—. ¿Los voy a dejar solos?

—Vamos a tenernos entre nosotros y ese es el único motivo por el que estoy yendo, por ellos. Si fuera por mí, no elegiría llorar al abuelo con una docena de espectadores diciéndome lo mucho que lo sienten cuando ni siquiera podrían empezar a sentir lo que significa. No quiero pedirte que pases por eso cuando puedes despedirte de él hoy, estando sola y en paz.

Estando sola.

Lo estaba.

Incluso con Paul a mi lado, la ausencia del abuelo se sentía como una soledad que iba a perseguirme toda la vida. Era como el pasto o los árboles o mi propio apellido: siempre había estado allí. Nunca había existido en un mundo sin él y saber que este día era mi primer día de una eternidad sin su compañía era como intentar asimilar que tendría que caminar el resto de mi vida con las manos: no tenía sentido, no tenía razón de ser.

Y, sin embargo, cuando Paul me dejó sola más tarde, no pude conjurar un solo pensamiento sobre el abuelo. No pude sentir más que una nostalgia que vibraba en el fondo de mi mente como la promesa de una tormenta que se avecina y que lloverá con rayos y truenos sobre mí cuando menos me lo espere.

Me levanto.

Me visto de negro.

Pongo mi mejor cara de póker y no me permito que ningún pensamiento se forme en mi mente. Soy un lienzo en blanco consumido por la negrura de este día, se mezcla todo hasta dejarme hecha un gris.

Y sé que haga lo que haga voy a arrepentirme, así que me permito hacer las paces con ello y avanzo hacia un mundo que en su inocencia no tiene idea del daño que ha hecho.

En el camino, mi celular se ilumina.

Es un mensaje de Ashford que quiere avanzar con el proyecto.

Por un instante no sé de qué proyecto me habla y no encuentro en mi mente el rostro que debería vincular con ese nombre. Cuando al fin recuerdo, espero que suceda algo, pero hay algo en mí que se ha dormido y no quiero hacer el esfuerzo de levantarlo porque tengo la sensación de que una vez que se ponga de pie, las cosas no serán iguales.

Miro hacia abajo.

La línea blanca delante de mí se siente como un antes y un después. Como si haberme tomado el micro hasta aquí, haber entrado en calor y haberme puesto los *spikes* no hubieran sido decisiones conscientes. Esta carrera es la decisión que he tomado y me he jugado absolutamente todo para estar aquí. Así que ni siquiera evalúo la posibilidad de perder. Hoy no es una opción y no me importa cuántas de estas chicas a mi lado piensen lo mismo que yo, no tienen una chance.

—¡A sus marcas!

Exhalo y pongo las manos en forma de puente contra la línea. Siento el tartán contra la yema de mis dedos emanando ese calor reconfortante que le ha robado al sol. Sube por mi cuerpo como el toque de un abrazo conocido. Encastro los pinches de mis *spikes* en los tacos de salida. Siento la seguridad de mi agarre como una cuna que me mece en un vaivén que sé de memoria. Solo que no me quedo dormida.

—¡Listos!

Me levanto sobre las puntas de mis pies. Creo que cualquiera que me está viendo en este momento puede ver las chispas de electricidad que saltan por mi cuerpo, la estática generada por la expectativa me destroza los tímpanos. Me rompe por dentro.

Se oye el disparo.

Y entonces me hago cargo de todas mis decisiones.

Por todo lo que alguna vez me enseñó el abuelo.

Por todas las sonrisas que me contagió.

Por todos los secretos que me regaló.

Corro.

CAPÍTULO 17

El lugar no se ha percatado de su ausencia.

Mi casa sigue oliendo a mi casa.

Cuando llegué me senté en el sillón del abuelo. El cuero, levemente decolorado y suave por el desgaste de tantos años de uso, todavía huele a él.

Su habitación tiene la puerta cerrada, invitándote a imaginar que solo está tomándose una siesta más, que bajará más tarde a jugar juegos de mesa con Tino y que se sentará en la cena con todos nosotros. Tendrá una sonrisa en el rostro.

Es un juego cruel el que juega un corazón en añoranza, juega con tu mente e intenta hacerte olvidar. Pero luego recuerdas y las cartas que habías apilado en una torre inmaculada se desparraman por la mesa. Como cada vez que veo a Ashford, sentado a mi lado, con la computadora en el regazo, tipeando en silencio. Ahí recuerdo todo lo que pasó en los últimos días y se me escapa un suspiro.

Hacía más de una semana que no hablábamos y ahora lo tenía robándome miraditas de reojo mientras yo le huía. El juego había retomado su ritmo como todo buen ritual.

Lo último que había visto de él era su espalda, alejándose a pasos agigantados de mí, desapareciendo en el umbral de la puerta de mi departamento solo para mandarme un mensaje ayer deseándome suerte en las estatales y preguntándome por la fecha de nuestra próxima sesión de estudio. Como si nada hubiera pasado, como si ese día en mi departamento no hubiera visto en sus ojos el mismo impulso suicida que de seguro contenían los míos, de inclinarse hacia adelante y eliminar las distancias.

A su forma, estábamos eliminando distancias, solo que no... no del tipo que el fuego en mi estómago me había pedido. Cada vez sabía más de él y cada vez él sabía más de mí y eso hacía que el fuego quemara más y que las posibilidades de apagarlo fueran menos porque terminaba habiendo mucho más en juego. En el lapso de un mes habíamos compartido un encierro en la biblioteca, un millar de sesiones de estudio, dos millones de momentos en los que la tensión se nos escapaba a chisporroteos de la piel, una corrida al hospital con una cena después, una visita a mi departamento en las residencias estudiantiles y ahora, por último, pero no menos importante, una visita a la casa que me había visto crecer.

Cuando le dije que no podía estudiar hoy porque tenía que ir a casa a cuidar a mi hermano, se ofreció a traerme y a estudiar aquí. Y si bien mi primer pensamiento fue rechazar la propuesta porque no tenía idea de qué pensaría Ashford de mí si pusiera un pie en este barrio, terminé aceptando, esperando que lo peor de él saliera a la luz y se le fuera todo el atractivo. Sin embargo, mientras nos adentramos al barrio, no hizo comentario alguno y cuando llegamos a casa, lo primero que hizo fue halagarla.

—Lindo color.

La casa está pintada de un amarillo pastel suave del que mamá se enamoró cuando la compró y la remodelaron. Dice que le da alegría. Para mí nos convierte en una casa demasiado llamativa en un barrio en el que lo mejor es permanecer lo menos a la vista posible, pero esa es otra discusión que ya tuvimos demasiadas veces como para querer seguir insistiendo.

—¿Y tu hermano mayor? ¿Dónde está, que no podía quedarse con Tino?

La pregunta de Ashford resquebraja la tensión del juego y nos hace volver a nuestros lugares en el mundo. Es raro escucharlo hablar tan familiarmente de mi hermanito, hay una cotidianidad allí que no debería existir pero que me hace flotar por un instante.

—¿Qué? —le pregunto, pero enseguida consigo procesar la respuesta y respondo—: Ah, Paul "tenía algo importante que hacer" —digo, dibujando comillas en el aire y encogiendo mis hombros—. Estoy segura de que su *algo importante* tiene que ver con una chica, porque se negó a darme cualquier tipo de detalles y lleva ya un rato actuando raro.

En cualquier otra situación, me hubiera negado a reemplazarlo como niñera, pero Paul cuidó de todos en casa durante y después del funeral, asegurándome que todo estaría bien y permitiéndome ir con la conciencia casi del todo limpia a las estatales. Gracias a que Paul me dio esa seguridad, *gané.* Y lo que le debo por ello era mucho más que un poco de ayuda con Tino en casa.

Gané.

Gané.

Gané.

Gané.

Gané.

No importa cuánto me lo repito, no consigo sentirlo. No se me hincha el pecho de orgullo ni se me escapa la sonrisa. Cuando me subí al auto de Ashford un par de horas atrás, me preguntó cómo me había ido y ni siquiera su interés consiguió mover nada dentro de mí. Todo a mi alrededor se ha ido decolorando como acuarelas bajo la lluvia, el lienzo de mis días tornándose más y más gris desde que se fue el abuelo. La tristeza es apenas una manchita, la alegría es un rayito de sol insignificante que no llega a calentarme el cuerpo, la ansiedad se ha apagado y no es más que carbón húmedo que no volverá a prender.

—¡Leo! —La voz de Tino llega desde el pasillo y me espabila. Me pongo de pie enseguida.

Lo miro a Ashford con lo que espero sea una buena cara de *disculpa, enseguida vuelvo y prometo ponerme a trabajar en este proyecto en lugar de mirar a la nada como un potus* y salgo disparada hacia la habitación de Tino.

Me encuentro a mi hermanito sentado en el piso con las piernas cruzadas. A su alrededor hay montones de juguetes, especialmente dinosaurios, pero las lágrimas que caen por sus mejillas me dicen que no está divirtiéndose.

Hay algo en el concepto de un niño llorando, que duele como limón cayendo sobre una herida abierta. Lo veo allí, su pecho frágil sacudiéndose con cada sollozo como si realmente no cupiese más dolor en él, y mi corazón se cae al piso.

Es un *niño*. Nada de lo que está sucediendo está bien. Es una criatura y su vida debería estar llena de curiosidad, de juegos, de amigos, de abrazos y besos. Sin embargo, la inocencia que debería pertenecerle se va perdiendo con cada una de las lágrimas que se le escapan. La realidad es un golpe que todos nos damos. Tarde o temprano atravesamos ese muro y salimos con los huesos rotos, a andar por este nuevo mundo que al principio nos resulta demasiado cruel, demasiado deshonesto. Aprender a encontrar la belleza en ese lugar es un proceso lento, que todos hacemos, pero a veces suceden cosas como estas y un niño de seis años llora porque ha sufrido una pérdida tan grande que no entra en su pecho, y mi fe en la justicia se tambalea.

Me siento detrás de él, con cuidado de no romper ningún juguete, y con mis piernas a su alrededor, lo abrazo contra mi pecho, besando su cabeza.

—Mi amor, mi amor… —susurro contra sus rulitos con forma de tirabuzones—. ¿Qué pasó?

Sé exactamente lo que pasa, pero quiero que él aprenda a decírmelo. Está perfecto que me haya llamado cuando empezó a llorar, pero aún no ha dicho nada desde que entré a la habitación y tiene que ser capaz de expresar sus sentimientos. Le doy tiempo para pensar, para encontrar sus palabras. Y la situación me recuerda un poco a Ashford, a la forma en la que a veces parece tenerlo todo en la punta de la lengua, pero se frena porque la palabra que quiere usar no va a salir con facilidad.

—Extraño a mamá y a papá.

—Van a volver más tarde, solo tenían que hacer unos trámites en el centro. *—Solo tienen que ir a que les lean el testamento del abuelo, sus últimos deseos para lo poco de* él que dejó en la T*ierra.* Me cuesta sostener la sonrisa, pero lo hago porque necesito que Tino encuentre en mí la seguridad que necesita. Incluso cuando no me siento segura de nada en absoluto.

—Se fueron hace mucho —responde, sorbiendo su nariz con un brazo y sujetándose a mí con su mano libre.

—El centro está lejos, pero seguro llegan en unas horas.

—Es que... —Se calla.

—Dime.

—Es que me prometieron que no se iban a ir como el abuelo.

—*Tino*... —Su nombre se me escapa en una exhalación porque sus palabras me roban el aire. Le habíamos dicho a Tino que el abuelo se había tomado un tren a otro lugar donde la abuela lo esperaba y al que solo la gente grande puede ir. Claro que no fue al funeral. Lo dejaron en la casa de unos amigos de la familia que tienen hijos de su edad. Recién cuando volvieron a verlo le dieron la noticia: el tren del abuelo no incluye billete de regreso—. Ay, Tino, ellos no están en el tren. Van a volver enseguida.

—Pero algún día van a tomar el tren. Dijeron que todos los adultos toman el tren.

Tengo el no en la punta de la lengua, pero me niego a mentirle. Es un niño, pero no es ningún idiota y pienso que, a mí, a su edad, me hubiera sido muy fácil ver la mentira en mis palabras si lo hiciera.

—Algún día, dentro de muchos muchos años, cuando tú seas grande y cuando tengas tus propios hijos y tengas tu propia casa y todas esas cosas adultas. Falta tanto para eso que no tiene sentido ni pensarlo.

Tino asiente, masticando mis palabras.

—No tiene sentido pensarlo —repite.

—Exactamente.

—Pero... —Su voz, que se había calmado, vuelve a romperse como una ramita sometida al peso de una bota de acero—. ¿Y si no puedo parar de pensarlo?

—¿Confías en mí?

No lo duda.

—Sí. —Se me llena de amor el corazón.

—Entonces vas a tener que creerme cuando te digo que necesitas descansar. Irte a dormir, cerrar los ojos y soñar cosas lindas. Y mañana vas a levantarte y te prometo que esto ya no va a preocuparte. A veces, cuando estamos cansados, nuestra mente nos hace ver todos los problemas con una lupa y nos hace creer que son enormes.

—Entonces si descanso...

—Vas a sacarle la lupa a los problemas y te vas a dar cuenta de que son tan pequeñitos que ni siquiera puedes verlos. —Lo tomo por los lados del torso y lo giro un poco para poder mirarlo a los ojos—. ¿Bien?

—Bien.

—Vamos a la cama. ¿Con qué vas a soñar? —pregunto, tomando su mano.

Él me mira decepcionado, mientras se pone de pie y camina hacia la cama. Yo lo imito.

—No puedo elegir.

—¿Cómo que no?

Me mira de reojo, los labios levemente entreabiertos con sospecha y sorpresa.

—¿Tú puedes?

—Todos podemos —aseguro, asintiendo—. Solo tienes que irte a dormir pensando en todo lo que quieres soñar con mucha mucha mucha fuerza.

Verlo asentir a sí mismo con convicción, como si lo que acabo de contarle fuera lo más lógico del mundo, hace que me piquen un poco los ojos. No tengo idea de lo que estoy haciendo, pero me alivia saber que está saliendo bien. Solo quiero que deje de pensar en gente que se sube a trenes para no volver.

—Entonces voy a pensar en dinosaurios.

—¿Qué tipo de dinosaurios?

—Todos los dinosaurios.

Se acuesta en la cama y me cuenta sobre los dinosaurios sobre los que ha leído en la escuela y lo gigantes que eran; caminaban sobre la Tierra y ni el hombre más fuerte hubiera podido vencerlos. Lo tapo con las frazadas y me aseguro de que esté bien abrigado. Le doy un beso en la frente.

—¿Leo? —pregunta, justo cuando estoy por cruzar el umbral y cerrar la puerta—. ¿Con qué sueñas cuando quieres sacarles la lupa a los miedos?

Con pistas y medallas, con abrazos de mis amigos, con el orgullo del abuelo, con mis padres sonriendo porque al fin soy yo misma y se dan cuenta de que soy feliz. Con tiempo. Sueño con tener tiempo para hacer todas esas cosas y más. Sueño con no vivir corriendo y con que no se me caigan los ojos de sueño cada mañana. Sueño que el abuelo no se ha tomado ningún tren y que tú no has llorado nunca porque eres el niño más feliz del mundo.

Le sonrío.

Espero que las luces apagadas disimulen el temblor de mis mejillas.

—Con dinosaurios. ¿Con qué más podría soñar?

Bajo las escaleras pasito a pasito, todavía haciendo un esfuerzo consciente por mantener mi respiración prolija y pareja. Quiero que mi cuerpo funcione como lo hacía antes de entrar al cuarto de Tino, pero no hay una sola parte de mí que no sienta las lágrimas de mi hermanito; se deslizan por mis mejillas, mi piel las absorbe, queman cuando bajan por mi garganta, se me meten entre las articulaciones, las oxidan, las hacen crujir. Cada movimiento se vuelve un esfuerzo monumental con todos los kilos de agua que me llenan. Me pesan en la planta de los pies como globos hinchados, fluyen en mis venas haciendo que cada latido amenace con reventarme el corazón.

Ashford está sentado exactamente donde lo dejé hace veinte minutos.

Parece estar absorto en la computadora, prácticamente *dentro* de ella. Sin embargo, cuando el último escalón cruje bajo mi peso, voltea a verme como si hubiera estado esperando este momento.

Sus ojos encuentran los míos y me atraviesan.

Yo le regalo una sonrisa que espero sea irónica y no un boceto destartalado.

—El niño se ha dormido.

Ashford no responde y, esperando que se mantenga así, desconecto de un tirón nuestras miradas. No me gusta cómo me hace sentir. Su silencio parece un signo de pregunta, pero las sombras detrás de su iris bailan al ritmo de mis miedos como si los conociera mejor que nadie.

Avanzo y me dejo caer en el sillón a su lado.

Hacía un rato, estábamos jugando al juego, pero ahora la forma en la que su mirada me busca es totalmente intencionada y pretende una respuesta que no puedo darle. No hay nada en él que me diga que está jugando.

—¿Estás bien? —El corazón martillea con tanta fuerza en mis oídos que apenas consigo escuchar las palabras. Desearía no haberlas oído. Qué injustas son. Qué horrible escuchar en ellas la preocupación, el miedo de puntillas, que camina sobre ellas hasta acariciarme la mejilla. Se sienten como un beso que no sabes si quieres, como un secreto que necesitas compartir incluso sabiendo que no deberías, como una mentira que se suicida saltando de tu lengua antes de poder detenerla.

¿Estás bien?

Las palabras quiebran algo frágil que no sabía que estaba ahí.

¿Estás bien?

Es una ramita que se parte en dos con un ínfimo chasquido.

¿Estás bien?

Y puede parecer insignificante, pero antes de que te des cuenta, el dique completo se cae a pedazos.

¿Estás bien?

Las ramas más gruesas, las más retorcidas, las más finas, todo lo que metiste para frenar el avance del agua de repente estalla.

El rugido del agua me aturde.

Y no sé qué esperaba Ashford al preguntar, pero no creo que haya pensado que sus palabras fueran a desatar esto.

Un quejido se abre camino por mi garganta.

Y las.

Lágrimas.

Me parten.

En dos.

El brazo de Ashford se cierra con tanto cuidado a mi alrededor que lloro más fuerte.

Se asusta. Siento que se asusta y que teme estar haciendo las cosas mal.

Su cuerpo se encoje y amaga a dejarme ir.

No.

Es un único pensamiento que corta el aire, una plegaria silenciosa que guardo para mí.

Hay una bestia dentro de mí que se niega rotundamente a la idea de que me suelte cuando, en este momento, lo que más necesito es que alguien sostenga el desastre en el que me he convertido como si aún pudiera arreglarme. La bestia toma control sobre mí. Se apropia con sus garras de mis manos y me destapa el rostro que mantenía oculto. Mi dolor queda expuesto ante Ashford en carne viva. Sé que mi rostro está atravesado por él, por el ardor y la tensión de músculos que llevan demasiado tiempo cargando sonrisas hechas de plomo, soy una imagen desfigurada de mí misma, pero él no lo ve cuando me mira a los ojos.

Ashford lo entiende.

Entiende a nivel visceral que todo lo que ha visto de mí hasta ahora ha sido la parte sencilla de mí, la parte bonita, la parte agradable que va a hacer lo necesario por cumplirlo todo y ser todo lo que se espera que sea. Es la Leo que no defrauda, la Leo que sonríe, la Leo que se siente capaz de llegar a cualquier lado con una sonrisa y la mirada correcta. Ashford entiende que ahora está conociendo a la parte de mí que vive debajo de todo eso y que sofoco constantemente porque es horrenda y deforme. Sangra por los pisos que toca porque la han abierto en dos y su fealdad se derrama sobre su piel. Este monstruo es todo lo que soy, pero no quiero ser. Y lo daría todo, pero absolutamente *todo* lo que tengo, por evitar que salga al mundo para llenarlo de oscuridad cuando hay tanta luz que puedo aprovechar.

Ashford entiende el miedo que me genera la bestia que vive dentro de mí.

Y sé que lo entiende porque cuando la bestia cierra sus garras en torno a su suéter y lo acerca a mí, él no vuelve a dudar. Sus dos brazos me rodean y me aprietan con tanta fuerza que me falta un poco el aire. Mi respiración se quiebra contra su cuello, mis manos arrugan su ropa y se convierten en puños blancos, mis costillas se resquebrajan por el calor que emana mi corazón. Pero Ashford no me deja ir. Me sostiene con fuerza suficiente para quebrarme algo. La firmeza de sus músculos me hace temblar bajo su tacto y lo dejo sostenerme incluso aunque duela, entendiendo que no tiene miedo de romperme porque sabe que no queda nada que romper.

Pasan los segundos, los minutos se acumulan y frente a mis ojos se despliegan todas esas cosas que se alimentan como roedores de mis intestinos. *El abuelo no está, Tino se desarma, mis amigos desaparecen, mamá y papá se decepcionan, la universidad me arrastra al fondo del mar, las nacionales acechan, los entrenamientos duelen.* Y las lágrimas caen más fuerte, más rápido, no sé si en algún momento van a frenar. Ashford me sostiene a lo largo de cada pensamiento y el tiempo se vuelve una masa amorfa.

Cuando me doy cuenta de que las lágrimas se han secado en mi rostro, tengo la garganta hinchada de tragarme los sollozos para no despertar a Tino y Ashford empieza a dejarme ir.

Mi primer instinto es retenerlo, pero ¿qué derecho tengo de hacerlo? ¿Por qué me merecería los brazos de este chico que unos pocos meses atrás no era más que un desconocido que odiaba? Así que obligo a mis músculos a aflojarse, a dejar ir mi agarre, y acatan a medias. Hay un brazo de Ashford que aún rodea mi hombro, pero siento la ausencia del otro alrededor de mi cintura como hielo seco contra la piel. Su mejilla reposa sobre mi cabeza y lo agradezco porque de esta forma me ahorro que vea los dejos agotados que han quedado de mí una vez la bestia se vuelve a esconder.

Mantengo los ojos cerrados con fuerza, concentrándome en los círculos que el pulgar de Ashford dibuja sobre mi hombro. Traza un camino crepitante hacia la derecha y luego hacia la izquierda, el movimiento perezoso, pero presente.

La voz de Ashford vuelve a cortar el silencio. Tiembla un poco al principio, pero enseguida se encarrila. Hay una densidad en sus palabras que me recuerda al mercurio derramado, cómo brilla plateado, cómo con lentitud lo toma todo.

—¿Quieres que me vaya?

No.

Una vez más, es lo único que pienso. La inmensidad de la palabra parece ocupar absolutamente todo. Sin embargo, solo consigo negar con la cabeza. Los roles parecen haberse invertido porque me siento incapaz de hablar y Ashford está haciendo todas las preguntas.

—¿Quieres seguir estudiando?

Con el lateral de mi cuerpo pegado al suyo, su voz retumba en mí.

Niego con la cabeza.

—¿Qué quieres hacer?

Pienso.

Quiero arreglarlo todo, pero no puedo hacer absolutamente nada. Estoy atrapada, prisionera de mis propias decisiones y no creo ni que mis padres ni mi hermano vuelvan pronto. Quiero acercarme más a Ashford. Mucho más. Sin embargo, me congelo, porque mi cabeza conoce todos los límites que mi cuerpo pide a gritos destrozar.

—Cuéntame algo —respondo.

—¿Qué cosa?

—Algo lindo. Algo que no pueda ponerme triste ni aunque me paguen.

—Para eso puedo ponerte videos de gatitos en internet.

—Ashford...

—No te hagas la inocente, vi tu buscador.

Bufo, pero me doy cuenta de que termina sonando más a una risa y algo se desata dentro de mí. Me invade una ternura cremosa que sabe dulce en mi lengua y termino sonriendo, incluso cuando todavía no dejo de pensar en todo aquello que me hizo llorar. Hay algo en que Ashford me conozca de esa forma que contrarresta todo lo demás casi a niveles imposibles. Sin embargo, hay demasiado que me queda por conocer de él.

—Vamos, cuéntame algo de ti.

Lo escucho pensar en el silencio.

—¿Recuerdas que dije que quería viajar? Decidí que no voy a esperar al próximo año. Apenas me den el título me voy.

—¿Adónde?

—Aún no estoy seguro. No tengo los pasajes todavía, pero a fines de este año me voy a recorrer todos esos países de los que te hablé. Creo que voy a empezar por Vietnam y de ahí subir hasta llegar a los países nórdicos. Es un plan... poco claro. Pero lo prefiero así. Improvisar, hacer lo que me nazca. —Sonrío, pero no siento la alegría llegarme a los ojos y no sé por qué. Hay una astilla en la felicidad que me genera oírlo hablar de sus sueños. No está del todo enterrada, pero puedo sentirla silenciosa y amenazante contra la carne tierna de mi corazón. *Puedo clavarme aquí en cualquier momento*, me dice—. Ahora estoy trabajando para una empresa de tecnología que me permite trabajar de forma remota, así que, si consigo equilibrar mi trabajo con los horarios de cada país, tengo forma de sostenerlo todo.

—¿Trabajas? —la noticia me sorprende, pero claro que tiene sentido. Yo debería hacer lo mismo, para ayudar a mis padres, pero cuando lo sugerí me dijeron que no querían que me distrajera de mis estudios. ¿Y cómo les estoy pagando este favor enorme que me están haciendo?

Ashford se encoge de hombros y mi cabeza se mueve un poco, quedando más cerca del hueco de su cuello. Si me concentro, puedo escuchar los latidos de su corazón como una canción a la distancia.

—Sí. No pagan una fortuna, pero me dan todas las libertades que puedo necesitar y será más que suficiente para sobrevivir a lo que surja allá afuera.

Sigue doliendo, la mención de su partida. Duele de una forma tan sutil que en cualquier otro momento no lo hubiera notado, pero después de dejar salir a la bestia, queda latente una conexión entre el centro del huracán que me atraviesa y yo que hace que nada me pase desapercibido. Casi diría que lo magnifica todo, preparándome para cuando la tormenta vuelva a desatarse.

—Eso suena a un buen sueño hecho realidad.

Mi mano va a su rodilla y le da un apretón que pretende ser amistoso, pero me sube como un latigazo, desde la punta de los dedos hasta la nuca y se dispersa camino abajo hasta perderse entre mis piernas. Temo que él lo haya notado. No sé qué sería peor: que la tensión en su cuerpo sea porque se ha dado cuenta de lo que este insignificante roce me ha hecho sentir o que sea consecuencia de que a él le pasa lo mismo. En mi mente se despliega esa noche hace tan pocas semanas en la biblioteca y recuerdo la tensión que había en el aire que nos rodeaba, el imán de sus labios que llamaba a mis ojos y los dejaba sin voluntad propia. Se me escapaban y debía leerse en ellos perfectamente todo lo que quería hacer.

Tú me estás distrayendo, había dicho Ashford.

Y no era ciega. Sabía lo que era ser deseada. Sabía lo que probablemente significaba, pero también sabía que Ashford me detestaba poco antes de eso, que éramos dos personas que apenas se conocían y que asumir cualquier cosa que él pudiera estar pensando o sintiendo era un juego arriesgado porque nunca jamás me había cruzado a alguien tan difícil de leer en mi vida. Y qué condena saber que el mismo enigma detrás de sus ojos no me asusta ni de cerca tanto como debería. Se siente caliente contra mi piel, como un secreto que siempre está por revelarse.

Alejo la mano como si quemara y cuando trago saliva, siento que se escucha desde la otra punta del barrio.

Ashford suspira.

Hay demasiadas cosas que pueden comprenderse por un suspiro.

Alivio, irritación, miedo, sorpresa, calma, cansancio, tensión liberada.

—Sí —responde al fin, silenciando el barullo que me come la cabeza—. Casi suena demasiado bueno para ser real.

CAPÍTULO 18

—Es lo mejor que vi en mi vida.

Él bufa.

—Tu vida debe ser una mierda.

—Lo era, hasta que vi esto.

—No sé por qué me dejé convencer de mostrártela.

—Porque tú sacaste el tema.

—Yo solo te conté que de pequeño me rompí ambos brazos y piernas.

—¿Y esperabas que no te pidiera una foto?

Ashford murmura algo por lo bajo y yo me río todavía más, haciéndole *zoom* a la foto para hacer foco en la cara de Ashford, que deja muy claro que estaba listo para practicar la *desvivición*. El pequeño Ashford de once años se había tirado por las escaleras de un parque con la bicicleta esperando que funcionaran igual que una rampa. Descubrió de la peor forma que no funcionan así. En la foto, tiene las mejillas infladas, los ojos tan inexpresivos como siempre y los rulitos demasiado largos contra las almohadas de la camilla de hospital, formando un halo a su alrededor.

—Eras muy tierno. ¿Qué te pasó?

—Ja, ja —responde moviendo la cabeza para acentuar el sarcasmo y luego me dedica su mejor mirada asesina—. Graciosa.

—Siento que no te ríes de mis chistes solo porque no quieres darme el gusto, pero estoy segura de que no puedes ver la hora de que deje la carrera y me dedique a la comedia.

—Leo, todos tus chistes se basan en molestarme, despreciarte a ti misma o reírte de tus traumas. Si hay algo que nunca vas a ser es comediante.

Estoy por responder, totalmente indignada, cuando una tercera voz se me adelanta desde el otro lado de la puerta.

—*El asesino tiene razón.* —Llega un poco distorsionada, pero enseguida me pongo de pie. Mis rodillas por poco me dejan caer después de tanto tiempo sentada en posición de indio.

Ashford me está mirando como preguntando qué carajos está pasando, pero lo ignoro. Apresuro mi paso hacia la puerta porque me aterra la posibilidad de que Cameron siga diciendo cosas que me dejen terriblemente mal parada.

Abro la puerta de un tirón, encarando a mi mejor amigo.

—Cameron —digo.

—Tardaste en abrir, ¿qué andaban haciendo, pilluelos? —pregunta él a modo de saludo, mientras entra a pesar de que nunca ofrecí nada ni remotamente parecido a una invitación.

Mi rostro se tiñe de un rojo tan intenso que por poco me desmayo.

Me demoro un segundo de más en recuperar la compostura, cerrar la puerta y seguir a Cameron a la otra punta de la habitación, donde Ashford sigue sentado en el piso, mirándolo en silencio.

—Hola —dice Cam, su tono amistoso y cantarín como siempre—. Soy Cameron.

—Ian —se presenta el otro.

Cameron se queda esperando a que elabore, e incluso yo me sorprendo un poco al recordar lo poco que me hablaba Ashford al principio. Pienso en todo lo que me contó. En todas esas mudanzas que lo obligaron a recibir educación de una tutora siempre desde el confort de su casa, de cómo nunca tuvo la oportunidad de conocer a otros chicos ni acercarse a ellos. Pienso en lo solo que tuvo que haberse sentido, en el horror que tuvo que enfrentar al arrancar la universidad y ver que le soltaban la mano en la realidad del mundo.

—¿Qué quieres, Cameron?

Él voltea a verme con su mejor cara de indignación.

—¿Así tratas a lo mejor que te pasó en la vida? Tanto desprecio, tanto dolor...

—Nunca trataría así a mi cama.

—¿Tu cama es lo mejor que te pasó en la vida?

—Eso y una foto de Ashford con ambos brazos y piernas rotos.

—¿Qué?

—Nada. Dime a qué viniste.

—Eres cruel. Quieres deshacerte de mí. No nos vemos hace *años.*

—Nos vimos ayer.

—¡Solo porque te fui a buscar a tu entrenamiento!

—¿Entonces? Nos vimos.

—Ya no pasas tiempo de caridad con tu amiguito. Fui reemplazado por *esto.*

Cameron apunta dramáticamente a Ashford mientras se lleva una mano a la frente.

Sé que para él es un chiste inocente, pero lo último que necesitaba era que Ashford supiera que es básicamente la única persona que veo fuera de las clases. Y sí, puede que haya estado pasando más tiempo con él que antes, pero es porque estudiamos muy bien juntos.

Y porque es mucho más lindo de mirar que Cameron.

Y porque ir de visita a casa, donde mis padres aún me echan miradas de decepción constantemente por la discusión en el hospital y por luego haberme ausentado al funeral del abuelo, tampoco me parece el mejor plan del mundo.

—¿Qué tiene él que yo no? —continúa Cameron.

Unos ojos en los que podría nadar por horas.

Una chispa en su forma de responderme que muy cada tanto, cuando su piel roza la mía, estalla contra mí.

Una forma de abrazarme que me protegió del mundo cuando su peso fue demasiado para cargarlo sola.

Carraspeo y miro a Ashford de reojo, preguntándome qué está pensando de todo esto.

Me sudan las manos.

Quiero que Ashford vea más en Cameron que el bufón que puede ser. Quiero que le guste mi amigo porque me dolería un poco que Cameron se fuera y Ashford pensara que no sé elegir mis amistades.

—Cam —insisto—, ¿a qué viniste?

—Pues a arrastrarte a pasar tiempo de calidad conmigo. —Acto seguido, lo mira a Ashford, con una sonrisa que agradezco porque deja bien en claro que toda esa ridícula actuación que se montó no era más que un chiste de esos que solo a él y a Paul le parecen graciosos—. Estás más que invitado. Vamos a la rampa. —Se vuelve hacia mí—. Los chicos están allí y tú dijiste que vendrías.

—¿Cuándo dije eso? —pregunto, alzando una ceja.

—Hace dos meses, cuando Aspen y Aaron avisaron que vendrían hoy y todos aceptamos encontrarnos en la rampa.

Mis ojos se abren como platos.

—¿Ya llegaron?

Él asiente.

—Paul fue a buscarlos al aeropuerto hace dos horas. Deben estar llegando a la rampa así que apresúrate, que quiero ir a ver a mi mejor amigo.

Siempre soy consciente de que, si bien Cameron es mi mejor amigo, en su lista siempre estarán Paul y Aaron primero. Pero cuando me lo recuerda así, con tanta brusquedad, mi corazoncito se frena por un segundo, demasiado aturdido por el golpe.

No queriendo que vea ese golpecito en mi mirada, volteo a Ashford, que sigue observando la conversación desde su lugar en el piso, con la espalda recostada contra el lateral de mi cama, una pierna flexionada al costado y la otra estirada formando un cuatro.

—¿Vienes?

Él me mira y entonces sucede algo que jamás pensé que ocurriría: lo entiendo. En ese rostro completamente inexpresivo que sé que a Cameron no le dice nada en absoluto, yo veo las palabras escritas con toda la claridad del mundo.

¿Segura de que quieres que vaya?

Asiento.

—Será divertido —le aseguro.

Ashford procede a encogerse de hombros y a empezar a levantar sus cosas.

—Bien —declara Cameron—. Voy a tomar eso como un sí y, como él tiene auto, los dejo. Nos vemos en la rampa.

No espera una respuesta antes de dar media vuelta y encarar la puerta. Cuando se cierra a sus espaldas, toda mi atención regresa a Ashford, que se ha puesto de pie y está acomodando mi *laptop* prolijamente sobre el escritorio.

La biblioteca sigue en remodelación, así que seguimos viniendo a mi departamento a estudiar, lo que implica que todos los días hago un esfuerzo doble por mantenerlo todo limpio. Si Ashford lo notó, nunca dijo nada al respecto. Como si mi caos y mi orden le dieran exactamente lo mismo.

—¿Seguro de que quieres ir? —pregunto mientras me miro al espejo y arreglo los mechoncitos cortos de mi cabello en una coleta—. Cameron puede ser un poco intimidante así que entiendo si en realidad...

—¿Quieres que vaya?

Su pregunta me descoloca, no porque sea inesperada —aunque lo es—, sino porque la respuesta sale de forma totalmente automática por mis labios.

—Sí.

No hay duda en el momento en que la pronuncio y tampoco después. Se siente bien, se siente correcto entregarle a Ashford otra partecita de mi mundo porque me he dado cuenta de que todas las que le he entregado las ha cuidado con delicadeza y atención, como si fueran flores frágiles cuyos pétalos pueden partirse ante una brisa demasiado fuerte. Pero también da un poco de miedo, porque me doy cuenta de que en el chico de la piel de piedra he encontrado a un amigo, pero no sé qué es lo que él encontró en mí. Y la verdad es que no quiero descubrir un día, cuando sea demasiado tarde, que para él sigo siendo su irritante compañera de proyectos, demasiado necesitada de afecto, demasiado perseguida por sus propios pensamientos, demasiado insistente como para entender que él tiene mejores cosas que hacer que verla.

Pero todos esos pensamientos se borran enseguida.

En cuanto el *sí* sale de mis labios, Ashford da un paso hacia mí, con mi campera en las manos y me ayuda a pasarla sobre mis hombros y a meter mis brazos en las mangas. En el proceso, sus dedos me rozan y su calor atraviesa el grueso material del buzo y las dos poleras que llevo debajo. Es un gesto tan íntimo, el tenerlo parado a menos de un metro de distancia, abrigándome y subiendo el cierre hasta arriba para que el frío del invierno no se atreva a entrar, que ya no creo necesitar abrigo. Un calor suave, pero mucho más fuerte, se instala entre mis costillas como si con ese simple detalle, Ashford me hubiera regalado un pedacito del sol. Sus dedos rozan mi barbilla cuando el cierre llega arriba del todo. Los retira enseguida, como si quemara, pero sus ojos me sostienen la mirada, aparentemente inmunes al fuego.

Hay muchas cosas que Ashford y yo tenemos en común:

Una clase y una monografía.

Un sueño más allá de la Universidad de Crawford.

Una familia que quiere estar para nosotros, pero no atina en el *cómo*.

Una reacción instantánea a la llegada del otro a cualquier habitación. Empiezo a darme cuenta de que cada vez que llego a un lugar, él voltea hacia la puerta, como si el lugar hubiera cambiado por completo con mi llegada y no pudiera evitar notarlo.

Pero también hay muchas cosas que no tenemos en común.

No dejaría a mi familia por nada del mundo. A duras penas estoy sobreviviendo esta cordial ley del hielo con mis padres. ¿Vivir viajando sin noches de Monopoly? Jamás sobreviviría esa vida.

La inteligencia académica. Ashford me destruye cada vez que hace un aporte a la monografía. Y si bien sé que solo lo hace porque ahora entiende tan bien como yo lo mucho que necesito una nota sobresaliente en este proyecto, por momentos me siento completamente idiota a su lado.

El espíritu de aventura. Ashford tiene rutinas que lo invitan a innovar. Cada semana cambia su desayuno, mientras que yo tomo café con leche y huevos revueltos cada mañana desde hace años. Todos los domingos se sube al auto y maneja en busca de algún lugar nuevo. La semana pasada encontró una finca abandonada a unas horas de la costa, y esta semana aún no sabe adónde irá porque quiere sorprenderse en el camino. Siempre me manda fotos de sus descubrimientos y me dice que debería unirme a él. Y me tienta. Pero yo mis domingos siempre los paso en alguna pista, compitiendo, y mis rutinas son tan sagradas que profanarlas resulta paralizante cuando la vida no ha hecho más que sorprenderme y destrozar mis esquemas en lo que va del año.

Y pensando en todo esto, mis ideas aterrizan en mis amigas del colegio. Ali y Willa dejaron de tener cosas en común conmigo hace mucho, si es que alguna vez las tuvieron, ¿pero qué derecho me da eso a mí de descartar toda nuestra historia? De descartarlas a ellas como si no fueran más que un montón de recuerdos de los que no he aprendido nada, cuando mucho de lo que soy también se los debo a ellas.

La culpa me carcome mientras tipeo el mensaje en el auto.

Cuando presiono enviar, todo mi cuerpo se relaja de golpe.

—¿Qué pasa? —pregunta Ashford, desde el asiento del piloto. Sus manos están exactamente en las diez y diez, y mis ojos se demoran demasiado analizando su piel llena de callosidades.

—Nada.

—Suspiraste. Acabas de volver a hacerlo.

Miro por la ventana. Ya es de noche, pero las luces de la ciudad se han tragado todas las estrellas.

—Solo espero no quedar como una idiota —respondo, pensando en la enorme disculpa que acabo de enviar, en todo lo que estuve haciendo mal y también, un poco, en que es por Ashford que, sin siquiera intentarlo, decidí que tal vez podía darme a mí misma la oportunidad de arreglar las cosas.

Cuando pienso en todo lo que nos hemos perdonado mutuamente, la cantidad de barbaridades que nos dijimos, las constantes discusiones en las que nos metemos, no me parece tan difícil esperar que mis amigas puedan comprender.

Intento con todas mis fuerzas que la ira no se me escape por los ojos.

Sonrío.

Me río.

Pero por dentro soy fuego y creo que Ashford, que está parado a mi lado, con la manga de su saco largo rozando mi campera, puede sentir el calor de la rabia que emana mi cuerpo. Nunca presté atención a la frase "echar humo", pero ahora la comprendía mejor que nadie. En cualquier momento, mi piel se volvería cenizas.

—¡Eso es lo que dije! —exclama Cameron, con una sonrisa babosa en la cara.

Aaron y Aspen se ríen. Me gustaría estar disfrutando de su compañía. Considerando que han vivido en Londres los últimos tres años, y la última vez que nos visitaron fue hace más de medio año, los extrañé. Quiero hablarles, saber qué fue de sus vidas en el último tiempo. Sin embargo, no puedo hacer nada de eso porque todos están demasiado enfocados en el nuevo juguete que Cam ha traído.

Paul niega con la cabeza, divertido, y Shelly lo mira con los ojos llenos de añoranza. Debe dolerle horrores, a ella y a él también. Estar en el mismo grupo de amigos que tu ex debe ser una tortura. Paul no le devuelve la mirada ni por un instante. Pagaría por saber qué le pasa en la cabeza, pero ahora mismo mi hermano es una bóveda.

Yo hago un esfuerzo y me río, negándome a reconocer a la garrapata de pelo azul que se aferra al brazo de Cameron como si no hubiera un mañana. Ella no me hace el favor de facilitarme la vida con su silencio, sino que habla y habla y habla como una encantadora de idiotas. Intenta ganarse a mis amigos, a los amigos *de Cameron*, tan desesperadamente que se huele el fracaso en el aire.

No puedo creer que esté aquí.

No puedo creer que Cam la haya traído.

Que la haya traído sin avisarme.

A nuestro santuario, al lugar donde se supone que todo desaparece.

La traición chilla dentro de mí como una pava sobrecargada de agua hirviendo.

Como si supiera que no voy a aguantar mucho más, Ashford me toma por los hombros, llamando mi atención.

Está parado a mi derecha, apenas detrás de mí y tengo que pispear sobre mi hombro para encontrar sus ojos.

—¿Me acompañas a buscar algo en mi bolso? —pregunta.

La conversación a nuestro alrededor sigue, pero puedo ver los ojos de Paul parándose sobre nosotros. Lo ignoro. No quiero darle explicaciones de nada ahora. Ni nunca. No porque haya que dar ninguna explicación por haber traído a un amigo. No fui yo la que trajo a una *pitufizorra* a la juntada.

Asiento en respuesta, porque si abro la boca, voy a insultar a Cameron como si no hubiera un mañana y Gemma va a ganarse un escupitajo en la cara.

Los bolsos están a unos veinte metros. Nos abrimos paso entre varios grupos de gente que esperan su turno con sus *skates*, patines o monopatines en mano. A nuestro alrededor hay rampas de *skate* hundidas en la tierra como piletones y sobresaliendo del paisaje como cordilleras puntiagudas. Lo que apodamos "la rampa" es el mejor centro de *skate* de la ciudad y el punto de encuentro favorito de mi hermano y sus amigos desde que les pegó la adolescencia.

Mi pie se engancha con algo y me tambaleo peligrosamente.

Las manos de Ashford me toman por los brazos, estabilizándome y con ese simple gesto todo el griterío furioso que llevo dentro se convierte en el murmullo de un río. Toda mi concentración se traslada al punto en el que sus manos se conectan con mi cuerpo. La fuerza con la que me sostiene, como si nunca fuera a dejarme caer.

Las farolas a nuestro alrededor resaltan las formas más fuertes de su rostro, le arrancan un brillo plateado al *piercing* de su nariz. Y estoy a punto de preguntarle cuándo se lo hizo, cuando me deja ir y de golpe todo lo que nos rodea se magnifica a mi alrededor.

Alaridos emocionados, suspiros doloridos y de frustración, risas atronadoras. Son todas voces de desconocidos que se entrelazan para ilustrar lo que hace a este lugar tan mágico. No hay un solo adulto a la vista, nadie que me diga que no soy lo que habían esperado, nadie que vaya a esperar que gane una medalla o que saque la mejor nota. Aquí me pierdo en esta cacofonía y soy una del montón. Al menos suelo serlo, hasta que Ashford habla.

—¿Estás bien?

La última vez que me hizo esa pregunta, terminé llorando en sus brazos.

El recuerdo de su cercanía, de la temperatura de su piel, de sus palabras y el encanto de su voz amenaza con hacerme tropezar otra vez mientras retomo el paso. Llegamos a los bolsos, pero Ashford no hace amague de buscar nada en su morral.

—Estoy... —Dirijo una mirada hacia donde nuestros amigos se siguen riendo. El pelo cortito de Gemma la hace resaltar incluso con su ínfima estatura—. Estoy que podría romperle el *skate* en la cara a Cameron.

—No tienes *skate*.

—Eso es porque voy a usar el de Paul, que es el más pesado de todos.

—Bien pensado.

—¿Esa es la aclamada *pitufizorra*?

¿Qué es una pitufizorra? El recuerdo de palabras similares, que dijo no mucho tiempo atrás, resuena en mi mente. Es difícil asimilar este Ashford que está parado frente a mí, preocupado por lo que pueda estar sintiendo, entendiendo lo que me pasa por la mente incluso antes de que se lo diga, con ese otro Ashford que me intimidaba y me miraba como si mi vida tuviera menos peso que una pluma en la balanza.

—Sí.

—Se nota.

—¿A ti no te parece una *maravilla* de persona? —pregunto, con un toque de ironía, pero no el suficiente como para disimular mi sorpresa. Generalmente, cuando alguien conoce a Gemma queda encantado y olvidan todas mis advertencias. Sin embargo, Ashford la mira desde donde estamos como si apenas pudiera tolerarla y a mí se me termina por escapar una sonrisa.

—¿Por qué lo haría? Ya me dijiste todo lo que te hace en la pista.

Y lo dice así sin más, como si mi palabra fuera por sobre todo lo que sus sentidos pudieran advertirle, como si dudar de mí ni siquiera fuera una opción. La calidez de su confianza se extiende sobre mi pecho como la manta más suave, me envuelve con ternura y tengo que retenerme para no rodearlo con los brazos y enterrar el rostro en su pecho.

—Sí —consigo decir—, dije eso. ¿No?

Él asiente, sin percatarse de lo afectada que estoy.

—¿Quieres que volvamos al campus?

Volvamos.

La connotación de ese plural me destruye. La tentación de aceptar y terminar mi noche charlando en calma con Ashford se me cuela en los oídos como el siseo venenoso de una serpiente.

Pero no debería.

Al menos no aún. Me quedan cosas por hacer aquí y ahora que no puedo dejar pasar.

—No... No —repito con más convicción. A lo lejos puedo ver su figurita recortada, la forma en la que todos se ríen con lo que sea que está diciendo—. No quiero que también me arruine esto. Siento que está en todos lados. Es literalmente la voz que escucho constantemente en mi cabeza criticando cada paso que doy y no quiero dejar que se meta aquí. No sé... no sé. Siento que voy a darme media vuelta y conseguirá que todos me odien.

—Ey... —Le da un tironcito a mi coleta, haciéndome volver a verlo.

—¿Qué? —respondo, inesperadamente a la defensiva.

—Son *tus* amigos, no van a dejar de quererte porque Cameron trajo a una chica simpática. —Debe ver en mi mirada lo poco que me gusta el adjetivo que eligió, porque enseguida agrega, con el tono de burla más irritante de la historia—: *Aparentemente* simpática, pero en absoluto simpática de verdad.

Descruzo los brazos, dejándolos caer lánguidos a los lados de mi cuerpo con una exhalación.

—Sí, lo sé. No estoy siendo racional.

—No, ni un poco.

Emprendemos la vuelta a paso lento.

—Espera —inquiero, frenándome de sopetón—. ¿No tenías que buscar algo en tu bolso?

Ashford sigue caminando, sus hombros suben y bajan en un movimiento casi calculado.

—Ya conseguí lo que quería —responde.

Una sonrisa incrédula aflora en mis labios y tengo que luchar por disfrazarla antes de apresurar mi paso para alcanzar a Ashford.

No creo que lo haya logrado.

Cuando él me da un golpecito con su hombro en el mío, me doy cuenta de que tampoco me importa tanto.

Sonreír para él es algo que empieza a convertirse en una costumbre.

CAPÍTULO 19

Hay cosas que son como son por un motivo.

Las plantas tienen hojas verdes y gracias a eso pueden hacer la fotosíntesis.

Un cumpleaños es un día para celebrarse, pero también para llorar un poco porque hay mucho en la vida que vivimos que cuesta y seguirá costando.

Los abrazos demasiado largos existen porque hay cosas que no deben decirse.

Yo no puedo vestirme de amarillo porque queda horrible con mi tono de piel.

Cameron no puede estar saliendo con nadie porque está enamorado de Livvy.

No puede. Simplemente no puede hacer eso.

Estoy saliendo con ella.

Su voz resuena en el aire. Hay un tono en su voz que no recuerdo haber escuchado y que no consigo entender del todo. Raspa como una lija contra mis oídos y luego se deshace en un montón de polvo y se mete en mi garganta, haciéndome toser. Suena a que está diciendo lo que cree que tiene que decir y me apostaría lo que sea a que también está haciendo lo que cree que tiene que hacer.

Lo que no entiendo es *por qué*.

Porque... ¿por qué haría algo así?

Y no soy la única que lo piensa.

He conseguido un momento a solas con Cam, pero todos nos estamos preguntando qué demonios significa la presencia de Gemma en la pista, qué significa la forma en la que se aferra a Cam y por qué Cam le permite hacerlo cuando claramente es... No sé qué otra palabra usar más que *incorrecto*. Es de esas cosas que no deberían suceder porque irrumpen el orden natural del universo. No importa lo encantadora que pueda ser Gemma, todos sabemos que hay una única persona para Cameron.

—¿Y Livvy? —consigo preguntar. Es difícil formular palabras cuando hay tantos sentimientos anudados en mi estómago. Se tensan más y más con cada segundo que pasa y me pregunto si Ashford se sentirá así constantemente, como si sus emociones fueran un bloque de ladrillo sobre su lengua. Una parte de mí está presente en esta conversación y está que escupe fuego, pero la otra es una bola de ansiedad que no me deja respirar y me tiene mirando en todas direcciones con paranoia. Ali y Willa deben estar por llegar y no quiero que me tomen por sorpresa. Especialmente teniendo en cuenta que no sé en qué estado van a llegar.

—¿Qué tiene que ver Livvy en todo esto? —Su negación siempre fue constante cuando de Livvy se trataba, pero no estoy para jugar a este juego hoy.

—No pienso responder esa pregunta. Sabes la respuesta.

—¿Por qué no puedes estar feliz por mí?

Su pregunta es un empujón que me obliga a dar un paso hacia atrás. Una chica me insulta por casi chocarla, pero apenas la escucho.

—¿Por qué estaría feliz por ti en este momento? No estás feliz. Estás tomando decisiones estúpidas porque no quieres afrontar lo que te pasa.

—Ah, genial, ahora vas a decirme lo que pienso. Bien, adelante.

Y no sé si es porque nunca escuché a Cameron hablarle a nadie así o porque el hecho de que de todas las chicas del mundo haya elegido a Gemma me duele más de lo que debería, pero lo hago. Le digo exactamente lo que pienso.

—Estás jugando con los sentimientos de Gemma. No te gusta. *Nunca* va a gustarte y por eso la elegiste, porque con ella *no hay riesgo*. Y porque tienes miedo. Tienes miedo porque sabes que Livvy va a volver el año que viene y no quieres que ella llegue y se dé cuenta de que la amas. Y no me mires con esa cara. La *amas*. ¿Gemma lo sabe? ¿Sabe que es el reemplazo para la chica que sí te enamoró? ¿O cree que finalmente caíste por sus intentos desesperados de llamar tu atención? —Su silencio es más respuesta de la que necesito—. Eso pensé. Porque no importa qué tanto la deteste, sé que Gemma no estaría aquí si supiera que es solamente el entretenimiento que viene antes de que aceptes lo que sientes por otra. Si hay algo que no tolera es estar en segundo lugar. Y yo no voy a quedarme aquí a fingir que todo esto es perfectamente normal porque sería una amiga de mierda si lo hiciera. Y me lo vas a agradecer, solo espero que lo hagas cuando no sea demasiado tarde.

Y sin más, porque creo que escuchar lo que sea que quiere decirme me haría decir cosas de las que me arrepentiría, paso por su lado y lo dejo atrás. Es para mejor. Que piense en lo que le he dicho y que, por amor a Dios, entre en razón.

—¿Quién se cree que es? —despotrico en voz baja mientras me abro camino hacia mis amigos—. Saliendo con Gemma a mis espaldas, ocultándolo porque sabía exactamente lo que le diría. El muy cabrón, voy a...

—¿Está todo bien?

No sé en qué momento se me acercó Ashford, pero tengo que frenar en seco para no chocarlo a él también.

Antes de llevarme a Cameron para tener nuestra para nada productiva charla, me aseguré de pedirle disimuladamente a Aaron que hablara con Ashford. No fue una elección al azar. Aaron es la persona más amable que conozco. Hablar con él es simple, fluye. Tiene unos ojos avellana preciosos que te miran como si lo que dices fuera lo más interesante del mundo y siempre sonríe. No hace falta aclarar todos los años que pasé coladísima por él cuando era chica y venía a casa a jugar con Paul. Después me enamoré del deporte y Aaron Woods pasó a ser una cara bonita más.

¿Cuánto tardará Ashford en convertirse en otra cara bonita del montón?

No quiero seguir mirándolo con la sensación de que se me acalambran los huesos.

No quiero seguir dándome cuenta de qué días se peina por la mañana y qué días no está de humor para arreglarse. Quiero que su figura se borronee un poco, que se parezca un poco más al resto del mundo, apenas una silueta sobre el paisaje.

—Leo, ¿qué pasa?

—¿Qué? —pregunto, solo para darme cuenta de lo cerca que estoy de él y retroceder con las manos en alto—. ¡Nada, nada! —Una risita nerviosa se me escapa.

—Estás gritando y recién hablabas sola.

—Es para pensar mejor.

—Lo que digas. Hay unas chicas buscándote. Estaba yendo a avisarte y...

Sus palabras se desvanecen mientras mi vista escanea los alrededores hasta que doy con ellas: mis amigas se encuentran paradas un poco a la derecha del lugar en el que se encuentran Paul y los demás. Es raro verlas aquí, en este lugar que siempre fue un mundo separado por completo de todas las otras partes de mi vida. Ali lleva su hermoso cabello castaño suelto hasta la cintura como siempre, Willa en cambio se ha...

Oh, Dios.

Mis ojos se abren y temo que se me caigan de la cara por lo que veo. Mi amiga se ha *rapado* y la pelusa rubio platino que antes era una melena de león le queda mejor de lo que a cualquiera debería quedarle.

Antes de darme cuenta, estoy corriendo hacia ellas.

Y no sé en qué momento se evaporaron los nervios. Solo sé que ellas me están mirando y están sonriendo y que mi mensaje no fue un desastre. Saben perfectamente que la cagué y aun así me estrechan y chillan conmigo cuando nos fusionamos en un abrazo.

Han pasado meses, *meses,* desde la última vez que las vi y me he convencido de que no las necesitaba, de que serían otra distracción y no puedo creer que me haya tragado mis propias mentiras con tanta facilidad. Porque ahora están aquí y me doy cuenta de que no importa qué tan amiga sea de Cameron, qué tanto hable con mis hermanos o lo mucho que vea a Ashford, no tiene sentido intentar reemplazar *esto.*

—Perdón —les digo, aún sujetándolas tan cerca como puedo—. Perdón, perdón, perdón, soy una idiota, perdón. Y si no se los dije antes, perdón, perdón, perdón.

Willa se ríe y me estrecha con más fuerza por un instante, pero Ali me deja ir, mirándome decepcionada.

—Te borraste. De la nada —reclama.

Busco las palabras para explicarme, pero no hay forma de decirle a alguien que te sientes tan desconectado del mundo que tus propios amigos empezaron a verse como piezas de un rompecabezas que nada tiene que ver con el que estás tratando de armar. Cuando pensaba en ellas, todos estos meses, no veía más que pedazos de una vida que estaba intentando dejar atrás. No quería ser la chica que era en el colegio, porque en la universidad se me exige constantemente que sea una nueva versión de mí y estas dos chicas que me miran, considerando darme o no una segunda oportunidad, representaban todo lo que quería dejar atrás.

Suspiro.

—Conocí a un chico —arranco a decir.

—Si me dices que nos plantaste por ponerte de novia considera este el fin de nuestra amistad. —Las palabras de Ali duelen porque saben a verdad y al tipo de dolor que lleva meses gestar. A pesar de las faldas *hipponas* y sus collares llenos de piedras que manifiestan buenas energías, Ali es una persona que no va a tenerte piedad si la cruzas un mal día. O si te borras después de haber pasado toda la secundaria juntas.

—Depende, si el chico es el bombón con el que hablamos recién puede que te lo perdone. ¡Aia! —se queja Willa ante el codazo de Ali—. Solo digo. No soy ciega. ¡Míralo! —Señala a Ashford disimuladamente con la cabeza y al ver cómo lo mira un remolino de rabia inexplicable tuerce cosas dentro de mí que no sabía que existían—. Está buenísimo. No me vas a decir que no te diste cuenta.

—No, no, no es nada de eso. —Sin embargo, no me detengo a aclarar que Ashford y yo no somos nada. Los ojos de Willa, aún en su perfil, me detienen—. Lo que les decía es que ese chico de ahí me... *—Me habló de cómo fue crecer sin amigos como ustedes, me dijo lo solo que se sintió y me di cuenta de que gracias a ustedes nunca me sentí así.* El pensamiento se deshace en mi mente. En parte porque no quiero traicionar la confianza de Ashford, pero también porque me avergüenza sacar tanto de mis sentimientos a la luz—. Me hizo darme cuenta de que estaba siendo una idiota por dejar de lado a mis amigas. Dejé que la universidad me consumiera la vida, les juro que es una pesadilla. Ni siquiera me di cuenta de que había dejado a todos de lado hasta que fue demasiado tarde.

—¿Y por qué no nos escribiste entonces? —A diferencia de Ali, Willa ya parece haberlo dejado atrás. No esconde acusaciones en sus palabras. El resentimiento nunca fue una de sus muchas cualidades. Es más bien osada, siempre dispuesta a probar algo nuevo, a perdonar. Y nunca estuve tan agradecida de ello como hoy.

—Porque, pues, no es que no quisiera, pero...

—Por qué no nos escribiste entonces. —Ali demanda una respuesta. Separa palabra por palabra, sus pausas como cuchilladas cortando el aire. Es más baja que yo, pero aun así consigue que me sienta pequeña.

—Porque tenía miedo de tampoco ser suficiente para ustedes...

Mi voz es un susurro y mis ojos se clavan en el piso, avergonzada por todo lo que he dicho y lo que queda por decir en esa simple oración. Casi pienso que no me han escuchado y empiezo a levantar la vista, a prepararme mentalmente para repetirlo, cuando el olor a sahumerios y velas florales me envuelve junto con un par de brazos.

—Ay, Leo, mira que eres tonta —susurra Ali en mi oído—. Solo con estar eres más que suficiente. Y no sé quién dice que no lo eres, pero dame su nombre y te prometo que vamos a cortarle la lengua.

Willa se suma a nosotras y no entiendo muy bien por qué, pero tengo unas ganas de llorar que amenazan con escaparse de mi cuerpo.

—Y de paso le robamos el perro.

—¿Eso significa que estoy perdonada?

—Significa que *vas a estar perdonada* —corrige Ali—, cuando nos pongas al día con todo lo que ha pasado.

—Y nos cuentes qué clase de relación tenemos con el chico, y si está soltero. Para una amiga.

—No está soltero. —Las palabras se escapan de mi boca y me arrepiento enseguida—. No creo. Me parece. En realidad, no le he preguntado.

—Pero si lo estuviera...

—Willa, idiota, si lo estuviera, Leo claramente saldría con él.

—¡No! —Se dan vuelta a mirarme asustadas y me doy cuenta de que he gritado porque también Ashford y un par del grupo que está más lejos voltean a vernos. Hace mucho calor. Demasiado calor. ¿Por qué tengo puesta la campera?—. No, no —repito, moderando mi tono—. Ashford es mi amigo.

—¿Se llama *Ashford*? *Sexy*.

—Se llama Ian.

Willa parece todavía más encantada con la idea.

—Me encanta. Deberías estar con él.

—Que *no*. Amigos. Somos amigos.

—¿Y tú quieres ser su amiga? —interviene Ali.

—Me encanta ser su amiga.

—Siento que nos está mintiendo —acota Willa.

—¿Por qué no les presento a mis amigos? —interrumpo, antes de que el delirio escale.

—¿Eso incluye a ese de allá?

Sigo el dedo de Ali hasta llegar al lugar que apunta y se me desfigura el rostro.

—Ew, no. Ese es mi hermano.

Las cejas de Ali se alzan y no hace el mínimo esfuerzo por retener su sonrisa.

—Vaya, vaya, ya sabemos quién se sacó la lotería genética.

—Qué lindo ser su amiga...

Me doy cuenta de ello porque en cuanto sucede, me siento tan bien que se me escapa un suspiro e incluso doy otro paso hacia mi derecha, acercándome más a Ashford.

Nuestros cuerpos se buscan. Unos minutos atrás, estábamos separados por la presencia de Willa, pero de alguna forma, entre palabra y palabra, la conversación se fue armando y el espacio entre nosotros se fue acortando. Y se siente bien, estar así de cerca de él. Incluso si no emite ni un solo ruido en toda la conversación, incluso cuando está mirando con esos ojos apagados que tiene, me gusta saber que puedo reírme y mirarlo, invitarlo a ser parte de todo esto que a mí siempre me hizo tan feliz.

Me aseguro de que se sienta parte. Mis brazos se envuelven en torno a su brazo derecho, acercándolo a mí y obligándolo a acercarse al círculo que hemos armado. Un escalofrío me pone la piel de gallina en cuanto lo hago y Ashford me mira, como si pudiera sentir el efecto que su cercanía tiene en mí. Sus ojos me atraviesan y todo lo que oculta se me clava como una incógnita en el pecho. Quiero dar un paso más hacia él y terminar de acurrucarme contra su calor, quiero enterrar el rostro en su pecho para esconderme de sus ojos y obligarme a no pensar en lo bonitos que son, en que sus facciones parecen una escultura: perfectas, inamovibles, etéreas.

Sin embargo, no hago nada de eso.

No hace falta.

Es él quien se encarga, como si leyera mi mente, de romper la distancia. Me rodea con un brazo *—Ian Ashford me rodea con un brazo—* atrayéndome hacia él. Mi hombro choca contra sus costillas y, por inercia, mi brazo se acomoda detrás de su cintura. Cada movimiento escuece, duele, quema como la ansiedad de estar un poco demasiado cerca del borde de un acantilado.

Debajo de mí no hay más que un vacío negro e interminable y con cada movimiento me acerco un poco más a dejarme caer. Pero no Ashford. Él se mueve como si el mundo se moldeara a su alrededor, a su gusto. En ningún momento hace amague de apartar sus ojos de los míos, no hay un ápice de duda en el gesto, ni un más mínimo indicio de que todo lo que a mí me está destruyendo signifique algo para él.

Hay una sobrecarga de su presencia en el ambiente.

Lo abarca todo.

Es más alto que cualquier persona que haya conocido, es una caja llena de secretos y como una ola que te toma por sorpresa en medio del mar, derrumbándote por completo, me sobrepasa la calidez de la gratitud, de la alegría, porque me doy cuenta de que tal vez soy una de las pocas personas a las que se le permite revisar y buscar entre los tesoros de su pasado. Porque él me lo permite.

—¿Sabes? —pregunto, sin poder apartar la vista de él. Sus ojos son un nudo en los míos, me mantienen estática, justo donde él quiere que esté. No podría decirle que no en este momento, no podría negarme a él. Trago saliva—. Estoy contenta de que estés aquí.

A nuestro alrededor hay voces y ruido, pero el silencio de este momento los apaga como un corte de luz. Hay un bicho peludo y desagradable en mi pecho que se ríe de mí porque he dejado escapar palabras que ni siquiera sabía que pensaba, que son demasiado... son *demasiado* como para quedar en el aire sin respuesta.

El monstruo crece. Toma lugar y sus patas afiladas se me clavan y se enredan en mis costillas. Están a punto de hacerme sangrar. Su lengua bífida se zarandea en el aire, su voz suena como una trituradora en mi cabeza, se alimenta de todos los pensamientos que más me aterran y me los escupe en la cara.

¿Cómo vas a decirle eso?

¿Qué esperabas? ¿Pensabas que diría que está feliz? Si lo has arrastrado *hasta aquí, si lo último que quería era pasar contigo otro día más. No puede deshacerse de ti. ¿No lo ves? No está hablando, no está haciendo nada más que pararse a tu lado porque no quiere pasar un solo segundo más aquí. No quiere conocer a tus amigos, no quiere ser parte de nada que tenga que ver contigo y no quiere...*

Los labios de Ashford caen sobre mi frente.

Son el aleteo de una mariposa contra mi piel.

Y son suaves. Tan pero tan suaves que su tacto espanta al monstruo, lo devuelve al agujero del inframundo del que salió y luego se aleja de mí, dejando atrás una inmensidad de destellos incomprensibles que apenas me caben en el cuerpo.

Él vuelve a mirar al frente.

Pero yo no puedo apartar la vista.

Ni siquiera cuando me percato de que todos nos están mirando.

O tal vez podría hacerlo, pero no quiero hacerlo.

Ian Ashford está cada vez más lejos de ser una cara bonita del montón.

Y toda la belleza del momento se desintegra con ese pensamiento, porque el vacío de su mirada me desgarra. Sé que solo ve en mí el desastre que le mostré que soy, el montón de palabras descoordinadas y momentos arruinados que me permití ser a su lado.

No hay nada en mí que pueda prender una chispa en un chico como él.

CAPÍTULO 20

—No es mi novio. Estoy feliz por él.

—Pero...

—No lo es.

—De todas formas, va a ser complicado.

—Lo conocí hace poco, hace nada, en realidad.

—Pero lo conociste y se va. Eso tiene que doler. Va a doler.

—¿Por qué me dices esto, Aaron?

—Porque se va y me pareció que podrías llegar a necesitar hablar con alguien que haya estado donde estás parada ahora.

—Pero tú y Aspen se fueron juntos.

—Ese no siempre fue el plan.

—Ya sé de dónde te recuerdo. Estabas en el hospital. En el pasillo. Cuando el abuelo...

Ashford asiente.

Paul estira una mano y Ashford la toma.

—Gracias.

Nunca lo dijo tan en serio.

—Deberíamos repetirlo.

—Sí, me gustaría.

Un beso frágil como alas de mariposa aleteando sobre mi mejilla, un roce de su mano en mi hombro y se va.

Ashford toca la bocina mientras aparca frente a mí y me arranca del recuerdo.

Siento que pasaron mil cosas la noche anterior y aún me dan vueltas como fantasmas en la cabeza. No puedo desterrarlos. Hacen ruido, lloran, me piden atención y no sé qué hacer para calmarlos. Solo ahora, consigo algo de paz.

No sé si debería preocuparme todavía más, que solo la presencia de Ashford tenga ese efecto sobre mí.

Sin embargo, me deshago de la idea y me subo al auto con una sonrisa.

Al fin llegó el día en el que Ashford va a llevarme en una de sus aventuras.

Con lo cerca que están las nacionales, no hay torneos, y con lo cerca que estamos de la fecha de entrega de la monografía, podemos permitirnos un descanso antes de encarar la racha final, en la que definitivamente no vamos a poder permitirnos más descansos.

Así que cuando me subo al auto, trato de, aunque sea por medio segundo, apagar el mundo real y concentrarme pura y exclusivamente en el hecho de que, en este instante, en este auto, con este chico, soy feliz.

Ashford maneja despacio, negándose completamente a decirme adónde estamos yendo. Y yo insisto para que me lo diga, por más que en el fondo me gusta que sea una sorpresa. Me gusta que haya pensado en el lugar y que me haya invitado en vez de limitarse a mandarme una foto. Me gusta verlo en esta situación.

Está vestido como siempre, con su suéter, su reloj, una camisa y pantalones oscuros. Y yo llevo mi remerón favorito con mis *jeans* rotos de siempre. La única información que me dio era que estaríamos al aire libre y que me convenía abrigarme, así que debajo de los *jeans* llevo calzas negras y debajo del remerón, una térmica y dos buzos además de la campera. El frío de la ciudad empeora más y más ahora que nos acercamos a las fiestas.

Dentro de poco tendremos que festejar Acción de Gracias y Navidad. El Año Nuevo se acerca. ¿En qué momento pasó el tiempo? ¿En qué momento cambiamos tanto?

Diría que fueron cambios negativos, que no soy tan feliz como lo era el año anterior rondando estas fechas, pero viéndolo a Ashford, el sol acariciándole las mejillas, una mano en el volante, la otra en la ventanilla que insiste en tener baja a pesar del frío que hace... me parecería una injusticia sacarle mérito.

No todo es tan malo.

—Lo conocí hace poco, hace nada, en realidad.

—Pero lo conociste y se va. Eso tiene que doler. Va a doler.

Me encojo ante el eco de la voz de Aaron, que me persigue desde ayer en la rampa.

En algún momento, quedé sola con él y me contó que Ashford le habló de sus planes de viajar. Aaron se preocupó. Él es así, de los que simplemente van a hacer todo lo que está en su poder por estar para ti, por ser un oído para las quejas, un hombro para llorar. Incluso para mí, que no soy más que la hermanita de su amigo. Él ya se había mudado a Londres cuando empecé a frecuentar la pista, nuestro vínculo no ameritaba el interés que estaba mostrando y por eso me conmovió el doble.

¿De verdad dolería?

No me imaginé nunca la posibilidad de una vida sin el abuelo y, aun así, aquí estaba, arriesgándome a sonreír incluso cuando su ausencia cada tanto se me aparecía como una visión en blanco y negro, quitándole el color a todo. ¿Qué tanto puede doler la desaparición de un chico que hacía solo unos meses no existía? He pasado incontables tardes estudiando sola antes de que llegara, infinitas tardes tomando café en mi cuarto sin nadie a mi lado, imposibles veladas perdiendo el tiempo en redes y mandando videos a mis amigas en lugar de a él. Sin embargo, no recuerdo la última vez que pasaron dos días sin que supiera nada de Ashford. Su presencia se ha convertido en una constante y cuando la remuevo de la ecuación, parece irse con él algo vital que antes estaba en mi pecho. Es como si me pasaran una aspiradora por el corazón y le drenaran hasta la última gota de sangre. En mis venas fluye oxígeno.

No quiero pensar en eso.

No es así. No va a ser tan grave.

Es Aaron que me metió ideas en la cabeza.

Él y Aspen son otra cosa. Son el tipo de personas que no tendrían sentido por separado. ¿Podrían vivir el uno sin el otro? Probablemente.

Aspen me hace acordar a las tormentas de verano. Toda truenos y rayos y aguaceros que cortan contra tu piel, es una fuerza de la naturaleza en sí misma y se para como si el lugar debiera arrodillarse ante ella. No creo que nada la pueda frenar. Y Aaron es como la luz del sol: va a llegar hasta el rincón más oscuro y va a volverlo suyo. Individualmente son imponentes, pero juntos forman iridiscencias preciosas que lo cambian todo. Y la forma en la que se miran, como si todo tuviera un poco más de sentido teniendo al otro a su lado... Eso no es algo que se encuentre con facilidad.

Están sesgados por su amor y creen que todos vamos a tener nuestro felices para siempre. Pero no es así para el resto de nosotros. Ashford no puede ser la luz de mi tormenta y yo no soy su tormenta de verano.

No podría serlo, ni siquiera si lo intentara.

La sonrisa se me escapa, porque lo venía sospechando durante el último tramo del viaje.

—Es perfecto.

—¿Lo es?

—Es más que perfecto. ¿Cómo es que nunca estuviste aquí? Todo el mundo estuvo aquí.

—Si ya viniste muchas veces, podemos irnos.

—¿Qué? ¡No! ¿Es que no me escuchas cuando te hablo? Dije que es perfecto. —Me vuelvo a mirar la enorme noria, a los niños corriendo, los padres que los siguen, las parejas que pasean, el sol brillando con ese tono anaranjado que anuncia su pronta caída por el horizonte. Cada tanto, los gritos desaforados de gente sufriendo en las montañas rusas, llenas de curvas como el lomo de un dragón surcando el cielo, cortan el aire.

—Lo es.

El viento se lleva la voz de Ashford, pero su suavidad se asienta en un cajoncito de cosas que, aunque no lo sepa, voy a recordar toda la vida.

La euforia me hace cosquillas. Es como tener hormigas correteando por todo tu cuerpo.

—¡Repitamos! —grito, volviéndome para ver a Ashford. Sin embargo, mi amigo camina lento. Sus pasos pesados y tambaleantes me hacen retroceder—. ¿Estás bien?

Acabamos de bajarnos de la cuarta montaña rusa de la tarde y creo que Ashford la está pasando peor de lo que quiere admitir. Hemos caminado montones, comido algodón de azúcar y pochoclos que estaban medio quemados. Hemos estado demasiado al sol, a tal punto que mis *jeans* irradian calor propio y presiono mis manos contra ellos para aliviar mi cuerpo helado. Estoy extasiada, acelerada, estoy hecha una maraña de energía y sonrisas que no sé cómo Ashford es capaz de soportar.

Asiente.

Yo me río.

—No te creo nada. Vamos. —Paso un brazo por su cintura y él deja caer el suyo sobre mis hombros. Bloqueo todos los pensamientos que me atraviesan la cabeza en ese instante. A veces pienso en mi cerebro como un laberinto retorcido de corredores babosos en los que cada dos por tres, Ashford se me aparece bloqueando el camino de las ideas coherentes—. Si te desmayas me vas a arruinar la tarde.

—Qué lindo que te preocupes por mí.

Lo dejo caer en el banco más cercano.

—Para eso estoy, amiguito.

Él se concentra en mirar el piso y yo me pregunto si tal vez infravaloré su malestar, porque realmente me preocupa el tono verdoso que tomó su rostro.

Le paso la botellita de agua que compramos hace un rato y lo obligo a tomar. Lo hace. Cada trago de agua mueve su nuez de adán en un sube y baja suave y tengo que forzarme para apartar la vista. Pongo mi mano en su espalda y la muevo en círculos, esperando que el contacto le sea reconfortante. Es extraño sentir que alguien que siempre parece tan estable, tan fuerte, pueda necesitar ayuda. No lo esperas y por eso la impotencia hace que me desespere un poco.

—¿Nunca antes habías ido a un parque de diversiones? —pregunto, intentando distraerlo un poco. El banco está justo frente a la salida de la playa y el viento sopla con fuerza, granitos de arena se me enredan en el pelo y me obligan a entrecerrar los ojos.

—No, son cosas que se hacen de a dos.

El comentario solo intenta ser honesto, pero termina siendo un poco triste. ¿Qué clase de infancia tiene un niño que se mueve solo por el mundo?

—¿Y tus padres? ¿Ellos no te acompañaban a lugares así?

Él se toma su tiempo para responder. A veces temo que esté midiendo lo que quiere decirme, como si no estuviera seguro de qué tanto puede confiar en mí, pero luego habla con tanta honestidad que olvido por completo mis preocupaciones. Cada vez tartamudea menos a mi alrededor y, cuando lo hace, no pone excusas ni me pide perdón, solo sigue de largo. No sé por qué me da tanto orgullo que sea así, pero me lo da. Es un orgullo que florece en mi estómago como un montón de florecillas silvestres en verano.

Niega.

—Mis padres son... complicados, como mínimo. Me aman. Soy consciente de que me aman con locura, pero no por eso me comprenden. Son personas capaces de quedarse en casa, de aferrarse al trabajo como si la vida les fuese en ello. De todos los países en los que viví con ellos, quedaron muchísimos que siento que nunca conocí porque jamás se tomaron el tiempo de llevarme a recorrerlos. Creen que lo más importante es el estudio, tener un trabajo asegurado y estable. Es importante para ellos, ¿sabes? Papá es uno de los pocos embajadores negros de Estados Unidos en el mundo. Casi siempre mandan a un hombre blanco y pomposo, y tiene miedo que lo despidan. Siempre ha vivido con ese miedo.

—¿De dónde son?

—Mis padres nacieron aquí, pero mis tatarabuelos del lado materno eran de Marruecos y mis abuelos maternos eran del sur de Italia. No siempre hubo dinero. Lo que tenemos ahora es un lujo. Entiendo los miedos de mis padres, pero siempre trabajaron demasiado duro. Ninguno de los dos fue particularmente compañero.

Sus palabras me recuerdan el tiempo que llevo sin hablar con mamá y papá. Los extraño horrores. Son dos de las personas que más quiero en el mundo y casi no hablamos desde la pelea en el hospital. No me imagino una vida sin compartir cada segundo con ellos, sin llamarlos para contarles todo, sin las noches de Monopoly, sin sus abrazos o las fotos ridículas que nos hacen sacarnos cada año para Navidad.

—Deberías venir un sábado a casa. Jugamos Monopoly —lo digo sin pensar en nada excepto en que me gustaría que Ashford esté allí, que sienta la calidez de las cenas con mis hermanos gritando y mamá intentando hacer paz mientras el abuelo...

El abuelo.

El aguijón se queda clavado en mi piel.

El abuelo hacía trampa a escondidas y negociaba siempre para sacar ventaja.

El abuelo que tenía una debilidad por Tino y le pasaba billetes por debajo de la mesa.

—¿Por qué?

—¿Por qué, qué?

—¿Por qué dices que debería ir un sábado a tu casa?

Me encojo de hombros, mi vista clavada en las puntas sucias de mis zapatillas. Están tan gastadas que empiezan a hacerse agujeros, pero cambiarlas se siente un poco como una traición. Si mirara a Ashford ahora, vería cosas en mis ojos que resultan demasiado confusas. Tengo que poder entenderlas antes de dejarlas salir.

—Porque me gustaría. Creo que también te gustaría. Están todos locos, pero...

Pero me quieren mucho.

—¿Ya te arreglaste con tus padres? —pregunta, como si me leyera la mente. Le respondo con mi silencio y él me da un empujoncito hombro contra hombro. Queda allí, peligrosamente cerca—. Llámalos.

—¿Ahora?

Ashford tiene los codos en las rodillas, las manos entrelazadas frente a él.

—¿Por qué no?

—Porque estoy contigo.

—¿Y?

—Me la estoy pasando bien.

Mejor que nunca. Al menos mejor que en los últimos meses, definitivamente mejor que en las últimas semanas.

Desde la muerte del abuelo, los días empezaron a alargarse, las noches demasiado ruidosas para conciliar el sueño con tanto escándalo en mi cabeza. Los días son demasiadas horas de estudio comprimidas, en las mañanas los entrenamientos cuestan, en las tardes son mi cable a tierra. Harrison se ha vuelto más severo y más exigente que nunca. En su clase no vuela una mosca sin que salte a pedir silencio y no perdona ni una llegada tarde.

No creo que se haya tomado bien la muerte del abuelo.

Intenté hablar con él el lunes anterior después de clase, pero me echó.

Si querías estar para nosotros, hubieras ido al funeral.

No creo que haya aceptado mi decisión. Creo que, como mamá y papá, ha terminado por ver en mi pasión una obsesión enfermiza que me vuelve cruel. Pero está bien, ya hablaré con él. Cuando tenga un poco más de tiempo. Va a entender, siempre me apoyó. Él y el abuelo fueron mis mayores fanáticos. Desde el momento uno, confiaron en mí. Es una puñalada por la espalda, perderlos a ambos de esta forma tan cruel cuando todo lo que siempre soñé está al alcance de mis manos.

—¿Segura? No me molestaría que los llames. Estoy bien aquí sentado, mirando el mar. Puedo esperarte.

Mi sonrisa se quiebra. Hay una paz en sus palabras, una seguridad que no puedo explicar. Se siente como cruzar un río acaudalado y salvaje caminando por un puente de hierro macizo e inamovible. Sabes que no vas a caer y puedes detenerte a admirar el caos, casi a abrazar el rugido del agua golpeando las piedras.

—Lo estoy pasando increíble. No quiero perder tiempo hablando con mis padres ahora. Quiero disfrutar esto. Gracias por traerme, no sé si te lo dije ya.

Su cuerpo se inclina ligeramente hacia mí, su rodilla choca con la mía.

—No lo dijiste.

—Gracias —susurro.

—A ti.

—¿Por qué?

—Porque hoy me sentí un niño.

—Oh...

Él no se da ni cuenta de la forma en la que su honestidad me atraviesa. Es el golpe de una bola de demolición contra un muro que apenas puede sostenerse por sí mismo. Ladrillos vuelan y escombros se derrumban. El aire se llena de polvo.

Con ese golpe final, no queda nada entre nosotros.

Al menos de mi lado.

Ha caído la última defensa.

Excepto porque no sé qué hay del otro lado.

Los campos verdes se extienden por kilómetros y kilómetros. Por lo que sé, Ashford podría aguardar del otro lado, encerrado en un castillo de hierro, rodeado de espinos para mantenerme lejos. No me atrevo a correr hacia él para averiguarlo.

—Te ves triste —dice por lo bajo.

En sus ojos se refleja el atardecer.

Las últimas tres horas de juegos, empujones y pullas pasan ante mí en un abrir y cerrar de ojos.

—No me siento triste.

—¿Qué pasa?

—Estoy feliz.

—Estás llorando.

Me llevo una mano a la mejilla y luego me quedo mirando la yema de mis dedos, donde efectivamente me encuentro con los restos húmedos de mis lágrimas. Con la luz del atardecer, el cielo plagado de nubes rosas y destellos anaranjados en el fondo, reluce como si fueran diamantes derretidos contra mi piel.

—Sí —digo, mi voz tan calma que apenas la reconozco—, creo que son de felicidad.

—Pensé que eso solo pasaba en las películas.

—Yo también.

Y, sin embargo, sigo derramando lágrimas en silencio. No sollozo, no hay movimiento en mi cuerpo salvo por la calma de mi respiración mientras las dejo caer una detrás de la otra como un río incontenible.

Me doy cuenta de que llevo un rato con la vista perdida en el horizonte, sobrepasada por este sentimiento de paz en la tempestad, de vacío en el caos, cuando el roce de la mano de Ashford contra la mía estalla contra mi piel.

No lo miro. No le doy la oportunidad de ver la marea desenfrenada que me sacude.

Floto sobre olas que a cualquiera lo arrastrarían al fondo del mar y no nado contra la corriente porque fingir que puedo salir de aquí sería estúpido.

Ashford no se mueve, no busca más.

Se queda allí: su rodilla pegada a la mía, las puntas de nuestros meñiques apenas rozándose, siendo el nudo enclenque que lo une a mí contra viento y marea.

—Yo también estoy feliz —dice tartamudeando más de lo que lo escuché tartamudear en mucho tiempo. No sé qué significa, pero no paro a pensar en ello ahora. No puedo pensar en nada. Creo que he dejado de existir y soy una sensación flotando.

El sol se esconde detrás del muelle.

Y soy la sensación de la piel de Ashford contra mí como un pétalo de rosa.

Soy la sensación de llegar al final de un viaje demasiado largo.

Soy la caricia del viento fresco un día de demasiado calor.

Soy agua bajando por la ladera de una montaña.

Soy un sueño que alguien cuidó con tanto amor que consiguió protegerlo de las desgracias de la vida.

Soy una mañana tranquila con el sol en la cara.

Soy un té caliente que te entibia el corazón antes de caer dormido.

Soy la luz que desaparece en el horizonte, el último puntito contra el cielo antes de que se apague del todo.

Y el ciclo.

Vuelva.

A comenzar.

CAPÍTULO 21

Las rosas son algo hermoso.

Una de esas cosas de la naturaleza que uno no se explica. Sus pétalos son suaves al tacto y su perfume te atonta las ideas y te suaviza el corazón.

¿Qué chica no soñó alguna vez con recibir un ramo de rosas?

Yo lo he hecho y me carcome la vergüenza de solo aceptarlo.

Porque son un cliché trillado, pero no puedo evitar desear el ramo más grande de todos. En mi cabeza, una rosa remite al amor más puro que vemos solo en las pantallas, remite al deseo, a los sueños compartidos y a un montón de otras cosas que no creo que pueda tener.

Sin embargo, cuando veo mis dedos, reventados, despellejados, convertidos en un montón de piel roída, y la sangre que florece a su alrededor, pienso en rosas y su connotación cambia. En mi mente, la rosa pasa a significar sus pinches y sus defensas, todo lo que la vuelve peligrosa se resalta.

Muerdo mi pulgar y salta una gota gorda y redonda.

Presiono el dedo y la gota crece hasta que se vuelve demasiado y cae por el lateral de mi dedo hasta el piso.

No puedo apartar los ojos de la manchita sobre el suelo de madera.

El reloj sobre la puerta de entrada avanza segundo a segundo, cada *tic* y cada *tac* me acercan a todo lo que nunca quise.

Ashford rompe el juego. Se sale de su papel y toma mi mano —su tacto es un cable a tierra—, evitando que vuelva a llevarla a mis labios. La baja y la suelta enseguida. ¿Adónde va toda la tensión que crepita entre nuestros cuerpos cuando jugamos el juego? Es tan fuerte que atraviesa la pared de lo psicológico a lo físico: calienta la sangre en mis venas, me seca la garganta, hierve en el aire y lo vuelve irrespirable. ¿Cómo somos capaces de estar tan sumidos en ella y luego simplemente hacerla a un lado? ¿Es real o solo la siento porque *quiero* que esté ahí, porque *quiero* que Ashford sufra lo que yo sufro cuando me da esas miraditas de reojo y se las devuelvo sin emitir un solo sonido?

—Te estás lastimando —dice, como si no fuera obvio, como si yo no fuera capaz de ver la sangre que tiñe mis cutículas, los bordes machacados de mis uñas.

Tardo en responder, porque aún siento el calor de sus dedos contra la palma de mi mano y no termino de procesar lo rápido que los ha dejado ir: no tan rápido como para que mi cuerpo lo deje pasar, no tan lento como para que llegue a disfrutar el contacto. Ashford me tiene bailando en la cuerda floja y me tambaleo como una idiota.

Convierto mis manos en puños. Me escondo mi propio cuerpo para no dañarlo.

—Lo sé. Me di cuenta.

—¿Qué pasa? —Como todo lo que hace, es tan genuino que no puedo enojarme.

—Se me viene el mundo encima. Falta muy poco para los exámenes de mitad de semestre y las nacionales también están a la vuelta de la esquina. Encima, Gemma está más insufrible que nunca y tenemos solamente un mes para terminar la maldita monografía y cada hora que le dedicamos me genera más estrés porque nunca se termina el trabajo y las correcciones y todos los minierrores y... ya me entendiste.

Está sentado en el piso a mi lado, nuestras espaldas contra el lateral de mi cama. Lo veo asentir sin ser capaz de dejar de pensar en que Ashford está tocando las sábanas en las que voy a dormir más tarde.

—Te entiendo.

—No veo que te afecte mucho.

—No me interesa mucho la universidad y no tengo que sostener una beca, pero puedo entender por qué a ti te hace mal. ¿De cuánto es el promedio que tienes que tener para mantener la beca?

—Siete.

—¿Y tu promedio ahora?

—Cinco sesenta y seis.

Asiente.

—Bueno, la monografía es el cincuenta por ciento de la nota de fin de semestre en historia, así que con esto vas a subir ese promedio.

Mi corazoncito late un poco más rápido y mi sangre se vuelve un poco más dulce por su afirmación. Sé que está decidido a poner todo de sí mismo en este proyecto porque quiere ayudarme. Ashford es inteligente, le va bien, pero no suele poner ni la mitad de su capacidad en la universidad. Para él simplemente no lo vale. Y, así y todo, tiene un promedio mucho más alto que el mío. Lo envidio un poco. Me gustaría poder robarle por un día el cerebro para estudiar, ver qué se siente ser una esponja de información capaz de retener lo que lee por más de quince segundos. También me vendría bien rebuscar un poco en la parte más emocional de su cabeza. Ver si puedo entender qué hay detrás de la impenetrabilidad de su mirada cuando me ve.

—Sí, pero me quedan todas las otras materias y no llego. Yo te juro que no puedo estudiar más de lo que estoy estudiando y, aun así, no alcanza. Todo lo que hago no alcanza. Apenas me entra la información en la cabeza a esta altura.

—Necesitas descansar.

—Hoy dormí ocho horas.

—No alcanza con dormir ocho horas. Menos todavía si la mayoría de los días duermes cuatro y entrenas tantas horas por día. Necesitas desconectarte, dejar de estudiar, aunque sea por un día, dejar que tu mente se relaje.

La palabra relajar me lleva a nuestra salida al parque de diversiones.

Todas las emociones que revolotearon dentro de mí ese día.

Nada relacionado con el estudio o el dolor o la pena. Fue un día perfecto. Fue un día de esos que sé que voy a sacar seguido del cajón de recuerdos cuando las tardes se vuelvan demasiado grises y todo pierda sentido.

—Me gustaría volver al parque de diversiones, vivir ahí. No necesito un título. No necesito una carrera ni tener dinero ni comer. Podría estar todo el día en montañas rusas con un Ashford al borde de vomitar. Frenaría para entrenar y luego volvería y seguiríamos así hasta que se caiga a pedazos el parque.

—Bueno, pero yo espero abajo. No voy a volver a subirme a una montaña rusa en mi vida.

Ashford, en efecto, terminó el día vomitando en un arbusto.

Y, aun así, parece decirlo en serio cuando se une a mi plan de vida.

Le sonrío.

Él no me devuelve la sonrisa, pero de todas formas refleja mi alegría, me la devuelve como un espejo.

En mi estómago aletean bichos inmensos y peludos que se desparraman de la risa. Se ríen de mí, porque encuentro significados ocultos en las miradas de Ashford que él no tiene intención de poner ahí. Lo mío son alucinaciones inducidas por la costumbre que tenemos como humanos de creer que todo es correspondido, que todo es justo y simple incluso cuando se sabe que no es así.

—No sería mala vida —reflexiono.

—Para nada.

—¿Y si nos vamos mañana?

—Podemos irnos hoy.

Y es gracioso porque lo dice como si pudiéramos, como si hubiera un futuro que tuviera nuestros nombres grabados para vivirlo. Como si no hubiera una fecha de caducidad para esta amistad que terminó siendo de lo más preciado que tengo.

Ahora más que nunca, siendo que Cameron y yo seguimos sin hablar desde nuestra discusión en la pista y que mis amigas del colegio están ocupadas con sus propios exámenes como para que pueda ir a quejarme con ellas. Estamos hablando, pero tal y como predije, su solución a cada uno de mis problemas es entrenar menos, como si mi pasión fuese un obstáculo entre la felicidad y yo en lugar de ser el motivo por el cual todavía puedo abrir los ojos cada mañana. Al final, he terminado por fingir que todo está maravilloso cada vez que les hablo. Por primera vez entiendo eso que dicen que hay amigos para situaciones.

No todos mis amigos van a poder aliviarme cuando me duela el pecho, no todos van a ser los más divertidos para salir a bailar, no todos van a divertirse con programas simples como merendar o juntarse a estudiar, y eso no los hace mejores o peores. Los vuelve humanos.

Y tal vez por eso me cuesta tanto humanizar a Ashford, bajarlo de ese lugar tan alto y ruidoso que ocupa en mi cabeza. Porque con él siento que puedo hacerlo todo, que puede ser parte de mi vida incluso cuando esta se tiñe de un negro que lo sofoca todo, así como de mis risas más radiantes. De mis noches más locas, de mis tardes más tranquilas.

Qué terrible encontrar eso en alguien que no está destinado a quedarse.

Me hace querer aprovecharlo al máximo.

Pero también, aunque sea solo un poco, me hace querer huir.

CAPÍTULO 22

Ashford le da la mano a mi padre.

Conceptualmente, me parece lo más irreal que he presenciado.

Ian Ashford, el chico que me hizo sentir más insignificante que nadie, que me irritó hasta hacerme explotar, que me llamó niña bonita y malcriada, estaba en mi casa dándole la mano a mi padre.

Hablan, pero no llego a distinguir lo que dicen porque hay mucha gente, la música está alta y cada dos segundos alguien aparece para saludarme y darme un abrazo. Me felicitan por estar viva y yo lo agradezco porque tampoco estoy muy segura de cómo llegué tan lejos. Uno no espera cumplir veinte años, sin embargo, hoy me levanté y lo primero que vi fueron mensajes deseándome feliz cumpleaños de montones de personas, incluidos compañeros de secundaria de los que no he escuchado nada desde que egresamos. Y claro, un mensaje de mamá comunicando que esta noche nos veíamos para cenar.

Una cena familiar tranquila.

A la que se tomaron la molestia de invitar a todos mis amigos.

Y a mis tíos.

Y a mis primos.

Con todas sus mascotas. Hay tres perros, dos de ellos medio ciegos, y dos gatos que se cruzan en el camino de todos y cada tanto logran que alguien se tropiece.

La casa es una fiesta y a mí no me cabe en el cuerpo toda esta energía, que me atraviesa como un rayo y me pulveriza.

Siento que todo gira a mi alrededor pero que a su vez soy completamente externa a lo que está sucediendo. No se me había ocurrido que podría pasar mi día así: rodeada de gente y riéndome. Me había condenado a pasarlo estudiando más que nunca, entrenando el doble de fuerte, porque últimamente es para lo único que tengo tiempo. Estoy a contra reloj con la vida.

Y Ashford... Ashford, que pasó todo el día estudiando conmigo y fingiendo no saber que era mi cumpleaños para aparecer en mi casa, en mi fiesta, vestido como el sueño de cualquier mujer con dos ojos. Pantalones oscuros, su saco largo de siempre, la camisa blanca arremangada para mostrar esos antebrazos a los que mis ojos no paraban de desviarse, su reloj de siempre reluciendo sobre su muñeca...

Había colgado su saco en la entrada con los abrigos de los demás. Llegué a pispear en el bolsillo interno un libro de tapa blanda de esos viejos que tanto le gustan e hice una nota mental para que, una vez que terminemos con los exámenes, fuéramos a comprar libros juntos. Tal vez, quién sabe, encontraba alguno para mí.

¿Quién se veía bien colgando un saco? Empieza a parecerme casi irrespetuoso de su parte porque, mientras yo no puedo parar de verlo, él aún no se percata de mi presencia.

Ali y Willa estaban aquí cuando llegué, como casi todos, y apenas terminé de saludar, me arrastraron a mi habitación y me hicieron ponerme el tipo de ropa que nunca uso porque siento que me hace llamar demasiado la atención, que resalta un poco mucho la forma de mi cuerpo y lo masculino que es. Y eso estaba bien porque no me preocupaba que nadie me viera así. Me divirtió por una vez exponerme de esta forma con gente que me quiere y sé que va a ver lo más lindo de mí siempre.

Pero me arrepiento ahora que Ashford se ha volteado y me ha visto porque sus ojos van desde mis pies, metidos en unas Dr. Martens, y suben por mis piernas expuestas solo en unas calzas transparentes negras que se pierden en el bordillo del vestido azul que abraza mi cuerpo. Mis nervios explotan como granadas cuando su mirada los toca. No sé qué piensa de mí cuando sus ojos encuentran los míos y ven mi pelo suelto y prolijo por primera vez, mis labios delineados con un *gloss* brillante.

Me siento más expuesta de lo que he estado nunca.

Esto no es parte del juego en absoluto.

Nadie está fingiendo que esto no está sucediendo.

Somos plenamente conscientes del momento en el que estamos y de los ojos del otro; los lugares en los que se concentran, los que pasan por alto, los que quieren mirar más de lo que se están permitiendo.

—*Intenso* —murmura Willa, parada a mi lado, justo cuando Ashford recupera sus capacidades motrices y empieza a moverse hacia mí. Varias personas se lo quedan mirando. Nunca lo han visto y si bien Ashford suele ser el tipo de persona que se queda al fondo y trata de pasar desapercibida, en este momento se mueve entre la gente como si no le importase en lo más mínimo que lo miren.

Y es que es difícil no hacerlo.

Ashford se detiene a un paso de mí y solo entonces me percato de que lleva una caja envuelta en papel brillante y violeta. Tiene dibujitos de unicornios de colores y mucho, muchísimo rosa. Contrasta por montones con él, con la colonia que se ha puesto y se mezcla con el olor a libros y tinta que siempre lleva encima. Me marea. Es mucho, demasiado, creo que me he roto y empiezo a verlo en todos lados porque mi mente encuentra demasiado difícil lidiar con sus ausencias.

Entonces habla y me doy cuenta de que es real.

Yo no podría imaginar el tono de su voz. No importa qué tanto la haya escuchado, tiene algo cuando se desliza por el aire que se le escapa a mi mente y he pensado muchísimo en ello. Debe ser un mecanismo de defensa de mi cuerpo, que sabe que cuando se vaya voy a extrañarlo tanto que voy a necesitar no ser capaz de recordar las cosas que más me gustan de él.

—Hola.

Es una sola palabra.

—Me mentiste.

—Feliz cumpleaños. —Me acerca el paquete, cuya cantidad de rosa sigue llamando mi atención.

—¿Lo supiste todo el día?

—Lo sé desde la semana pasada, cuando Cameron me invitó.

—¿Cameron organizó todo esto?

Mi desconcierto aumenta.

—¿No te lo dijo?

Cameron, con quien no he hablado desde nuestra pelea en la rampa. Cameron, que ya no me espera a la salida de los entrenamientos como solía hacerlo. Cameron, que es demasiado terco para darme la razón incluso cuando me conoce lo suficientemente bien como para saber que yo soy demasiado terca como para aceptar estar en desacuerdo sobre este tema.

—Ni siquiera vino.

—Debe estar por llegar. —Extiende el regalo hacia mí por segunda vez—. Ahora, por favor, tómalo. Estoy quedando como un tonto.

—¿Te preocupa quedar como un tonto?

—Tu papá me está mirando muy fijo.

Miro sobre el hombro de Ashford y mi rostro se vuelve rojo por completo.

Es verdad.

Papá ni se da cuenta de que lo estoy mirando porque sus ojos no se despegan de la nuca de Ashford. Lo mira con curiosidad y entonces me doy cuenta de que llevo tanto tiempo peleada con mis padres que no les he hablado de Ashford. Antes, porque era alguien a quien no toleraba ver, ahora porque no sabría qué decir de él como para hacerles entender su importancia sin delatar todos los pensamientos subyacentes que se habían amarrado para mí al concepto de Ian Ashford.

Hoy papá y mamá ofrecieron una ramita de paz y decidí tomarla.

Así que sonrío a papá y lo saludo, un tanto incómoda.

En cuanto se percata de que lo estoy viendo, se voltea y pretende estar sumergido en la conversación que mamá y la tía Delia están teniendo a su lado.

—Ya está. Ya no mira.

—Quedé como un tonto.

No sé si es una pregunta o una afirmación así que evito responder.

—¿Eso es un regalo?

—Sí, pero parece que no lo quieres porque te niegas a tomarlo.

—¡Claro que lo quiero! —respondo, al tiempo que se lo quito de las manos—. Es solo que cumplo veinte, no seis, entonces pensé por el envoltorio que tal vez después de verme te ibas a otra fiesta... con más peloteros y disfraces...

—¿Qué hay de malo con el envoltorio?

Ambos lo miramos mientras lo hago girar entre nuestros cuerpos.

—No hay nada *malo* con él. Es solo que tiene... *unicornios.*

—Tú tienes un unicornio de peluche en la cama.

—No te voy a mentir, esperaba que no hubieras notado eso.

—Es un unicornio muy notorio. Y muy rosa.

—No tanto como este envoltorio.

—¿Vas a dejar de hacerme sufrir y abrirlo, por favor?

—¿Te pone nervioso que no lo abra?

Él evita mi mirada, clavando sus ojos en un rincón irrelevante.

—Quiero ver si te gusta.

Soy agua.

Literalmente me he derretido.

Soy un charquito a los pies de Ashford.

Y no tengo problema en que lo sepa porque sé que él no me pisaría. No es ese tipo de chico.

—Claro que va a gustarme.

—Ni sabes qué es.

—No importa qué es.

—¿Y si te regalé un destornillador?

—Si hay un motivo por el que el destornillador te hizo pensar en mí, estoy segura de que va a encantarme.

—¿Y si es una papa?

—La cocino y la compartimos, Ashford. Es lo lindo de los regalos. Además, no tenías que traerme nada.

Él asiente y esta vez no hago que me lo repita. Empiezo a abrir el envoltorio. En cualquier otra situación lo haría trizas para llegar lo más rápido posible a lo que sea que haya dentro, pero esta vez me tomo mi tiempo, separando la cinta que lo une en las esquinas y doblándolo en cuatro. Siento que es tan parte del regalo como lo que sea que haya dentro y no quiero arruinarlo.

Dentro hay una cajita cuadrada de cartón.

Y cuando la abro me encuentro con papel de seda.

Papel que saco y dejo que caiga al piso.

Porcelana.

La siento fría contra los dedos.

Cuando consigo sacarla de la caja, se me escapa una carcajada. Una carcajada a plena voz, que hace que se me cierren los ojos. Y cuando vuelvo a abrirlos y leo otra vez la inscripción de la taza, me vuelvo a reír.

Dice: "Mejor estudiante del mundo", en letras rojas y gigantes, y al costado tiene impresa la foto que sacamos el día que fuimos al parque de diversiones. Es una *selfie* tomada por mí en la que se ve a Ashford con la cabeza metida en los arbustos mientras vomita. La taza que tengo en mis manos es una obra de arte de mal gusto y me parece que es el mejor regalo que podrían haberme dado.

Mis brazos rodean a Ashford por instinto. Todavía me estoy riendo, pero lo apretujo contra mí tratando de hacerle saber lo mucho que me gusta. Y luego se lo digo, por si no ha quedado claro.

—Me encanta. Me encanta, me encanta, me encanta.

—Tu papá nos está mirando de nuevo. Puedo sentirlo.

—Ashford, ¿podrías ignorarlo, aunque sea dos segundos y devolverme el abrazo?

—Bueno.

—Mejor, ¿no?

—Tu papá va a matarme.

—Créeme, no se metería en un problema legal por mí. No lo valgo.

—Disculpa si no te creo.

—Ashford, cállate.

—Está bien.

Cuando me deja ir, su colonia me sigue y me deja atontada.

—Es para que no te preocupes tanto y te rías un poco más —explica, señalando la taza—. Estás estudiando más que nadie, te va a ir bien. Tienes que confiar en el tiempo que le dedicas. Y un poco en ti misma. Eso no te vendría nada mal.

Me lo imagino en su casa, con esos auriculares que siempre tiene puestos, escuchando música y pensando en qué regalarme. Me lo imagino cuando se le ocurrió la idea y la anotó. Porque esto no es algo que uno le regale a cualquiera. Esto lo hizo especialmente para mí, pensando en conversaciones que tuvimos y momentos que compartimos, y es ese detalle el que no se me escapa.

—Gracias. De verdad.

Creo que, por primera vez, veo algo moverse en la imperturbable oscuridad de sus ojos. Apenas una chispa. Podría haberla imaginado y, aun así, elijo creer en lo que vi.

En lo que queda de la noche, no me la saco de la cabeza.

Cameron, tal y como sugirió Ashford, llega tarde y en cuanto lo hace, me pide hablar.

Me toma por sorpresa. Mi amigo no es el tipo de persona confrontativa, o al menos eso creo. Hasta hoy tampoco hubiera dicho que es el tipo de chico que organiza una fiesta de cumpleaños sorpresa para sus amigos.

Y todo está saliendo tan bien que acepto.

He pasado tiempo con Ashford; Ali y Willa se lo han pasado riendo conmigo; Paul parece feliz incluso con Shelly en la casa; y Aspen y Aaron pudieron venir porque por suerte vuelven a Londres la semana que viene. Sé que mi familia siente la ausencia del abuelo de la forma en la que yo lo hago: como un silencio en medio del caos, como una voz ausente en un coro o como un mar sin olas. Sin embargo, también sé que estamos mejor que ayer y que no es el fin del mundo. Pienso mucho en ello: en que el abuelo cumplió su ciclo estando feliz. Vivió todo lo que tenía que vivir. Me gustaría que Sandy lo entendiera de la forma en la que lo hago yo, pero desde la muerte del abuelo se arrastra por la universidad como un fantasma. Hoy ni siquiera ha mostrado su rostro aquí. Mamá me dijo que lo llamaron y no atendió. Y eso sí que duele, porque no recuerdo un solo cumpleaños sin que haya estado a mi lado y no me imagino lo que debe estar sintiendo en este momento. Se ha perdido en su propio corazón roto y no sabemos qué hacer para ayudarlo a cerrar las heridas.

Con Cameron nos encerramos en la cocina. Cada tanto entra mamá para rellenar los boles con papas o para llevar más bebidas al comedor, pero nadie más va a molestarnos aquí y, de momento, es el lugar más privado de la casa. Todo el resto del lugar está abarrotado. Incluso aquí, con la puerta cerrada, se escuchan las risas, la música y la conversación incesante.

Yo me recuesto contra la mesada de mármol, él se para frente a mí.

—No sé cómo empezar esta conversación —suelta.

—¿Qué tal diciéndome feliz cumpleaños y diciéndome que tenía razón? —sugiero yo. No estaría aquí si no se hubiera dado cuenta de ello.

—Feliz cumpleaños... Tenías *algo* de razón.

—¿Algo?

—Creo que tienes una idea equivocada de Gemma.

—¿Llevas dos semanas saliendo con ella y ya pretendes venderme que es la mejor persona del planeta?

—No, y no estoy saliendo más con ella. *—Eso explica el mal genio que se ha cargado toda la puta semana—*. Solo digo que la llegué a conocer y es una chica... complicada, sí, pero es buena.

Le cuestan ciertas cosas y verte ganarle constantemente es una de ellas. Su sueño también era ir a las nacionales universitarias, ¿sabes? Y ahora que ganaste nunca va a poder hacerlo. Este es su último año en la universidad, era su última oportunidad y sabes lo difícil que es meterse en el atletismo profesional después de la uni.

Sentimientos encontrados batallan en mi pecho. Sé que tiene razón, pero también sé que no es todo tan simple, que Gemma me ha hecho la vida imposible, me hizo dudar de mí misma, de mi talento y de mi dedicación, que siempre han sido la parte que más me gusta de mí, me ha arruinado momentos en la pista que deberían haber sido los mejores de mi día.

—¿Por qué me dices todo esto?

—Porque ya le ganaste y no hay razón para que siga existiendo esta rivalidad estúpida entre ustedes. No tendría que haber existido desde un principio y creo que harías bien en olvidarla. No te sirve a ti, no le sirve a ella.

—Si crees que es *tan* maravillosa, ¿por qué ya no están saliendo?

—Porque realmente *es* maravillosa. Es divertida y está loca, y dice muchas cosas por segundo y le gusta un poco mucho llamar la atención y seguro hay alguien ahí afuera que se enamoraría de ella, pero no voy a ser yo. Y se lo dije. Le dije que estaba enamorado de otra chica y que ella se merecía algo mejor que eso.

—Vaya, eres un cretino.

—¿Qué?

—¿Por qué le dirías algo así? Es terriblemente insensible.

—Al principio le dije que no estaba para seguir quedando porque no tenía tiempo y ella insistió e insistió en que había otro motivo. No me quedó más que ser sincero. No creo que haya sido tan horrible.

Pienso en Gemma, en todo el tiempo que pasó arrastrándose detrás de este chico y lo doloroso que debió haber sido ser rechazada porque ya había alguien más. Porque llegó tarde, porque por más que intentara, nunca sería el último nombre que pasara por la mente de Cameron antes de quedarse dormido por las noches. Y siento pena. Por esta chica que no ha sido más que un incordio en mi vida. Siento pena porque en las últimas semanas ha perdido su oportunidad de pasar a nacionales y al chico que le gustaba. Y creo que le gustaba de verdad, que en su elección de sonreírle a Cameron, de mirarlo tanto en los entrenamientos, mientras él me esperaba en las gradas, no había nada que fuera forzado, nada que tuviera que ver con molestarme a mí.

—Entonces —insisto—, ¿tenía razón? ¿Al fin vamos a aceptar que Livvy no es solamente tu mejor amiga?

—Lo es... —Empiezo a protestar, pero no me da tiempo a hacerlo—. Pero me gustaría que no fuera así.

Y por primera vez en toda esta terrible conversación, me permito sonreír.

—Eso quería escuchar.

—¿Estoy perdonado?

—Depende, ¿qué vas a regalarme?

—¿Haber aceptado que tenías razón no es suficiente?

—No.

—En ese caso supongo que ya no podemos ser amigos.

—No, la verdad es que no.

—Venga, tarada. —Cameron abre sus brazos y yo le doy el abrazo que estaba esperando.

—Gracias por organizar todo esto —digo cuando nos separamos.

Su sonrisa se ensancha.

—De nada. Invité a tu compañerito de estudio favorito, ¿viste?

Ruedo los ojos.

—Ya vi, ya vi. —No sé por qué la respuesta sale de mis labios acompañada por un sonrojo, pero lo hace y detesto que Cameron no me lo pase por alto ni siquiera en mi cumpleaños.

—Apa, ¿y esas mejillas sonrosadas? ¿A qué viene tanto *calor*?

—Eres detestable.

—¿Te gusta?

—¿Que seas detestable? Ni un poco. Estoy pensando en hacer audiciones abiertas para un nuevo mejor amigo.

—Eso es una mentira gigante. Ahora dime, dime, dime, dime. ¿Te gusta Ashford? ¡Te pusiste más roja! Que linda, ¿para cuándo casamiento?

—Te odio. Me arrepiento de haberte perdonado.

—Ninguna de las dos cosas es cierta. ¿Pero sabes qué es cierto?

—¿Quiero saber? —pregunto en un suspiro.

—Que te gusta un chico y su nombre empieza con A, sigue con S y después con H...

Ni siquiera me quedo a escuchar el resto.

Empiezo a caminar hacia la puerta, con Cameron pisando mis talones e insistiendo.

Va a ser una noche muy larga.

CAPÍTULO 23

Los días se me escurren entre las manos. Son granos de arena levantados por el viento.

Persigo las horas, pero son más rápidas de lo que yo nunca podré ser.

Las semanas se vuelven recuerdos difuminados.

Antes de que me dé cuenta, todo lo que fue presente queda en el pasado.

Harrison no sonríe cuando le entregamos el trabajo. No reacciona como lo haría cualquier persona que supiera el esfuerzo que he puesto en la carpeta de ciento veintisiete páginas que acabo de entregarle. Y él lo sabe. Antes de la muerte del abuelo me preguntaba constantemente cómo venía con la monografía. Sin embargo, no es el mismo.

Ha perdido rumbo. El color acero en sus ojos ha perdido el brillo, el dolor ha oxidado su mirada. No hay filo en las comisuras de sus labios. Cuelgan lánguidas, la determinación ha sido amputada de sus facciones.

Y lo veo con tanta claridad que me cuesta ver a mi alrededor a todos mis compañeros entregando sus carpetas sin percatarse de ello. ¿No ven que está sufriendo? ¿O simplemente no les importa? Pasan de largo y se retiran del aula listos para festejar el final de esta tortuosa entrega, pero yo me quedo atrás, sin poder siquiera sonreír por el logro que esto representa para mí y para Ashford.

—¿Vamos? —pregunta. Su voz hace eco, pero no consigue hacerme apartar los ojos de Sandy. Se me rompe el corazón.

—¿No ves que está más flaco? —le pregunto a Ashford.

—Puede ser.

Se hace un silencio muy diferente a cualquiera que haya habido antes entre nosotros. Es un silencio interrumpido por el soplar del viento y en su profundidad veo cómo hubieran sido las cosas si el abuelo no hubiese muerto cuando lo hizo. Veo más sonrisas, menos silencios incómodos en las cenas familiares. Veo mensajes de buenas noches mal tipeados, porque sus dedos eran demasiado torpes y grandes para su celular; veo la sonrisa de Harrison, veo su rostro severo y sus ojos grises mirando al abuelo con el brillo de un millón de estrellas al borde de implosionar, porque arden demasiado fuerte por todos los recuerdos que llevan dentro…

—Sandy estaba enamorado de mi abuelo.

Lo digo porque necesito que alguien más lo entienda, necesito que alguien vea lo que veo y me diga que va a estar bien. Quiero que me confirmen que no enterramos a dos personas en esa tumba.

Sin embargo, Ashford no me dice nada de eso.

Su mano se posa en mi hombro. La calidez que despierta el gesto en mí es lo más viva que me he sentido en todo el día y le doy la bienvenida. Me aferro a la fuerza que me da porque no dudo de que vaya a necesitarla. Cuando da un apretón, sé que va a soltarme y por un momento pienso en detenerlo, en posar mi mano sobre la suya, entrelazar nuestros dedos y pedirle que no me deje porque lo necesito y no quiero estar sola aquí, pero tampoco puedo irme.

No lo detengo.

Permito que me deje ir.

Debería dejar ir la idea de Ashford en muchos más sentidos que el físico, pero últimamente se ha aferrado a mi cabeza como una garrapata inmunda. Es difícil que cualquier cosa me suceda e inmediatamente no piense en él. Está en mis mejores entrenamientos, cuando termino y quiero seguir corriendo hasta encontrarlo y contarle lo bien que me fue. Está cuando veo un meme que me hace reír y se lo mando sin siquiera pensarlo dos veces sabiendo que me va a responder que lo va a mirar cuando termine de trabajar o salga de alguna reunión. Está cada mañana, cuando me manda un mensaje preguntándome si la mejor estudiante del mundo está lista para sentar el culo y sufrir. Está también cuando las tardes de estudio se tornan demasiado monótonas y le pido que venga a mi departamento porque con él es un poco más fácil concentrarse, hay un poco más de luz en el ambiente. Está cuando veo una película demasiado triste y se lo cuento y me trae pochoclos a la habitación. Desde mi cumpleaños estuvo en mis cenas familiares y jugó al Monopoly tan bien que destronó a Paul, que venía en una buena racha. Este mes estuvo en mis sueños más de lo que me gustaría. Sueños delineados con piel y prendas que caen al piso al ritmo de una canción que me hace temblar los huesos. Sueños hechos de tardes al sol y risas que te hacen doler el estómago.

—Háblale. ¿Sí? —me dice Ashford al oído.

Los últimos alumnos están entregando sus monografías, pero pronto nos quedaremos solos.

—No sé qué decirle.

—Algo que te haga feliz.

—Bien.

—Te espero afuera, ¿te parece?

Asiento.

Ashford empieza a caminar y solo entonces consigo hacer el esfuerzo monumental que conlleva apartar la vista de Sandy.

—¿Ashford?

Apenas logra darse vuelta. Me deja ver ese perfil impecable que tiene. La envidia que le tengo a su nariz perfecta se mezcla con las ganas que tengo de pasar los dedos por su piel y acariciar la curva de sus pómulos, la línea recta de su mandíbula.

—¿Sí?

Doy un paso hacia él, mi cuerpo es más dueño de mis acciones que mi propia cabeza. Se mueve por inercia, casi por *violencia*, porque todo lo que se mueve dentro de mí se siente así: completamente agresivo, descontrolado, es un volcán que amenaza con estallar, los temblores ya se sienten en la tierra.

Mis labios caen en su mejilla.

Es un beso un poco torpe. Me tambaleo demasiado hacia adelante y mis labios se estrellan con poca gracia contra su piel, mi pecho queda pegado a su brazo y tardo demasiado en recuperar el equilibrio y alejarme. Mi sonrisa es incómoda y las palmas de mis manos sudan como si acabara de cometer un crimen.

No puedo mirarlo a los ojos cuando me aparto.

—Era eso —digo tras un instante, dándome cuenta de que no tengo absolutamente nada que justifique mis acciones—. Te veo afuera.

Siento su mirada sobre mí un instante de más, pero no tarda en alejarse de mí, totalmente indiferente a todo lo que fue para mí ese beso. Desaparece por la puerta y uno podría creer que para él no ha sucedido nada fuera de lo normal. Mi piel no hace arder la suya, mi presencia no cambia la luz de una habitación ante sus ojos. Es mejor así. Lo último que necesito en este momento es engancharme con idas y vueltas en un romance que no tiene futuro. Sin embargo, mi corazón duele un poco más con cada latido cuando pienso en ello.

Solo quedamos Harrison y yo, y tengo que bajar las gradas de asientos con cuidado hacia él porque creo que si voy demasiado deprisa podría asustarlo, como a un animal salvaje.

—Hola —digo, una vez llego a su lado.

—Ya entregaste tu monografía, Leonie. —Su respuesta en mis oídos es tiza rayando un pizarrón tan lento que la agudeza del sonido me hace sangrar—. ¿Qué quieres?

—Contarte que me fue mucho mejor de lo que esperaba en mis exámenes hasta ahora. Falta que me devuelvan un par de notas, pero parece que estoy sobrada con el promedio que necesito. No hablamos hace mucho y pensé que te alegraría saberlo.

—Felicitaciones.

Ni siquiera me mira. Sigue con los ojos clavados en una monografía abierta en la primera página. Creería que la está leyendo con implacable concentración de no ser porque es la carátula y lo único que lleva es el título del tema y el nombre de los alumnos que la escribieron. El chirrido de la tiza se vuelve tan fuerte que creo que va a estallarme la cabeza.

—Gracias. El abuelo estaría feliz de saber que voy a poder tener el título, ¿no crees? —Nada—. Me hubiera gustado que esté aquí, pero igual voy a ir a visitarlo al cementerio la próxima semana para darle las buenas noticias. Cuando vuelva de las nacionales. Ojalá pueda darle buenas noticias sobre eso también. Si quieres puedes venir conmigo...

—Vete.

—¿Qué?

—Vete. —Su voz es un ladrido. La ira en su voz es rabiosa y creo que si me quedo un segundo más va a salirle espuma por la boca, pero no puedo irme así como así. Todavía puedo llegar a él.

—No vas a arrepentirte. Te prometo que será solo un rato. Podemos ir, saludar y nos vamos.

—Leonie, vete.

—Piénsalo...

Se pone de pie y estampa las manos contra la mesa. Sus ojos al fin encuentran los míos y me doy cuenta de mi error.

—¡Que te vayas!

Su grito es un balde de agua helada cayendo encima de mi cuerpo entero.

Quema seco contra mi piel, la desintegra y me paraliza.

Mi corazón frena de golpe. El mundo se detiene, el piso se deshace bajo mis pies. La oscuridad me traga e incluso, perdida en la negrura, no puedo dejar de ver sus ojos rojos, el cabello más blanco de lo que solía ser, la mandíbula temblorosa, las manos vueltas puños pálidos y arrugados, atrapados por arrugas y venas que contienen su pulso acelerado. Hay una vena en su frente que parece estar por explotar.

Retrocedo un paso.

Y otro.

Pero no le doy la espalda hasta que llego a la puerta.

Mi corazón sigue sin latir. Teme hacer un ruido que advierta mi presencia.

Huyo.

Cierro la puerta a mis espaldas, pero aún lo veo.

En los ojos de Sandy vi un dolor oscuro como un mundo sin estrellas y en su oscuridad vi también su peso. El peso de todo eso que quedó sin decir, el peso de todos esos sentimientos que quedaron sin dueño y las piletas de sangre en las que nada el recuerdo de lo que nunca llegó a ser.

Ashford no me pregunta qué pasó.

De hecho, no me doy cuenta de que camina a mi lado hasta que pisa una ramita y la quiebra. Volteo a verlo y me lo encuentro con su misma cara de siempre.

—¿No tienes clase? —pregunto.

—¿Y tú?

Supongo que ninguno de los dos está de humor para seguir con este día.

Me encojo de hombros y desacelero mis pasos hasta que caminamos hombro con hombro. No sé adónde vamos. Faltan muchas horas para mi entrenamiento y Ashford no parece tener apuro para llegar a ningún lugar.

—Deberíamos festejar.

—Festejar.

Repito la palabra y en mi tono se nota que me da arcadas, que me parece un concepto totalmente absurdo cuando todavía veo la muerte en los ojos de Sandy como si siguieran mirándome incluso a cuadras de distancia.

—Sí. Festejar. Acabamos de entregar la monografía e hicimos un trabajo excelente y te fue bien en todos tus exámenes...

—Hasta ahora.

—*Hasta ahora* te fue bien en todos tus exámenes y mañana sale tu vuelo a Chicago.

Mañana sale tu vuelo a Chicago.

Sus palabras me toman por sorpresa.

Siento que llevo toda la vida esperando las nacionales y nunca me percibí tan poco preparada para algo en mi existencia. Voy a viajar en avión por primera vez, voy a salir de la ciudad y conocer un lugar nuevo, voy a competir en las verdaderas grandes ligas e incluso sabiendo que mis tiempos en la pista están a la altura, no sé si mi cabeza lo está. ¿Qué va a significar competir en esas pistas con las mejores del país? *Las mejores del país*, no del barrio, ni de las escuelas de la zona, ni de las universidades del estado. Del país. Con todos esos cazatalentos atentos a cada paso, a cada error y logro técnico.

Una dosis de adrenalina se inyecta en mi sistema y por un instante borro todo lo que ha pasado en la última hora.

—Tienes razón.

—¿Disculpa? —La voz de Ashford delata su asombro.

—Eso, que tienes razón. Deberíamos salir a festejar.

—Debería haberlo grabado. Lo dijiste dos veces.

—¿Qué cosa?

—Que tengo razón. Eso no pasa todos los días.

—Ah, bueno. Pero porque eres tonto nomás.

—Qué linda.

Incluso con el derroche de ironía en la frase, la última palabra me pone nerviosa.

—En eso también tienes razón. Hoy te estás luciendo. —Cambio de tema porque no quiero que se le vuelva a escapar una de esas palabras que en su lengua no pesan, pero en mi cabeza caen como una maza de hierro—. Deberíamos invitar a alguien más, festejar bien. —Seguimos caminando y el silencio de Ashford empieza a generarme dudas—. O no, como quieras. Pensé que tal vez te gustaría que viniera Cameron y alguno de los chicos... Podríamos decirle Ali y a Willa también, y... Nunca te pregunté si te caían bien. —Lo había asumido, pero por su silencio pude haber asumido mal. Había estado sumándose a las pocas juntadas de amigos a las que iba. Los chicos habían empezado a asumir que, si yo iba, Ashford estaría así. *Vienen en paquete*, dijo Cam un día. Y mi cerebro nos imaginó a mí y a Ashford compactados en una latita de sardinas, pecho contra pecho, dormidos—. ¿Te caen bien? Porque, si no es así, no hace falta que vengan. Solo lo dije por dec...

—Me caen bien.

—Entonces, ¿quieres que vengan? ¿Qué pasa?

El tartamudeo lo delata: le cuesta admitir lo que sea que está por salir de sus labios.

—¿No crees que molesta un poco que siempre esté ahí?

—¿Por qué dirías algo tan estúpido?

—Solo digo que siempre estoy yendo a las reuniones y ni siquiera sé si me quieren allí.

—Yo te quiero allí. —En algún punto hemos dejado de caminar y estamos frente a frente, de pie en la acera. Mis ojos encuentran a los suyos—. Eso debería ser suficiente.

—Y lo es, pero no quiero molestar al resto.

—Ashford, no molestas. Les caen bien. Me preguntan por ti, se divierten contigo.

—Apenas hablo cuando están ellos.

—Y cuando lo haces siempre los haces reír. Es algo más. Nunca te molestó no hablar. Dime qué pasa.

—Es que... Espera. —Me toma de la mano. *Me toma de la mano*. Es un gesto tan natural, tan dado, que incluso cuando mi mente se sorprende ante él, mi cuerpo sigue a Ashford que tira de mí hacia un banquito cercano como si nada hubiera pasado. Nos sentamos, las hojas de un árbol se balancean sobre nuestras cabezas con el viento y los rayos de sol que las atraviesan rozan mi rostro como un beso de buenas noches. Ashford sigue hablando tras un instante de lo que sé que fue pensar mucho, muchísimo, lo que quería decir—. Alguien me dijo una vez que incomodaba a la gente. —Sus palabras fueron una estampida de elefantes pisoteando mi corazón—. Por mi... por mi cara.

Lo miro, desconcierto bañando mis facciones.

—No entiendo.

—Sí sabes. Mi cara.

—¿Porque eres atractivo?

Su mano aún en la mía, se tensa. Sus dedos, que estaban jugando con los míos de forma ansiosa, se detienen un instante. Yo no digo nada. Trato de que pase desapercibido el hecho de que una vez más expuse exactamente lo que pienso de él, cómo pienso en él.

—Porque no dice nada. Sé que te diste cuenta. No puedo reírme, no puedo sonreír, no puedo hacer que lo que sea que está pasando en mi cabeza se vea en mi cara sin quedar como un maníaco. Hasta me cuesta llorar. Es como si tuviera una capa de cemento sobre la piel y parece que todo el mundo está esperando que se quiebre porque no entienden que es parte de mí. Soy así. No voy a reírme a carcajadas ni aunque me cuentes el mejor chiste de la historia, no voy a fruncir el ceño automáticamente cuando huelo algo feo ni voy a sonreír en el momento más feliz de mi vida.

Si antes me habían pisoteado el corazón, ahora lo habían enterrado del todo. Son miles de millones de astillas de vidrio que se mezclan en el aire que respiro, se me clavan en los pulmones, en la tráquea, no me dejan hablar.

—Ashford...

Pero él no se detiene. Ha entrado en un espiral de confesiones. El sol acaricia sus manos mientras gesticula como si no hubiera un mañana.

—Siempre que hablo con alguien pasa lo mismo, mis padres siguen haciéndolo también como si no me conocieran, buscan que algo se mueva, que algo cambie. Y siento que los decepciono con cada segundo que pasa y sigo igual. Lo intenté, de verdad intenté de todo para fingir, pero las sonrisas no me llegaron nunca a los ojos y las carcajadas siempre sonaron vacías. ¿Sabes cómo te hace sentir eso? —Niego—. Como un adefesio. Y cuando encima te pasas la vida entera aprendiendo a *hablar*, ¡a *hablar*, por el amor de Dios! Los niños pueden hacerlo, hay loros que lo hacen, te sientes como si no fueras más que un error inmenso en la Matrix. Estás fallado y listo. Eso es lo que eres. Eres las fallas y todos van a recordártelo, incluso cuando no quieren hacerlo.

Y tiene razón. Su rostro no se ha movido un centímetro en todo el tiempo que ha hablado salvo por sus labios, que luchaban por sacar cada palabra. Y, sin embargo, me parece increíble que crea al menos una de todas las otras cosas que ha dicho. *Un adefesio, un error.* ¿Qué tan ciego puede ser? ¿No ve cómo sus manos se sacuden, tratando de sacarse de encima la frustración que lleva dentro? ¿No siente su pie repiqueteando o su pecho que se mueve acelerado porque no es capaz de contener la angustia que le sacude el corazón?

Sus manos al fin caen como polillas muertas sobre sus rodillas. Sus ojos se clavan en los míos y nada se mueve en ellos. Sé que está esperando que diga algo, pero no puedo porque mirando sus ojos me pregunto cómo puede sentirse menos humano que cualquier otro cuando su dolor es tan sincero que lo siento en mi pecho como si fuera mío. Se me mete bajo la piel su dolor. Y me destruye.

—No cambiaría nada de ti. —Es algo tan tonto. Hay tanto que quiero decirle, pero soy mala en esto, así que tardo en darle forma. Me encojo de hombros—. No me gustaría que seas nadie más. De hecho, odiaría que fueras otra persona. Y me gusta tu rostro. Me gustan tus ojos. Mucho. Y me gusta que seas así y no quieras cambiarlo, aunque te hayan hecho sentir que tal vez deberías. Y creo que todos los que alguna vez te dijeron que preferían otra cosa tal vez harían bien en perderse porque si los veo... si los veo voy... voy a... voy a pegarles. Eso voy a hacer. —Ashford se ha quedado completamente tieso. No creo que se dé cuenta de ello, pero cada átomo de energía en su cuerpo está ahora mismo dedicado a absorber todo lo que estoy diciendo y no quiero dejar pasar la oportunidad de dejarle en claro las cosas—. No necesito que hagas nada con tu cara para decirme lo que sientes porque eres honesto. Siempre me dices cuando te dan risa mis chistes, cuando estás enojado o contento o tienes sueño. Incluso cuando me dices que soy insoportable sé que no lo crees de verdad porque tu voz... ¿Alguna vez te escuchaste hablar? Hablas como si tuvieras el corazón en la lengua y latiera en tus palabras. Y siempre actúas justo como deberías. Me gustaría poder ser un poco más como tú, que sabes dar un abrazo en el momento más necesario, que de alguna forma lees el mundo como si fuera un juego que conoces a la perfección. Y le caes bien a todo el mundo. Mis amigos creen que eres demasiado *cool* y misterioso para mí, Willa literalmente me preguntó por ti dos segundos después de verte por primera vez. Creo que fui la única idiota que te odió y solo era porque me enfurecía que no me hablaras. En el momento en que lo hiciste me caíste bien incluso si no quería aceptarlo porque pensé que me odiabas y no sabía cómo enfrentarme a eso.

—Nunca te odié.

—¿Eso vas a tomar de todo lo que acabo de decir?

—No sé qué responder al resto.

Me río, pero cuando las carcajadas se apagan, en mi cabeza surgen los recuerdos de todas esas veces en las que cometí el error de esperar que Ashford fuera algo que encajara con mis expectativas y no algo real. Momentos en los que me tildé en sus ojos esperando una respuesta, o que me detuve a analizar sus facciones como si me debieran algo, como si fueran una ventana rota que no abre.

—Perdón si alguna vez te hice sentir que tenías que ser diferente.

—Sorprendentemente, para ser "la única idiota que me odió", fuiste mucho mejor que otros en ese aspecto. Nunca me trataste diferente de lo que hubieras tratado a cualquier otro, ni siquiera después de saber lo del tartamudeo. Tenía un poco de miedo después de decírtelo, no te voy a mentir.

—¿Miedo de qué?

—De que te empezaras a reír de mí o, peor aún, de que fueras a tratarme como un idiota.

—Eres idiota, pero no tiene nada que ver con el tartamudeo. Además, si quisieras, podrías ir a una fonoaudióloga o algo y mejorar, ¿no me habías dicho eso?

Él duda y mientras lo hace hay parte de mi cerebro que se enfoca en sus labios y otra parte que no para de pensar en que quiero que vuelva a tomar mi mano como lo hizo en el camino hacia el banco, en que quiero que vuelva a jugar con mis dedos y quiero acercarme tanto a él que nuestros perfumes se vuelvan uno solo. Pero yo quiero demasiadas cosas y me termino enredando en ellas a tal punto que me impiden avanzar.

—Sí, podría ir a un logopeda... —Al ver mi cara de confusión se aclara—. Es alguien que básicamente trabaja ayudando a gente con problemas de este tipo, pero la realidad es que es difícil y casi imposible dejar de tartamudear siendo adulto si no lo trataste de niño. Seguro, voy a poder disminuir los momentos en los que tartamudeo casi al mínimo, pero siempre que los nervios me superen o que cualquier sentimiento... —Me mira de reojo por un instante antes de recostarse sobre el respaldo del banquito y seguir—. Sea demasiado fuerte, probablemente tartamudee.

—¿Entonces? ¿Cuándo vas a empezar a ir?

—No lo sé, Leo... No es tan fácil como parece. Siempre estoy a punto de llamar, agendar un turno, pero siempre surge algo. Ahora estoy por irme a viajar por el mundo. *—Puñetazo—*. ¿Qué clase de tratamiento voy a poder hacer si nunca estoy aquí? Ya lo viví de chico, no voy a poder.

—Bueno, esa es una excusa estúpida.

—Qué amable.

—Vamos, no me vas a decir que te rindes tan fácil. Y no te molestaría con esto si no viera lo importante que es para ti. Las cosas ya no son como cuando eras un niño, Ashford, lamento ser quien te dé las noticias. Puedes hacerlo de forma remota. Hay montones de médicos que ofrecen servicios a distancia. Y lo sabes. Creo que nada más tienes miedo.

Y su silencio habla por él.

—¿Por qué no hacemos algo? —sugiero—. Vayamos a mi departamento y llamemos a todos los logopedas del país. Busquemos. Hay tiempo hasta mi entrenamiento. Y después, cuando tengas tu primer turno agendado, podemos ir a festejar. Con nuestros amigos, claramente, porque no voy a permitir que sigas con este berrinche de que todos te odian cuando no es ni de cerca verdad. ¿Te parece?

Como si leyera mi mente, Ashford hace eso que le sale tan bien y actúa justo en el momento perfecto: toma mi mano y le da un apretón que me recorre el cuerpo como un rayo partiendo el cielo en medio de la tormenta.

—Me parece. —Se pone de pie y el punto en el que nuestros cuerpos se unen me obliga a imitarlo.

El sol me pega en los ojos y me ciega por un instante cuando alzo la vista para verlo. O tal vez lo que me deja tonta es el calor que emana su cuerpo, la forma que tiene de mirarme, con el sol y las ramas de un verde vibrante a su espalda a pesar del invierno. Parece sacado de una pintura y por un segundo deseo ser capaz de retratarlo, de tener un talento artístico, cualquiera, que me permita capturar para siempre este momento para llevarlo a todos lados cerca del corazón. Podrían escribirse canciones, poemas, podrían hacerse cuadros delirantes, esculturas altas como edificios y novelas enteras que solo hablen de todo lo que es Ian Ashford en este instante. Pero no creo que le hagan justicia.

Es alto, es hermoso, una escultura invaluable, es todo ángulos y curvas en los lugares indicados, es cabello crespo y enrulado.

Es amable, es sincero, es sensible, es querible y querido.

Y es mi amigo.

Sonrío.

Me obligo a hacerlo y me pregunto si a esto se refería Ashford cuando dijo que las sonrisas no les llegaban a los ojos.

Es mi amigo.

¿Por qué eso no me hace feliz?

CAPÍTULO 24

Había cuatro reglas para esta noche y las dejé bien en claro desde el momento uno:

1. Sería una noche tranquila. Todos en casa antes de las doce. Mi avión sale a las doce del mediodía de mañana y lo último que necesito es que mi entrenadora note que no dormí ni mierda, ni siquiera sabiendo que no compito hasta el miércoles y es lunes.
2. Bajo ningún concepto se le permitía a nadie odiar a su ex (algo que Cameron tuvo el tacto de hablar en privado con Shelly antes de invitarla porque yo no la conozco como para por favor pedirle que deje de mirar a mi hermano como si quisiera ahorcarlo).
3. Nadie, y cuando digo nadie es *nadie*, del género femenino, puede posicionarse a menos de un metro y medio de distancia de mi hermano por el bien de mi estómago y el bien de los involucrados. No me gustaría que Shelly ataque a Ali por acercarse de más a Paul y sé que Ali es el tipo de chica que ningún chico conquista y no quiero que le rompa el corazón a mi hermano.
4. Ali y Willa no pueden opinar sobre lo que elijo o no elijo ponerme.

Arrancamos mal.

Lo primero que Ali y Willa hacen, *medio segundo* después de poner pie en mi departamento, es obligarme a sacarme mis *jeans* de siempre y revisar mi ropero entero en busca de algo *para la ocasión.*

En mi defensa, había hecho un verdadero esfuerzo con mi apariencia. Me había puesto mi mejor top y había limpiado mis zapatillas y me había dejado el pelo suelto después de tres horas intentando plancharlo y rindiéndome porque me temblaban las manos de los nervios. Quería verme bonita de la forma en la que Ali era bonita: sin intentarlo, como si me hubiera levantado de la cama siendo así de fabulosa y apenas hubiera dedicado dos segundos a mi aspecto antes de salir en casa viéndome como modelo de Calvin Klein. Pero en mí, todo lo que a mi amiga la hacía ver radiante, era falso y presuntuoso, casi demasiado. Así que terminé con lo mismo de siempre porque no quería que, bajo ningún concepto, alguien insinuara que me había esforzado de más.

Ali, como siempre, parece recién salida de los sesenta con su vestido negro *hippón* que casi se arrastra por el piso cuando camina y todos sus *piercings* plateados reluciendo. Lleva varias trencitas finísimas que se pierden entre las ondas de su pelo y los ojos delineados para resaltar el verde de sus iris. Willa, en cambio, lleva medias semitransparentes negras rasgadas, botas militares hasta la rodilla y un enterito negro que hace que sus aretes con forma de honguitos salten a la vista. Y a pesar de que no parecen poder ponerse de acuerdo para vestirse de forma que parezca que van al mismo lugar, sí se ponen de acuerdo con lo que yo debería llevar puesto.

—Te queda hermoso —dice Ali, con un asentimiento para reafirmar lo afirmado.

—Lo dices porque me lo regalaste tú.

—Y menos mal lo hice.

En el espejo me miro de pies a cabeza.

Si lo que quería era no llamar la atención, esta no era la forma de hacerlo.

El vestido que usé en mi cumpleaños era discreto, bonito de una forma que incluso si jamás fuera a darle tanto uso como se merece, aun saldría a la calle un par de veces.

Esta pieza, en cambio…

—No puedo salir así a la calle —declaro.

—¿Por qué no? —pregunta Willa, como si no viera que con una brisa este vestido se daría el gusto de mostrarle al mundo mucho más de lo que debería ver.

—Es muy corto.

—No exageres. Llevas calcitas negras debajo. Entrenas con ropa que revela mucho más que eso —insiste.

Es muy diferente, pero no le respondo.

Me pregunto qué pensaría Ashford si me viera.

El vestido tiene mangas largas que se aferran a mis brazos como una segunda piel y se enganchan en el pulgar como un guante. El cuello es alto, pero provocador, dejando mis hombros al descubierto y las clavículas expuestas. Y la falda. La falda es preciosa. Corta y ligera como si estuviera hecha de viento, negra como el petróleo. Tiene una forma de atrapar la luz que me recuerda a los ojos de Ashford, la convierte en iridiscencias tan leves que cuando intentas atraparlas, se te escapan de la vista, te tienta a acercarte a ver qué otros secretos pueden haber enredados en ella.

—Te ves *sexy*. Nunca te ves *sexy* y tienes las piernas para hacerlo.

A veces, casi siempre en realidad, Ali habla como si supiera exactamente lo que dice y es difícil llevarle la contraria. Sin embargo, creo que soy capaz de hacerlo. Al menos hasta que Willa abre la boca.

—Es verdad. Es un vestido que enamora.

Es un vestido que enamora.

No evalúo por qué esa frase hace mella en mí, pero lo hace. Se me pega a la piel como una sustancia viscosa y no puedo deshacerme de su presencia.

Es un vestido que enamora.

El vestido se queda.

—Ve.

—¿Por qué yo?

—Porque es tu amigo.

—Porque me divierte —responde Willa, tapando el argumento totalmente lógico de Ali que tanto me gustaría ignorar.

—No quiero.

—Entonces no habrá festejo porque ni Willa ni yo vamos a tocar ese timbre.

—Puedo mandarle un mensaje y que venga al auto.

—¡No! Es decir, *no*. Ve y toca el timbre.

El edificio en el que vive Ashford es un tanto antiguo y la puerta de roble, justo en medio de la fachada de ladrillo a la vista, me resulta demasiado similar a lo que siempre pensé que sería la puerta de descenso al infierno.

Trago saliva.

Willa se inclina desde el asiento de adelante y abre mi puerta del coche, prácticamente tomando la decisión por mí. Y solamente porque no quiero discutir y porque ya de por sí estamos más que tarde, termina ganando la parte de mí que sí quiere esto.

Porque esa parte existe y eso es lo que me preocupa.

Si bien una Leo quería quedarse refugiada en las sombras del asiento de atrás del auto todo el tiempo posible, la otra Leo estaba ansiosa por mostrarse en este vestido y ver la reacción de Ashford. Solo de pensarlo se me acelera la respiración.

¿Creerá que soy una ridícula? ¿Se dará cuenta de todo el tiempo que le dediqué a ver qué llevaría puesto y pensará que es infantil? ¿O me verá con la intensidad que había visto en él alguna vez, tanto tiempo atrás en la biblioteca, cuando todo recién empezaba y no éramos nada el uno para el otro?

El recuerdo se siente tan lejano que parece haber pertenecido a otra vida, pero lo siento en cada centímetro de mi cuerpo y genera reacciones tan arrolladoras en mí que no dudo ni por un segundo que haya sido real. Llevaba tiempo evitando deliberadamente pensar en esa tarde. Cada vez que recordaba la cercanía de Ashford, sus ojos buscando los míos como si me desafiara a apartar la vista, lo empujaba lo más lejos posible. *Me estás distrayendo*, había dicho. En el momento, su tono lleno de arena me había hecho creer que tal vez había un significado oculto en esas palabras. Ahora me preguntaba si lo había imaginado todo, si una vez más me había limitado a verter mis sentimientos en sus acciones porque así de desesperadamente quería que fuésemos uno.

Mientras me acerco a la puerta, tortuoso a tortuoso paso, las alarmas se disparan en mi cabeza. La noche helada se me mete entre los pliegues del vestido, cada ventisca es un latigazo contra la piel expuesta, cada inhalación me llena de escarcha los pulmones y no importa lo bonita que pueda sentirme, empiezo a creer que nada justifica esta tortura. Sin embargo, avanzo. No puedo dejar de moverme, mi cuerpo actúa por inercia o tal vez porque sabe que, si deja de moverse, voy a convertirme en un cubito de hielo y a morirme.

Toco el timbre una sola vez.

Cuando retiro el dedo, me tiembla la mano.

La estática incrementa en el microfonito del portero cuando alguien descuelga del otro lado.

—Ya bajo —responde la voz de Ashford desde el otro lado.

Me erizo.

Cada pelito en mi piel se pone de punta y la respiración se me corta.

Intento recuperarla, pero los segundos que pasan y se vuelven tiempo de espera hacen que la tarea de llevar aire a mis pulmones sea más y más y más complicada.

Entonces, cuando creo que estoy empezando a ponerme azul, la puerta se abre de golpe y descubro lo que es no tener aire. Por un momento hay madera frente a mis ojos y al siguiente está el pecho de Ashford.

Ashford con una camisa negra. Los dos, tres primeros botones están desabrochados, pero sin separarse del todo, como si se negara a ser demasiado provocadora. Bueno, malas noticias para tu estúpida camisa, Ashford, no lo consiguió. Por encima lleva su saco largo de siempre, esos suéteres de abuelo que tanto le gustan han quedado olvidados. Y trato de no mirar demasiado la forma que esos pantalones le dan a su cuerpo. No son ni de cerca entallados, pero lo delinean todo de una forma en la que los pantalones de siempre nunca lo hacen.

Y sus ojos.

Sus ojos van de la punta de mis zapatitos y suben por el dobladillo del vestido hasta llegar a mis hombros, acariciar mi cuello y encontrarse con los míos. Su pecho está tan quieto como el mío y se me ocurre que tal vez hayamos puesto el mundo en pausa. Se siente como si estuviéramos robándole tiempo al universo, cada segundo que pasa y usamos para mirarnos es algo precioso, son segundos que existen para nosotros mientras que todos los relojes, todas las personas y todos los elementos se congelan.

Se me ocurren tantas cosas que podría hacer con este tiempo robado, sin embargo, no dura mucho más y no llego a hacerlas. El impulso de decir todo lo que pienso se lo lleva una ventisca helada que amenaza con levantarme el vestido más de la cuenta. El mundo vuelve a girar, nuestro instante se convierte en algo que solo nosotros conocemos. O no. No sé si Ashford sabe lo que ha pasado… Sabe. Lo sé porque me mira como siempre, pero su pulgar y su índice se frotan entre sí como si a él también le indignara que hubiera durado tan poco.

El color me sube a la cara, mi cuerpo al fin reacciona.

Y si bien mi exterior sigue helado, dentro de mí el calor es tanto que me pide que por favor me arranque la piel. No descarto hacerlo. En especial cuando los ojos de Ashford vuelven a caer sobre mis clavículas un instante antes de regresar a mis ojos.

Creo.

Creo.

Que solo tal vez, puede ser, hay una posibilidad mínima, ínfima casi descartable por delirio, de que Ashford haya tragado saliva.

—¿Vamos? —Su voz se entrecorta al hablar.

Asiento.

En mi estómago un aleteo me llena el cuerpo de aire y me siento liviana. El calor disminuye y lo reemplaza una creciente melancolía. *Vamos*, me preguntó. ¿Qué esperaba? ¿Por qué esperaba algo? ¿Por qué incluso no sabiendo qué quería, la decepción es una soga que aprieta demasiado contra la piel tierna de mi cuello?

No puedo hablar.

Finjo una sonrisa y encaro hacia el auto, sin mirarlo ni un segundo más.

Una vez Ashford cierra la puerta, Ali lo mira por el espejo retrovisor.

—¡Buenas! ¿Estamos listos para festejar?

Willa chilla emocionada, Ashford asiente y yo me limito a mirar por la ventana como si no sintiera los ojos del último sobre mí. Es una versión retorcida del juego, porque esta vez, por primera vez, siento que él espera que busque su mirada, que hay algo en la forma en la que me busca que es deliberadamente obvia. Y es una pena, porque a mí se me hunde el estómago pensando en su reacción. En su simple *vamos* y en cómo no me di cuenta de lo mucho que esperaba algo más hasta que no lo tuve y mi pecho se llenó de nada.

La segunda regla que se va a la mierda es la de la noche tranquila.

Nos encontramos con el resto del grupo en la puerta del "barcito tranquilo" que mi hermano propuso como lugar para la salida. Sin embargo, no me lleva mucho darme cuenta de que ni de "barcito" ni de "tranquilo" tenía mucho. El lugar es claramente un antro con muchísima pero muchísima fila de gente para entrar. En cuanto la veo, la emoción que estaba luchando por mantener se desvanece y mi mal humor se mezcla con la humillación de tal forma que estoy a punto de darme de baja en mi propio festejo hasta que Paul se acerca al guardia y se saludan como si fueran amigos de toda la vida. No tengo idea de quién es, pero cuando nos hace un gesto de que avancemos con la mano, no pregunto nada. De hecho, lo saludo yo también con mi mejor sonrisa y entro con el grupo.

Nos llevan al sector VIP al que todavía no entiendo cómo mi hermano tiene acceso. En la mesa ya hay bebidas esperándonos y en cuanto nos sentamos, empiezan a llegar más.

Y así se va todo al carajo.

Shelly rompe enseguida la regla número dos y Ali la número tres. Todos están tomando demasiado. Cameron no deja de mirar su celular y mandar mensaje tras mensaje, y creo que toma del vaso que tiene en la mano más porque está ansioso que por otra cosa. Shelly se baja cualquier trago colorido que le pongan enfrente de un saque sin sacar los ojos de Ali, que sonríe tranquila mientras Paul habla. Tengo miedo de que vaya a romperle la copa en la cabeza a cualquiera de los dos. Willa toma por tomar. Porque es Willa y porque puede. Está incluida en la conversación entre Ali y Paul, pero no les da bola. Sacude la cabeza al ritmo de la música como si lo único que quisiera en esta vida fuera mimetizarse con la melodía.

Y a mi lado, justo a mi lado, tan a mi lado que no queda espacio entre nosotros y es inevitable que nuestros cuerpos se toquen con cada ínfimo movimiento que hacemos, está Ashford. El sillón redondo en el que estamos rodea la mesa y, si bien es grande, no está pensado para seis personas. Es más bien para cuatro. Lo que deja todo mi cuerpo ensardinado entre Ashford y Cam.

—¡Venga! —grita Cam sobre la música. Me codea como para llamar mi atención y cuando lo hace, mi cuerpo prácticamente cae sobre el de Ashford, que pone una mano en mi hombro para estabilizarme. Mi cuerpo se tensa como una cuerda. Es la primera vez que sus dedos se posan sobre la piel desnuda de mi cuerpo, sin nada de por medio, y sentir cada una de sus callosidades me revienta las terminaciones nerviosas—. ¡Tómate un trago!

—Mi vuelo sale mañana a las doce, no puedo tomar —respondo, aunque mis ojos se desvían a la copa que hay frente a mí, llena de un líquido naranja que promete hacerme olvidar el tacto de Ashford.

Shelly parece escuchar e interviene desde su lugar frente a nosotros.

—¡Solo un poco! ¡No hace falta que te emborraches, pero estamos festejándolos a ustedes! —Nos señala a mí y a Ashford con la copa y grita bien alto, atrayendo a Willa a la conversación.

—¡Un brindis! —dice mi amiga chocando copas con Shelly antes de alzar la suya—. ¡Por Ashford y Leo!

Ashford y Leo.
Ashford y Leo.
Ashford y Leo.

Cameron levanta la copa y choca con las de las chicas. Paul y Ali se unen. Sin embargo, cuando todos voltean a mirarme, no reacciono. Al menos no hasta que Ashford sube su propia copa, hasta el momento intacta, y la choca con las de nuestros amigos. Cuando lo hace, su brazo se arrastra contra el mío y la tela del vestido es demasiado fina. Siento su calor, su suavidad, sus formas. Se me seca la boca, pero aún me niego a mirarlo. No quiero ni de casualidad mirarlo a los ojos porque la distancia entre nosotros es tan mínima que nos separarían solo unos centímetros y no quiero saber cómo se sentiría mi cuerpo ante eso. Ya hay muchas sensaciones que conozco y que me gustaría olvidar. La de su mano envolviendo la mía y sus dedos jugando con los míos, la de sus brazos en torno a mi cuerpo, la de sus labios sobre mi frente, la de su aliento tan cerca que se mezcla con el mío, la de su regazo contra mi mejilla cuando me duermo y la de sus dedos enredados en mi pelo. No necesito más de eso.

Tomo mi copa. Su forma, alta y larga, es extraña en mis manos que tan pocas veces han sostenido algo así. Sin embargo, dibujo mi mejor sonrisa y espero que la oscuridad enmascare todos sus fallos cuando me uno al brindis, todos gritan y empiezo a tomar.

La noche empieza así.

No quiero saber dónde puede terminar.

El sector VIP empezó con mucha gente sentada en mesas redondas como la nuestra y el espacio de la pista de baile vacío. Sin embargo, conforme avanza la noche, la situación se va invirtiendo y la pista se llena de chicas arregladas que se mueven y chicos que las siguen sin poder sacarles los ojos de encima. El aire destila hormonas y diversión, y el alcohol se ha convertido en un porcentaje altísimo de la conformación del cuerpo de cada persona en el lugar.

Y ni hablar del mío.

Lo sentía. Mi sangre se había vuelto de colores —rosa, naranja, verde, como todos esos tragos raros que había ingerido— y giraba por mi sistema como si mis venas fueran una calesita delirante. Tanto movimiento dentro de mí me tenía mareada y riendo ante cada cosa que mis amigas, bailando frente a mí, hacían. Willa era una bailarina de esas que parecía que hubieran ingerido mucho más que solo alcohol y se movía como si su cuerpo fuese más fuerte que ella y la coherencia, sin embargo, se veía tan libre en cada movimiento que no resultaba terrible de ver. Ali bailaba moviendo los brazos y atrayendo las miradas de todos en el lugar. Cada tanto, sus ojos se iban a un lugar detrás de mí, pero todo giraba tan rápidamente a mi alrededor que nunca podía darme cuenta de qué llamaba tanto su atención. Solo deseaba bailar, bailar, bailar.

El volumen de la música me sacudía los huesos y me reventaba los tímpanos a baquetazos, pero le daba la bienvenida porque era lo único capaz de bloquear todo lo demás. Al menos eso fue así hasta que Ashford entró en mi campo de visión otra vez.

Estaba sentado todavía en el mismo lugar, en la punta de nuestro sillón, con los ojos en mí y la misma mirada de siempre. Sus dedos tamborileaban sobre la mesa, pero debían ir a ritmo con sus pensamientos porque definitivamente no tenían nada que ver con el ritmo de la canción que se oía de fondo. En ese instante, cada hueso de mi cuerpo se centró en él y todo el esfuerzo que había hecho esta noche para olvidar las cosas que me hacía sentir se fue a la mierda.

Es un alud de barro sucio y lleno de escombros que me cae encima y me arrastra por el piso y se me mete por la nariz y las orejas y la boca y me llena completamente de mugre. Así como así, de un segundo a otro soy plenamente consciente de que no hay nada que quiera más que tener a Ashford bailando aquí conmigo. Cerca tan cerca que de pensarlo me siento frágil, rompible como si mi cuerpo no fuera más que cristales y todos estos sentimientos resquebrajados. Pero no puedo acercarme a él y tomarlo de la mano, soy totalmente incapaz de buscar su afecto porque me bloquea la idea de que me aparte horrorizado, que me diga que soy una tonta, que me ilusioné ante la más pequeña señal de afecto y el más ínfimo gesto de cariño. Porque lo soy. He salido con chicos, los he besado y he estado en la cama con ellos, pero ninguno me hizo dudar de esta forma porque ninguno de ellos importaba de verdad. Fueron un montón de experimentos fallidos, intentos de sentir esa emoción de la que todos hablaban y, sin embargo, no terminaba de entender. ¿Qué podía darme un chico que fuera mejor que la sensación de cruzar la línea de llegada primero o que me hiciera reír más que mis amigos o que valiera la pena tanto esfuerzo y tanto tiempo y tanto de mí? Nada. La respuesta siempre había sido nada.

Hasta Ashford, que creció como un mal yuyo entre mis ramas, se multiplicó al principio como una plaga, luego floreció y me di cuenta de que era orquídeas. Había tratado a toda costa de deshacerme de él, de odiarlo, de no ver todas las cosas que lo volvían uno en un millón. Ashford era orquídeas floreciendo, era la selva más salvaje, era pétalos de perfume embriagante, y quería colocarlos como una corona en mi cabeza, quería hacerme un vestido con ellos y trenzar sus ramas en mi cabello. Quería que sus ramas se envolvieran a mi alrededor y no me dejaran ir, quería sentirlo en cada parte de mí como si fuéramos lo mismo. Ashford me hacía sentir así: como si tal vez, si lo intentaba, podía llegar a parecerme a él. Un poco más dispuesta a luchar por lo que quería, un poco más decisiva con los pasos que tomaba, un poco más amable y mejor tomando decisiones, un poco menos impulsiva.

Ashford era una orquídea.

Todo jardín más bonito si estaba allí, toda flor opacada por su presencia.

Y yo, egoísta como soy, quería arrancarla de raíz, llevármela y volverla tan mía como una flor salvaje podía ser.

Pero parecía que él tenía otros planes, porque mientras yo bailo y me debato y pienso en orquídeas y plantas y flores exóticas y jardines ajenos sin poder apartar mis ojos de las sombras que cubren los suyos, Ashford se pone de pie.

Al principio creo que hará lo que soy demasiado cobarde para hacer y pienso que caminará hacia mí, que me tomará por las caderas y que mi vestido va a permitirme sentir su tacto como si no hubiera nada en medio. Pienso que va a moverse conmigo y que nunca va a quitarme los ojos de encima. Es una pena que mi mente vaya tan rápido, que formule escenarios falsos a semejante velocidad. Creo que la he entrenado mejor que a mis piernas y, a fin de cuentas, terminó jugándome en contra porque todo lo que imagino se rompe y los pedacitos filosos se me clavan como estalactitas en el corazón cuando Ashford me da la espalda y se mete entre el gentío, alejándose de mí.

Excepto porque mi cuerpo no entiende la indirecta.

Voy tras él.

Cuerpos sudorosos que saltan y menean sus cabezas me empujan del camino y si Ashford no fuera tan alto, ya lo habría perdido entre el gentío. Lucho, codeo, empujo, me insulto con una chica, pero al final lo alcanzo. Él, inconsciente de que voy tras él, abre una puerta medio escondida en el lateral y deja que se cierre a sus espaldas. No dudo en seguirlo. Hay menos gente cerca de la puerta y cuando la abro, de un tirón violento, el frío que me da la bienvenida del otro lado me hace ahogar un grito. El viento se lo debe de llevar, porque Ashford, que está apoyado en la barandilla de la terraza, no se inmuta.

Las nubes han tomado el cielo y lo tiñen de un gris blanquecino que me recuerda a la escarcha sobre el pasto por las mañanas más frías de invierno. Es una terraza inmensa que rodea toda la parte exterior de la edificación. En verano debe llenarse a reventar, sin embargo, ahora solo somos Ashford, yo y un grupo de fumadores que se refugia del viento en la pared opuesta.

Avanzo y no quiero decir que lo hago con miedo, pero mentiría si dijera que no me tiemblan un poco las rodillas. Y que mi corazón late como si estuviera huyendo de un asesino serial, o como si estuviera caminando directo hacia su trampa.

Ashford frente a mí pone los antebrazos en la barandilla, justo en la esquina de la terraza y por un segundo puedo verlo así en la proa de algún barco, recorriendo un mundo atestado de lugares nuevos, lejos, muy muy lejos de mí.

El pensamiento es más frío que el viento, quema como hielo seco y me pregunto cómo es que después de todo este tiempo no ha dejado de doler. Siempre supe que se iría. ¿Por qué el tiempo no alivia el dolor? ¿Por qué con cada día que pasa todo duele mucho más?

Cuando llego a su lado, lo imito. Pero no miro el horizonte, sino que lo miro a él. Por primera vez desde que pronunció ese indiferente ¿vamos?, me digno a buscarlo, pero parece que estamos desencontrados, porque él no hace lo mismo.

—¿Qué pasa? —le pregunto—. ¿No lo estás pasando bien?

—Mucho ruido.

Pienso en lo que eso significa para él y se me cae el corazón a los pies. Estuve tan ensimismada con mis propios pensamientos y mis propias penas que olvidé completamente que necesitábamos un lugar tranquilo para que Ashford pudiera hablar en paz, sin el ruido arruinando las palabras que le salen de los labios. Este era *su* festejo también, este era *su* momento. Habíamos entregado nuestro trabajo y habíamos puesto sangre, sudor y lágrimas para hacerlo y él debería estar disfrutando de esto junto conmigo.

Y es que a veces se me pasaba. Me era difícil recordar su tartamudeo cuando conmigo casi siempre fluía, cuando me devolvía las pullas con facilidad y elaboraba ideas con palabras tan complejas que muchas veces yo ni las conocía.

—Soy una idiota —suelto, en un suspiro, enterrando la cara en mis manos y sintiendo unas inmensas ganas de llorar porque en toda la noche no he dejado de pensar en él excepto porque nunca he pensado *en él*. Solo en lo que esperaba que viera en mí. Mis sentimientos son una marea descontrolada, rebalsan con tanto alcohol de por medio y hacen que mi barquito se tambalee torpemente—. Soy una mierda de amiga... Espera, no, vamos, todavía tenemos tiempo de ir a otro lugar. —Intento tomar su mano, pero la aleja como por instinto y el gesto es un cuchillo al corazón. Me corta el aliento en un movimiento simple, como si fuera fácil quitar una vida.

Me quedo mirando mi mano que sujeta el metal de la barandilla y la imagen se me hace tan triste que me pican los ojos y me tiembla la barbilla.

—Perdona... —Mi voz parece pertenecer a alguien más. No recuerdo haberme sentido así de pequeña en la vida, sin embargo, ahora, al lado del tamaño de mis sentimientos, soy insignificante. Me superan. Y sé que es un día para festejar, pero lo he arruinado todo por ser así de egoísta y ahora Ashford va a odiarme para siempre y...

—No te odio —dice—. Nunca te odié. —Y sus palabras me llevan a esta mañana, a cómo tomó mi mano en ese momento. ¿Qué cambió? Ni siquiera puedo pensar en el hecho de que no sé qué tanto de lo que pensé dije en voz alta porque quiero saber qué cambió entre esta mañana y este instante porque no lo entiendo.

—¿Y por qué te alejas? —No es mi voz. No, soy yo. Yo soy un susurro, yo soy frágil. El viento podría alzarme y llevarme lejos. Tal vez deseo que lo haga. No lo sé. No sé qué es lo que quiero o qué es lo que pretendo en este momento, solo sé que estoy cansada de tener tantas preguntas dentro. Son demasiadas y si Ashford no me da respuestas, pronto van a empezar a derramarse por mi rostro—. No tengo la peste, por si ese era tu miedo.

—¿De qué hablas? —En su voz siento la confusión, la indignación y entiendo que le debe resultar de lo más petulante de mi parte que después de haberlo traído a este lugar y haberlo ignorado toda la noche, sea yo la que está reclamando. Pero no puedo evitarlo. Solo quiero entenderlo.

—Recién. No quieres darme la mano. Me odias. Y creo que lo entiendo, pero no sé por qué me odias ahora si esta mañana no lo hacías.

—No te odio.

—No te creo. Deberías odiarme y soy una amiga de mierda y has huido aquí porque no toleras verme y yo te he seguido porque soy egoísta y no tolero que no estés en la misma habitación que yo. ¿Te lo dije alguna vez? Es mucho más fácil concentrarse cuando estás cerca. Para estudiar, para sonreír. Haces que todo parezca sencillo.

—¿Por qué me dices esto?

—Porque no quiero que me odies. Yo no te odio.

—Estás siendo injusta.

—Lo sé, pero te juro que si me das una oportunidad podemos ir a un lugar que te guste. Vayamos nosotros, no tienen que venir los chicos. Ni siquiera quería que vinieran hoy, solo lo dije porque creo que no quería que pienses que esto era una cita... —Él me interrumpe antes de que pueda seguir enterrándome a mí misma.

—Estás siendo injusta otra vez. ¿Cuál es tu problema? ¿Por qué me dirías algo así? Es imposible entenderte. —Parpadeo un par de veces luchando contra las lágrimas. Esto no se parece al atardecer en el parque de diversiones, donde las lágrimas eran alivio puro. Esas lágrimas eran bellas, eran calma, eran felicidad. Estas son navajas en mis lagrimales—. Al principio eras totalmente insoportable y desconsiderada, y luego nos peleamos y resultó que eres amable y buena, pero yo estaba siendo un cretino. Lo admito, me apresuré a juzgarte y créeme que *lo sé* porque tengo una lista mental de todas las cosas que eres y ninguna es ni de cerca lo que pensaba de ti al principio. Sé que estuve mal y me confundí cuando intenté besarte. Leí mal las señales y fue mi error, lo siento, Leo, pero no puedes hacerme esto. No puedes aparecerte así vestida, mirarme como me miraste en la puerta de mi casa y luego ignorarme toda la noche para que, cuando no puedo más, porque realmente *ya no puedo verte en ese vestido,* y me voy... Tú... tú... tú... —Mira para otro lado un instante dándole una patada a la barandilla y cuando vuelve a mí, todo su cuerpo es tensión—. Me voy porque no voy a hacer el ridículo intentando besarte de nuevo... y me sigues. ¿No puedes dejarme dos segundos en paz? ¿O te parece gracioso que el tarado tartamudo no haya podido evitar que le guste la primera chica que lo trató un poco bien? Vete, Leo. No creo que te des cuenta de que lo que haces me lastima. Así que no, no te odio, pero no puedo seguir jugando a esto.

Él deja de mirarme justo cuando cae mi primera lágrima.

Trago saliva y las palabras se me escapan.

—Quiero que me beses.

Creo que se le rompe el cuello. Voltea a mirarme con tal velocidad que me asombra no escuchar el crac.

—¿Qué? ¿No escuchaste nada de lo que dije? Vete a la mierda, Leo...

Tomo su brazo intentando evitar que sus ojos me dejen, pero sus manos son puños y aleja la mirada.

—¡Claro que te escuché! ¡Escuché cada palabra y te estoy respondiendo! ¡Mírame, carajo! —Y lo hace. La música del antro se desvanece y yo sigo gritando, incapaz de detener la cacofonía de sentimientos que aúllan como lobos hambrientos en mi pecho—. Te estoy diciendo que quiero que me beses. Lo quería ese día en la biblioteca, joder, lo quería mucho antes de eso y lo seguí queriendo después, pedazo de idiota, pero nunca volviste a intentarlo y pensé que te habías arrepentido. Pensé que me había vuelto loca y me lo había imaginado o algo. Hiciste como si nunca hubiera pasado.

—¿Yo? ¡Si fuiste tú la maldita loca que nunca más sacó el tema! ¿Qué esperabas? ¿Que en pleno estudio frenara y te preguntara por qué tenías esa cara de espanto cuando intenté besarte? Disculpa si no se me ocurrió seguir haciendo el ridículo.

—¡No era cara de espanto! Dos días antes pensaba que me odiabas y de la nada estabas acercándote como si quisieras comerme viva. Estaba entrando en pánico, ¿ok? No se me ocurrió que siquiera fueras a pensar en la posibilidad de besarme.

—¿Estás...? Leo, lo único que hago desde ese día es pensar en la posibilidad de besarte y la cuenta siempre da cero.

—Pues no debería darte cero, carajo. ¿Puedes besarme de una buena vez?

Y como si al fin entendiéramos que estábamos peleando por querer lo mismo, sus manos buscan mis caderas, las mías van a su camisa.

Tiro de él, tira de mí.

Nos tiramos hacia el otro y colisionamos a medio camino como dos meteoritos que se han equivocado de camino, pero ya no les importa. Tal vez no *tenía* que pasar. Tal vez podríamos habernos desviado, habernos ahorrado el estallido, el fuego, el calor, las chispas, el terror helado que disparó la adrenalina hasta consumirnos.

Tal vez.

Pero ¿a quién le importa?

Después de todo, ambos decidimos chocar.

CAPÍTULO 25

Pensé por tanto tiempo en sus labios como algo suave, que nunca se me ocurrió que pudieran destruirme.

Ashford me besa como si nunca fuera a alcanzarle.

Ashford me besa con una impaciencia que es un poco torpe y me llena el alma.

Ashford me besa como si ya hubiera esperado demasiado y no pudiera evitarlo. Como si yo fuera la orquídea y él un tonto que no puede evitar desearla más de lo que debería.

Y yo trato de besarlo diciéndole que nunca en mi vida quise que nadie me besara hasta que lo conocí, y que ahora no sé cómo voy a hacer para olvidarme de él.

CAPÍTULO 26

El camino a la calle está lleno de tropezones y risas. Yo me río y él me sigue mientras balbucea incoherencias tan bajito que no llego a comprender ni una sola palabra. Sé que los dos estamos borrachos, pero es más por la droga que liberan nuestros labios cuando se juntan, que por el alcohol.

El taxi frena y luego arranca, y todo es una nebulosa llena de brillantina que me hace sentir una niña incluso cuando las manos de Ashford me hacen sentir mujer. Soy muy grande para emocionarme así y muy chica para guardar tanta emoción. Aún hay lágrimas en mis mejillas, pero mi sonrisa es tan grande que hace que se me olviden. Soy un montón de contradicciones encontradas que se pierden entre suspiros.

Nos bajamos tan acelerados que casi se nos olvida pagar.

En el ascensor bajamos antes de tiempo y subimos al último piso por las escaleras.

En la habitación de Ashford, mi mundo se detiene y cuando me pregunta si estoy segura de lo que estamos haciendo, le digo que sí tantas, pero tantas veces, y con tantos besos, que creo que solo lo acepta para callarme de una vez.

Y no se lo digo porque quiero poder usarlo de excusa si mañana me arrepiento, pero a estas alturas, cuando él me saca la remera y yo me concentro en comprobar si los rincones de su piel saben como me imaginé, ya no estoy borracha. Estoy tonta, estoy feliz, estoy estática, sí, pero no estoy borracha. Me gustaría decírselo porque sé que él tampoco lo está y quiero que sepa que no existe ni la más remota posibilidad de que yo no esté eligiendo esto con cada fibra de mi ser, pero, aun así, no lo hago. No se lo digo porque la vulnerabilidad que implica elegirlo a él es demasiada y no quiero que sepa el poder que tiene en sus manos incluso si nunca fuera a usarlo para hacerme mal. Y un poco, solo un poco, no se lo digo porque me doy cuenta de que ya lo sabe.

Dejo que sus caricias ahuyenten los pensamientos más oscuros, que sus besos bajen por mi pecho y limpien las heridas, que sus manos barran las dudas.

Y en todo momento, Ashford me hace sentir hermosa.

No pienso mucho en mi apariencia, en mis formas, en mis curvas o la falta de ellas. Me corto el pelo de forma práctica, no estética, las ocasiones en las que quise maquillarme fallé por impaciencia, los eventos para los que ameritaba embellecerse en mi vida fueron pocos. Siempre me sentí demasiado. Por dentro y por fuera.

Demasiado intensa,
demasiado perfeccionista,
demasiado ruidosa,
demasiado sarcástica,
demasiado alta,
demasiado musculosa,
demasiado masculina,
demasiado torpe,
demasiado,
demasiado,
demasiado.

Sin embargo, ahora estoy frente a él, desnuda, toda piel de gallina y respiraciones entrecortadas, más *yo* de lo que nunca he sido porque en ningún momento dejo de sonreír y cada tanto digo una ridiculez que se interrumpe con un gemido... Es una situación imposiblemente lejana a cualquier experiencia que haya tenido. Dista una locura de ser el sexo perfecto y coordinado que las películas me dijeron que tendría cuando sintiera por alguien todo lo que siento por Ashford. Hay preguntas murmuradas entre las sábanas, hay cosas que no sabemos, que nos enseñamos, hay momentos de torpeza en los que me sonrojo y me río, y Ashford vuelve a besarme con más pasión que antes.

Y es tan humano.

Es tan simple.

Está todo teñido por una confianza que es firme como las raíces de un baobab capaces de meterse en la corteza de mi pequeño planeta y reventarlo.

Por primera vez, me siento hermosa.

CAPÍTULO 27

ASHFORD

Se fue.

No queda ni la forma de su cabeza en la almohada, ni la silueta de su cuerpo estampada donde durmió. No queda su perfume, no solo porque sea demasiado suave, sino porque creo que se fue antes de que pudiera imprimirse en mis sábanas. No quedan sus risas atolondradas, no hay rastro de sus sonrisas dudosas, no hay una nota ni un mensaje. Pero, sobre todo, noto la ausencia de su piel, porque todavía está tan fresco en mi memoria el recuerdo de tenerla pegada a mí, que no se me ocurre cómo no me di cuenta del momento en el que me dejó.

Los latidos de mi corazón van demasiado lentos. El mundo entero se ha puesto en un estado de semipausa. Cada mínimo detalle se magnifica, me taladra la cabeza. Escucho el bombeo de la sangre en mis oídos. Es un bombo que marca el compás de una canción que no quiero escuchar.

Se fue.

Miro a mi alrededor.

Se siente todo más vacío que nunca.

El silencio se me engancha en la garganta —como un pez cuando muerde el anzuelo y sabe que cometió un error—, y cuando vuelvo a bajar la vista al celular, creo que lo hago sin expectativas hasta que me doy cuenta de que aún no me ha escrito. Son las once y cuarto de la mañana y no tengo notificaciones. El sonido del vidrio rompiéndose contra el piso me hace creer, en un principio, que me han roto el corazón.

Luego me doy cuenta de que ha sido mi culpa, que acabo de revolear mi celular contra la pared. La canción en mis oídos se ha acelerado, es una percusión retorcida hecha con cuerdas de ira roja y un dolor tan azul que parece negro.

Ha quedado una marca.

La pared de Durlock que divide mi habitación de la de mi compañero queda hundida y una grieta fina, pero tan oscura como para parecer la entrada al Tártaro, se abre paso en la pintura blanca.

Al fin.

Se me escapa un suspiro entrecortado.

Existir *duele.* No recuerdo la última vez que algo dolió tanto como duele existir en este instante.

Pero al fin veo algo en esta habitación que sirve como evidencia de todo lo que sucedió ayer y solo con eso ya siento que puedo volver a respirar. Incluso si cada inhalación es filosa y me abre la garganta en un corte transversal.

Pienso en el miedo que tenía, en cómo ayer pensé que la sonrisa de Leo cuando me dijo que no cambiaría nada de mí, me hizo olvidarme de todo.

¿Alguna vez te escuchaste hablar? Hablas como si tuvieras el corazón en la lengua y latiera en tus palabras. Recuerdo sus ojos enormes mirándome. Hoy me pregunto por qué en ese momento me pareció que aquello era suficiente, que significaba que podía llegar a haber más.

¿Puedes besarme de una buena vez?, me preguntó. Y yo pensé que había querido que la besara más de una noche que, aunque sea, me daría una mañana, pero me equivoqué.

Nunca te odié.

Esas fueron mis palabras.

Hacen eco en mi memoria.

Y me arrepiento de todas ellas.

CAPÍTULO 28

Cuando me subí al vuelo, estaba dormida mucho más allá de una cuestión física.

Cada parte de mí se puso a invernar en el momento en el que sonó mi alarma en lo de Ashford y la apagué. La apagué tan rápido que él apenas balbuceó algo, se movió un poco y siguió durmiendo. Mientras, yo no había pegado ojo.

Así que salí de allí.

Al principio fue sencillo.

Me puse la ropa en el orden inverso que la perdí. Prenda por prenda, buscándolas en una quietud fúnebre.

Antes de irme lo miré un segundo.

El sol había salido pero las persianas estaban bajas y la oscuridad era tan profunda que me recordó un poco a la noche que pasamos en la biblioteca y la forma en la que se recortaba su figura contra la negrura, tan sutilmente que si entrecerraba los ojos podía fingir que no estaba allí.

Así que entrecerré los ojos, cerré la puerta a mis espaldas y me fui.

Un paso detrás de otro, como si fuera cualquier otro día, como si hubiera hecho esto miles de veces, casi como si lo fuera a volver a hacer.

Y no puedo dejar de pensar en ese momento, en esa última mirada a su cuerpo envuelto en sábanas azul oscuro, sus ojos repletos de pestañas densas como un bosque, descansando contras sus pómulos, y su gesto tan igual al de siempre que casi podía imaginarme cómo se vería con los ojos abiertos.

¿Qué hubiera sido de nosotros si en ese momento se abrían y me miraba, me pedía que me quedara? ¿Qué si yo hubiera dado un paso y luego otro más, y en lugar de correr, que parece ser lo único que sé hacer, hubiera ido en su búsqueda? Pude haberme agachado a su lado, pude haberlo despertado con un beso, una caricia, una palabra. Pero el riesgo...

El riesgo del dolor y la humillación...

¿Qué era lo que habíamos hecho?

La imprudencia se había metido en nuestros cuerpos, nos había vaciado de órganos y había jugado con nosotros a las marionetas. Fuimos tan animales al actuar que decirle instinto parecía poco. Había habido gritos y reclamos, de repente toda esa ira desenfrenada la habíamos volcado en besos. Y nuestro calor los derritió, los volvió tiernos y dulces, y me terminé deshaciendo en un momento.

Me quedé sin nada y llegué a Chicago sintiéndome un globo. Llena, hinchada a reventar de aire insignificante. Dentro de mí ya no había órganos ni pasiones, solo los recuerdos de esa imprudencia repitiéndose uno detrás de otro. Y entendía mis motivos, pero los suyos eran una incógnita más en el conjunto de incógnitas que siempre había sido Ashford. Jamás había conocido a alguien como él: cuanto más lo conozco, pareciera que hay más para descubrir. Está lleno de pasadizos secretos y recovecos que cualquiera pasaría por alto si no los estuviera buscando.

El viaje en avión fue un borronazo. Dormir, despertarme, mi corazón recordando y el dolor obligándome a volver a dormir. Y luego despertarme, mi cabeza llena de propuestas, cosas que podría hacer, mensajes que podía mandar, llamadas y palabras que podía decir, pero no les encontré nunca el sentido y mi seguridad flaqueó cada vez que saqué el teléfono. Eventualmente, volví a caer dormida. No disfruté un solo segundo.

Los primeros dos días mi entrenadora me hizo entrenar por las mañanas y el ruido blanco que hacía mi cerebro ante el cansancio se convirtió en mi mejor amigo. Por la tarde podía recorrer la ciudad y vi montones de cosas que siempre había pensado que veía solo la gente privilegiada, nacida en una cuna de oro. Todas ellas me hicieron preguntarme por Ashford. ¿Las habría visto ya? ¿Le hubiese gustado este museo, hubiera amado el silencio u odiado la cantidad de gente que se movía por sus pasillos? ¿Qué me diría si estuviera a mi lado? ¿Que le gustaba esta pintura? ¿Que se arrepentía de la noche anterior? ¿Que quería que se repitiera? ¿Que no quería verme nunca más?

Y al final no aguanté. Le escribí. No importó que no quisiera saber la respuesta a ninguna de las últimas preguntas, no importó que me aterrara lo que los ojos de Ashford verían en mí ahora, esta mañana le escribí. Lo necesitaba. Habían pasado tres días y yo seguía siendo un globo excepto por la punzante necesidad de hacerle saber que me arrepentía.

Porque lo hacía.

El arrepentimiento se mezclaba en la boca de mi estómago con el terror pútrido que me generaba la idea de que él no hubiera sentido nada, o peor aún, de que lo hubiera hecho, pero no creyera que mereciera la pena intentar ir por más. Que tal vez solo quería una amistad, en el mejor de los casos. Pero ¿podría vivir con eso? Viéndolo todos los días hasta que se fuera, sabiendo que el tiempo se agotaba, que una vez que dejara el país olvidaría mi nombre y nunca sería más para él que una monografía, una noche descarrilada y una amiga que quiso más de lo que podía darle. Sonaba a tortura.

No importó.

Nada importaba.

Le escribí esta mañana.

Le dije que me arrepentía de haberme ido, que quería que al volver habláramos, que por favor me diera una última oportunidad de cagarla y me dejase explicar.

¿Y todo para qué?

Ashford me había bloqueado.

Los mensajes ni siquiera le llegaron y la pantalla agrietada del celular fracturaba mis palabras como si incluso antes de mandarlas hubieran sido inútiles, rotas, innecesarias.

Sin embargo, ya no pienso en eso.

No pienso en nada.

Si antes era un globo, ahora no soy ni eso. Soy aire. Soy aire tan frío que respirarlo mata y lo único que se me permite es existir por y para esta carrera.

Nacionales.

Estoy en la pista y a pesar del frío, el tartán se siente como fuego lamiendo las suelas de mis *spikes*. Se siente como si hubiera sido diseñado para que el viento corra sobre él. Así que cuando pongo las manos en la línea de llegada y mis músculos vuelven a mí, entrados en calor, tensos, dispuestos a cumplir con eso que nadie creyó que llegaría a hacer, no existe Ashford.

Solo existo yo.

O eso me digo.

Porque cuando largan el *"preparados, listos, ya"*, corro.

Pero no lo hago con el corazón.

Me doy cuenta demasiado tarde de que no lo llevo conmigo.

Lo he regalado en un beso, y una caricia, y un montón de momentos entre libros y repasos.

Salgo en falso.

Suena un silbato.

El mundo se desmorona a mis pies.

Se acerca el juez.

Me pide que me retire.

¿Qué? No. No puedo retirarme. No he corrido.

Me he equivocado. Soy humana. Me merezco otra oportunidad.

Si encuentro mi corazón, todavía puedo ganar.

Se me escapan las lágrimas.

No, no puedo. Soy humana, sí, pero esto es la vida.

Y no es justa.

Por un milisegundo la oportunidad de mi vida se pulveriza.

Todo aquello por lo que luché, todas las veces que aposté por mí misma, todas las veces que le hablé a alguien de lo que haría, de este viaje, de mi futuro, se marchitan frente a mis ojos y la esperanza con la que hice esas cosas se llena de hongos. La podredumbre me consume. No soy *nada*.

Y me sorprendo como la niña ingenua que soy cuando me doy cuenta de que todos tenían razón.

Estaba remando a contracorriente.

No tenía sentido pretender ser la hija que debía ser, la alumna impecable y la atleta que siempre pensé que llevaba dentro. Era demasiado y era también momento de dejarlo. Ya no era una niña. Ya no podía jugar a los sueños como si fueran algo que me pertenecía en lugar de algo que era mejor dejar para las noches, con la cabeza contra la almohada y la realidad lo más lejos posible.

Dejé que mi orquídea se secara en mis manos.

Dejé que mi sueño se estrellara contra el piso, lo reduje a escombros.

Era hora de darme cuenta de que en mis manos nada estaba a salvo. Ni siquiera cuando se trataba de mí misma.

CAPÍTULO 29

Hay un montón de humo rodeándome.

Me sigue adonde sea que vaya y no sé cómo limpiarme. Se me enreda en los dedos y se me pegotea entre las cejas, me impide ver más de dos metros por delante de mí. El mundo se ha teñido de negro.

Y como no puedo ver el mundo real, pienso en todos los mundos de mentira que me gustaría conocer y me doy cuenta de que en todos mis mundos Ashford está allí. Veo su rostro, cada línea definida como si estuviera a mi lado porque mi cerebro se niega a hacerme el favor de olvidarlo. Me doy cuenta de que incluso con la vergüenza de lo que permitimos que sucediera, incluso con el remordimiento de haber cruzado líneas que existían con motivo, siempre siempre elijo estar con él. Y lo haría hasta el cansancio, hasta el agotamiento, porque si él me acepta, si es feliz conmigo, no necesito nada más. No necesito promesas de *para siempre* ni unos *te amo* susurrados por la noche. Solamente lo quiero a él. Volvería a elegirlo una y otra vez.

La noche está salpicada de estrellas mientras el avión sobrevuela campos y llanuras.

Todos los pasajeros parecen dormir excepto yo. Soy el pescador que se queda hasta el ocaso, su caña volando sobre el lago hasta el último instante porque siente dentro de él que el verdadero premio, el pescado gordo y sabroso que quería, está cerca y es solo cuestión de ser paciente. He pensado tanto que me duele la cabeza, pero tengo que seguir.

¿Y si no me quiere?

Si llego a Ashford y le digo que *yo* lo quiero, que se ha convertido en un pilar de mi vida, que, si pudiera despertarme todas las mañanas que nos quedan antes de que se vaya y usarlas para compensar la mañana en la que hui, quedarme a su lado y despertarlo a besos... ¿Qué es lo peor que puede pasar? Podría decirme que él no lo quiere. Y es Ashford. Lo haría con tanta suavidad, con tanto cariño, que el golpe dolería el doble, me recordaría que su paciencia y su bondad son dos de las cosas de él que más quiero y entonces...

Las cosas de él que más quiero.

Retrocedo a esas palabras.

Querer.

¿Cómo es que terminé encariñándome así con él?

Me encariñé con ese resoplido que hace cuando se irrita, el piecito rebotín que siempre lo delata cuando se pone nervioso, con su curiosidad y con que le guste aprender, me encariñé de su pasión y la forma que tiene de hablar del mundo, de los lugares que ha conocido y de los que le quedan por conocer, me encariñé de su gentileza, me encariñé de la forma que tiene de buscar mi cuerpo con el suyo cuando se da cuenta de que lo necesito. Me encariñé de que entienda mis sueños porque él tiene los suyos. Me encariñé de su capacidad de maravillarse por un mundo que siempre intentó hacerlo a un lado. Lo quiero porque es un poco obstinado de más y porque me hace replantearme todo. Lo quiero porque me impulsó a creer que soy capaz de todo incluso cuando no lo soy. En sus ojos veo a una Leo que quiero ser con todas mis fuerzas, es un reflejo de mí misma que me devuelve la fe.

Y no puedo explicar el *porqué* lo terminé queriendo así.

Si intentara explicarlo no podría.

Me sobrepasa. Es más grande que yo y que cualquier otro, creo que tiene que ver con los núcleos de las personas, con la esencia de lo que somos. Mi esencia se encuentra en la de Ashford. Llevamos entre las costillas núcleos que brillan del mismo color, que se buscan hasta el cansancio porque solo en presencia del otro pueden brillar como corresponden. Es un instinto puramente animal. Explicarlo sería rebajarlo. Solo puedo aceptarlo tal y como es, y esperar que él también lo sienta.

Así que espero que sea así.

Con el corazón en la punta de los dedos, latiendo a toda velocidad, tambaleándose, a punto de caer, espero el aterrizaje y pienso aún más.

Pienso en cómo voy a explicarle que hay demasiadas partes de mí que quieren demasiadas partes de él y que si tal vez —que si por favor, que si y solo si— él me deja, puedo demostrarle que vale la pena darme el beneficio de la duda.

El avión aterriza y me bajo sin apenas mirar a Uma.

Mi entrenadora ha viajado conmigo, pero apenas me ha hablado desde la competencia. Su silencio y su decepción son tan claros en el aire que alimentan las llamas de mi mundo como una ventisca helada. El humo se multiplica. No es más que mi entrenadora, demasiado tosca, demasiado exigente, pero siempre queriendo lo mejor para nosotros. Al fin y al cabo, es otra persona más que creyó en mí solo para darse cuenta demasiado tarde de que fue todo en vano.

He salido en falso, el error más *amateur* de la historia. Y como si fuera poco, me puse a discutirle al juez a exigir una segunda chance incluso sabiendo que no existía. Me comporté como un niño. Así que permito que Uma retenga toda esa bronca porque yo no tengo espacio en mi pecho para encargarme de odiarme por esto también.

Me bajo y cada neurona libre en mi cabeza pide a gritos que encuentre a Ashford ya.

Encuentro a Cameron en la puerta del aeropuerto. No escribí a nadie para contar las malas noticias, pero el evento se había transmitido en vivo, así que estoy segura de que vieron mis lágrimas en HD y escucharon cada palabra que dirigí al juez. Cam trata de consolarme, de decirme que ya va a haber oportunidad de ganar las nacionales, que me quedan tres años de carrera por delante para mejorar, pero lo callo. No le digo que no habrá otra oportunidad porque no volveré a correr, no dejo que sus palabras me distraigan de lo único que importa: tengo que llegar a Ashford. Solo lo dejo hablar y cuando deja de hacerlo, le pido que por favor me lleve al campus ya mismo, que me deje en el departamento de Ashford. Y lo veo en sus ojos, en la forma en la que brilla la curiosidad en el celeste acuoso de su iris, Cameron quiere hacer preguntas. Sin embargo, no las hace. Maneja del aeropuerto hacia Crawford con música de fondo y la certeza de que cuando el momento llegue, voy a decirle todo, pero que ese momento no es ahora.

La primera persona que tiene que escuchar todo lo que llevo guardado en el pecho es Ashford.

Y lo es.

Es Ashford.

Y estoy todavía desesperada por llegar y decírselo, pero cuando Cameron muestra nuestros carnets de estudiantes al guardia en la puerta del campus de la universidad, este nos avisa que la directora de la universidad está esperándome en su despacho.

—¿Sabías algo de esto? —me pregunta Cam mientras sube la ventanilla y arranca el auto.

—No.

—¿Qué crees que quiera?

No sé qué le habrá dicho Uma a los directivos sobre lo que pasó en las nacionales. Ni siquiera pensé en ello cuando me descalificaron. No había lugar en mi dolor para nadie excepto para la pequeña Leo que intentaba desesperadamente pegar de vuelta los pedazos que quedaban de todo aquello que pensó que tendría. Pero ahora lo pienso, pienso en mi beca deportiva y en cómo mi desempeño en la pista es la base que la sustenta, en que haber corrido y haber perdido no sería tan grave como lo es el haber ido a desperdiciar por completo la oportunidad.

Cuando no respondo, Cameron no insiste, pero creo que sabe que no está llevando con él a la misma Leo que recordaba. Esa chica fue arrastrada por pisos demasiado ásperos, le han arrancado la piel a la fuerza, la han obligado a sacar capas más gruesas, a esconder mejor sus puntos débiles.

Ni siquiera me esfuerzo por enderezarme.

Sigo mirando por la ventana, esperando llegar adonde sea que tenga que estar para que me digan lo que me tengan que decir y poder buscar a Ashford.

Si no tuviera ese pequeño rayito de esperanza, no estoy segura de que hubiera podido tolerar todo lo que vino después.

Nicola Wagner Fritz es un nombre imponente, pero está bien, porque la directora de la Universidad de Crawford es una persona imponente.

Mide menos de un metro cuarenta y usa unos anteojos cuadrados sin marco que le agregan años, y la hacen parecer de sesenta a pesar de que debe tener como mucho cincuenta. Lleva el pelo negro, con algunas canas, en un impecable corte al ras de la mandíbula. Y sus labios se fruncen cuando me ve de una forma que me indica que nada de lo que está pensando tiene que ver con las palabras *piedad*, *pobrecita* o con el concepto de *perdón*.

—¿Y bien? —pregunta Nicola Wagner Fritz, cuando creo que estoy a punto de estallar—. ¿Algo para decir?

—Que lo siento, que el próximo año me esforzaré más.

Es una mentira descarada y siento que ella lo oye en mi tono. El próximo año no existirá el atletismo, solo necesito hacer tiempo para conseguir una beca económica que me deje seguir aquí.

La directora alza una ceja. Con sus manos entrelazadas frente a ella en el escritorio, parece una villana de película.

—¿Así como así vas a aceptar que no te esforzaste en tus exámenes?

—¿Mis exámenes? —repito—. ¿Qué tienen que ver mis exámenes con las nacionales?

—Nunca dije que estuviéramos hablando del atletismo, Leonie.

—Pensé que estaba aquí porque iban a exigirme un mejor desempeño en las nacionales del próximo año. Porque salí en falso y todo eso.

—*Y todo eso.* —Usa mis palabras y las saca tan lento de sus labios que me pregunto si de alguna forma la he insultado. Sigo tan rodeada de humo que por mucho que me preocupe soy incapaz de verdaderamente sentir el pánico que amerita la situación. ¿Qué estoy haciendo aquí? ¿Qué tengo que decir para que me dejen ir? ¿Estará Ashford en su departamento o estará leyendo en la biblioteca algún libro en un idioma raro?—. No habla como si se arrepintiera, señorita Grimaldi.

Es que no me arrepiento.

No puedo arrepentirme de algo que no *elegí.* Yo no salí en falso queriendo.

Entonces la palabra no es *arrepentimiento.* La palabra es furia. Porque cada vez que recuerdo mi salida en falso me consume una furia como flechazos que cruzan el aire y caen sin pensar ni quién ni dónde. Solo destruyen.

Cuando no respondo, las aletas de la nariz de Nicola Wagner Fritz se inflan tanto que se parece más a un dragón que a la señora de la foto que está colgada en la pared, donde aparece con el que asumo es su esposo y sus dos hijas. Todos sonríen sin tener un problema en el mundo.

—Señorita Grimaldi, no me gusta que me traten de tonta y déjeme decirle que, si va a seguir con esa actitud, voy a expulsarla de esta universidad sin siquiera darle la oportunidad de explicarse.

El verbo *expulsar* despierta en mí la indignación.

Mis manos envuelven los brazos de la silla en la que me ha sentado y aprietan con fuerza.

—No estoy teniendo ninguna actitud. Pero no sé qué decirle porque si no estoy aquí para hablar de atletismo, no entiendo por qué puede ser, y usted está ahí sentada haciendo acusaciones en lugar de explicarme.

Sé que no le gusta mi tono. Sé que cuando la persona con todo el poder está hablando de expulsarte de la universidad, de prohibirte cumplir con lo único que tu familia esperaba de ti, deberías optar por la serenidad, por la complacencia, por ser todas las cosas que nunca he sido y que hoy no tengo la fuerza para fingir ser. ¿Por qué debería mostrarle respeto a alguien que me ha traído a su oficina, me ha hecho pasar sin siquiera saludarme, se ha quedado cinco minutos completos en silencio sin decir nada y luego ha procedido a tratarme como idiota por no entenderla cuando a duras penas se puede decir que se está comunicando? Denle poder a un adulto y se convierte en serpiente, denle poder a la serpiente demasiado tiempo y se cree dragón. ¿Y qué somos para los dragones? Nada. Somos nada. Peones en el juego de defender su tesoro.

Sin embargo, en lugar de discutir mis acusaciones, ella sigue con sus preguntas sin sentido.

—¿Cómo te fue en los exámenes de cierre de semestre?

—Me fue bien. No entiendo por qué insiste tanto con esto.

—¿Esperabas que te fuera tan bien?

Me descoloca un poco.

La respuesta es clara en mi inconsciente: no.

¿Quién espera ir a rendir habiendo estudiado para un seis y terminar obteniendo casi todas notas sobre ocho? Estudié montones, sin embargo, entre el agotamiento físico, el agotamiento mental y la porción de mi cerebro que se dedicaba constantemente a pensar en Ashford, era difícil que la información se quedara una vez que entraba. Esperaba aprobar todos, pero también había preparado mi discurso por si terminaba teniendo que venir a hablar con Nicola Wagner Fritz para renegociar mi beca.

—No —acepto—, no lo esperaba.

—¿Y la monografía de tu clase de Historia, en la cátedra de Samuel Harrison?

—Todavía no me devolvieron la nota, si eso es lo que quiere saber.

—Se sacó un nueve cincuenta.

Es apenas una chispita. Como cuando intentas prender el encendedor y este se te escapa del dedo y se apaga enseguida. Pero la sentí, la alegría instantánea de saber que un proyecto que había llevado tanto tiempo, al que había apostado tanto y que a cambio me había dado una persona por la que daría el mundo, había obtenido la nota que se merecía. Instantáneamente me pregunto si Ashford también se habrá puesto feliz cuando se enteró, si Sandy le sonrió al entregar la nota.

—No sonría, señorita Grimaldi. —La forma que tiene de decir mi apellido deja un sabor agrio en mi propia boca, como si al escucharlo me hicieran tragar limón—. La nota quedó anulada.

—¿Qué?

—¿Va a decirme que no sabe por qué?

—Es que no sé por qué.

—Bien.

A continuación, tipea lo que asumo que es su contraseña en la *laptop* que está abierta a su derecha sobre el escritorio y la voltea para que pueda ver la pantalla.

En ella hay un montón de columnas con números y nombres. La tabla es amplia y confusa, pero Nicola Wagner Fritz hace *zoom* en una columna con mi nombre. Debajo de este hay valores que llegan hasta el 10 en negro y, en la columna de al lado, valores ligeramente menores en rojo.

—Por esto. Lo que está viendo en este momento son, a la derecha, las notas que figuran en la lista de calificaciones que sus profesores leyeron en clase. A la izquierda, las notas que en verdad sacó en esos exámenes.

Releo la lista.

Los nueves se convierten en seises, los ochos en sietes, algunos seis cincuenta en cincos. Me quedo muda, porque no entiendo cómo es que esto tiene que tener sentido. Qué clase de pesadilla estoy viviendo y por qué todavía no me despierto.

Nicola Wagner Fritz no se detiene. Es como si quisiera machacarme.

—Samuel ha estado usando su acceso a las calificaciones de los alumnos para alterar tus notas a lo largo del cuatrimestre. Tenemos entendido que es un amigo de tu familia.

No hay forma de que en un millón de años esto sea real.

¿Tirar la bomba de humo después de la mejor noche de sexo de mi vida? Sí, suena a algo que haría.

¿Salir en falso por estar pensando en cualquier cosa en medio de la competencia más importante de mi vida? También.

¿Estar escuchando a esta señora asumir que estuve de alguna manera implicada en un complot con Sandy para mejorar mis notas? No, eso sí que no tiene sentido.

—Sandy es amigo de mi familia, pero jamás haría eso. Tiene que estar mal. Su computadora está rota o algo.

—Hemos chequeado esto con todos tus profesores, las notas fueron modificadas por alguien. Por Samuel.

—Pero...

—Espero que comprenda que como institución no podemos dejar pasar esto y que las consecuencias van a ser, por decirlo suavemente, severas.

—Es que usted no entiende, no hay forma de que Sandy haga algo así. Es el profesor más exigente que existe y como alumna no me soporta. Pregúntele a cualquiera en la clase, todos creen que sueña con matarme o algo.

—Ya dije que no me gusta que me traten de tonta, Grimaldi. No aprecio que se me rían en la cara.

Y estoy por decirle que no me estoy riendo de nada, pero mientras hablo se me escapa una risa histérica que contiene una ira que de darle rienda suelta, acabaría en el fin del mundo. Hablo con una impotencia que me acogota, las palabras quedan bloqueadas por un par de manos hechas de incredulidad que se cierran sobre mi pecho.

—Pero es que no lo estoy haciendo. Simplemente le estoy diciendo la verdad y usted no me está escuchando. Tiene que volver a investigar. No sé de dónde sacó esta información, pero no está bien.

—Esta información salió de un compañero suyo, que avisó del vínculo entre usted y Samuel, vínculo que usted falló en comunicar cuando fue aceptada en la universidad a pesar de saber que él sería uno de sus profesores, y nos advirtió que podría estar sucediendo algo así.

—¿Un compañero mío les advirtió qué cosa?

Si nadie sabe.

Si me aseguré de que nadie supiera porque lo último que necesitaba era que me revocaran la beca por esta estupidez. Siempre supe lo importante que era y la distancia clara que se marcó entre Sandy, miembro innegable de mi familia, y Harrison, fue tan fuerte que por momentos incluso a mí me cuesta asociarlos. Nadie podría haberlo adivinado ni en un millón de años.

Y entonces cae sobre mí.

Es un piano que se desploma sobre mi cabeza y me entierra.

Es una estrella fugaz desviada que impacta la Tierra y extingue todo lo que hay.

Es un edificio que se cae sin motivo, que deja tantos cadáveres en el piso que no se los puede contar.

Es la traición de un amigo que me vio en mi peor momento, de un amigo en el que elegí confiar todo, incluso cosas que con ningún amigo me había atrevido a hablar, a hacer, a mostrar.

La directora sigue hablando, pero soy incapaz de escuchar nada excepto por el grito que llevo dentro, que me abre de par en par, que me aja la piel, me rompe los tímpanos, me vacía el estómago.

Estoy en este despacho, la foto de la familia feliz que sonríe me mira desde la pared, como burlándose de mí, y esta vez cuando pienso en los ojos de Ashford, no lo hago esperando un perdón, sino preguntándome cómo nunca vi la persona que era en realidad. Me sofoca el pánico. La idea de que estoy por morirme allí sentada. Muerte por traición, por puñalada en la espalda. El aire abandona mis pulmones con tanta violencia que olvido completamente que puedo volver a hacerlo entrar.

Y oficialmente pierdo lo último que me quedaba.

No tengo beca.

No tengo equipo de atletismo.

No tengo un amigo al que ir a pedir disculpas.

No tengo una oportunidad de hacer preguntas, pues no tengo voz.

Me hacen salir del despacho de Nicola Wagner Fritz con sangre manchando mis ropas y un vacío redondo en el pecho y tan pero tan inmenso que amenaza con comérselo todo.

Cameron me espera fuera.

Cuando ve mi cara hace preguntas, esta vez no se contiene.

Pero no respondo.

Doy un paso tras otro y me alejo todo lo que puedo.

Como si la distancia pudiera hacerme olvidar que me enamoré de un chico que en la primera decisión que me equivoqué, decidió que no podía guardar el peso de mis secretos. Incluso si estos nunca antes lo habían molestado, incluso si al escupirlos me mataba en el proceso.

CAPÍTULO 30

En mis manos hay porcelana.

Son trocitos, algunos más grandes, otros más pequeños, que alguna vez fueron un regalo que pretendí atesorar para siempre.

La noche entra por la ventana abierta, intenta consolarme, pero me pone la piel de gallina. Todas las luces están apagadas y mis ojos ven lo que he roto, mi corazón late por el arrepentimiento.

En la última semana, todas mis decisiones me han llevado a querer regresar en el tiempo, decir otra cosa, actuar de otra forma. Tanto que hice en mi vida para ser una persona que genere orgullo al mencionarla, solo para destruir todo lo que era esa persona —trabajadora, responsable, capaz, considerada— en siete días.

La desesperación es una calesita solitaria en mi pecho, que gira y gira, y gira sin que nadie se suba. Nadie juega con los caballos, nadie quiere treparse al tigre, nadie compite por las carrozas. Está extremadamente sola a pesar de haber sido creada para portar cientos de niños y el peso de todas sus risas. Es una desesperación tan desolada que su furia, su indignación, se alza y me pasa por encima, rompe los edificios que me rodean a manotazos, quiebra árboles y pisotea flores preciosas.

Es una desesperación autoimpuesta. Sé que podría ir a buscar a Ashford y pedirle perdón. Pero no puedo dar la cara. La cagué una vez, la cagué dos veces. No confío en mí para no hacerlo por tercera vez.

¿En qué estaba pensando?

Hace dos horas me presenté en el departamento de Ashford hecha una furia. Masacré su puerta a golpes, llamando y llamando su nombre hasta que se dignó a abrir. Y verlo, solo verlo tan él como siempre, como si el tiempo no hubiera pasado, cegó aún más mi cordura, la dejó perdida en un bosque del que pudo salir cuando ya era demasiado tarde.

Ashford abrió la puerta y en lugar de hablar de la noche en la que me escabullí, como me moría por hacer, lo acuchillé con acusaciones. Ni siquiera lo dejé hablar. Enterré las verdades de las que me convencí yo sola en su pecho una y otra vez, y lo vi sangrar en silencio frente a mí.

¿No era que creías en mí? ¿Le dijiste a la directora que creías que Harrison me había ayudado con mis notas porque no te parecía posible que me haya ido tan bien como me fue sin ayuda? Si no querías volver a verme por la otra noche, pudiste decírmelo. O pudiste simplemente haberme ignorado hasta que lo entendiera, no soy tan tonta tampoco. Pero ahora no importa. Da igual, lo lograste. Me expulsaron. No vas a tener que volver a verme. Te odio. Te odio, te odio, te odio.

Nunca había odiado menos a alguien.

Sin embargo, le dije cada te odio con el dolor de alguien que verdaderamente lo ha perdido todo y me creyó. La primera vez que vi algo en los ojos de Ashford fue el instante en el que aceptó que lo odiaba, sin saber que le mentía, que la desgracia hablaba en mi nombre, que la desesperación jugaba conmigo.

Me miró. Todavía sostenía la puerta con una mano. Estaba parado ahí en el umbral como un gigante. Podría haberme destruido, podría haberme cortado con palabras como yo intenté hacerlo con él. Pero no lo hizo. Era Ashford y era amable incluso con aquellos que no habían tenido el gesto de serlo con él. Fui cruel. Fui tan cruel que me paro a pensar en ello ahora y no me reconozco en mis actos. Empiezo a creer que me he perdido en este espiral de pérdidas. Ya no sé quién soy.

Ashford dijo pocas palabras, pero yo había aprendido a atesorar cada sonido que me regalaba, así que las guardé.

—Que puedas pensar que yo haría algo así, que ni siquiera me hayas dado el beneficio de la duda, habla más de ti que de mí. Yo no inventé nada de lo que dices, no hablé nada con nadie, pero si creerlo te hace feliz, créelo. Haz lo que necesites, pero déjame en paz.

Cerró la puerta.

Y algo pasó entre ese instante y el instante en el que me encuentro atrapada ahora, porque estoy en mi departamento y tengo la piel de gallina y no puedo dejar de ver sus ojos, esa última mirada antes de que la puerta se interpusiera entre nosotros.

Y en mi mano, porcelana.

Está fría.

Las letras rojas dispersas, trituradas, pero aún las veo en mi recuerdo.

Mejor estudiante del mundo.

Vaya ironía.

Todas las veces que estudié tomando café instantáneo con mis labios en esa taza, todas las veces que me tildé mirando la foto impresa detrás, en la que yo sonrío y Ashford tiene la cabeza en los arbustos. No sé si alguna vez volveré a ver esa foto. No está en mi celular, ya no tengo esta taza. Los pedacitos son tantos que no podría pegarlos ni siquiera si lo intentara. Está rota de verdad y en cierta forma cuando la miro, me veo un poco a mí misma. En los ejes demasiado filosos, en las curvas más indecisas, incluso en el polvillo que se ha hecho en el piso, todos esos pequeños filamentos que irán a la basura como todas esas cosas que fui alguna vez que tiraré y trataré de olvidar.

No sé cómo se rompió.

Creo que se me cayó, que quería café y la dejé ir, porque de fondo escucho el motorcito de la cafetera eléctrica llenando la jarra.

¿Tenía Ashford motivos para delatarme? Sí, y no.

Sí, lo había dejado plantado, pero el despecho no era una cualidad que él tuviera. Era una persona capaz de perdonarlo todo, capaz de encontrar paz tras el sufrimiento, de dejar ir sin olvidar. Lo conocía, carajo. Lo conocía mejor que nadie, sabía que no haría algo así, ¿por qué no me paré ni un segundo antes de buscarlo? Me traiciono a mí misma constantemente, la ira saca lo mejor de mí y odio ser tan como mi padre en ello.

Pero voy a cambiarlo.

No voy a ser así toda la vida.

No voy a seguir aceptando ser lo que siempre fui, porque sé que puedo ser muchísimo más. Me he quedado sin nada, pero aún me tengo a mí misma e incluso si me odio hoy más que nunca, soy lo único que siempre voy a tener y no pienso rendirme con esta chica torpe que está aprendiendo a equivocarse.

Pero antes de arreglarme a mí misma, tengo que entenderme, tengo que aceptar dónde estoy parada, porque no soy ni un poco la chica que se anotó a principios de semestre en la Universidad de Crawford, pensando que podría con todo. Queda el cascarón, queda el eco de su risa que se reproduce en mis recuerdos y queda lo que la destruyó: su propia idea de que le ganaría al mundo en un juego que ni siquiera sabía jugar.

CAPÍTULO 31

A la mañana siguiente me levanto decidida a cambiar mi suerte.

Me pongo mis *jeans*, mi mejor remera, mis zapatillas, me abrigo hasta la coronilla y camino a la oficina de Nicola Wagner Fritz.

Toco la puerta conteniendo los mil demonios que corretean dentro de mí deseando abrir de un portazo y hacerlo todo a mi manera. Hago un esfuerzo sobrehumano por el bien del control.

Nicola Wagner Fritz abre la puerta pocos segundos después y la sonrisa que lleva se le cae del rostro en cuanto me ve plantada frente a ella, barbilla alta y dispuesta a dar batalla.

La guerrera dentro de mí cae de rodillas poco después.

La directora ni siquiera me deja pasar al despacho.

Yo intento insistir en que ha sido un error del sistema, algo que falló, en que Harrison nunca hubiera hecho algo así y en que yo jamás habría permitido que lo hiciera. Lo hago con tanto respeto que sé que la sorprendo porque esta Leo no se parece en nada a la que se encontró el día anterior, que a duras penas podía ver la importancia de nada, mucho menos comprender que acababa de perder una beca y que acusaban a uno de sus seres más queridos de haber intervenido de forma ilegal para beneficiarla.

Nicola Wagner Fritz no tarda en decirme que Samuel, como tanto le gusta llamarlo, aceptó la responsabilidad por sus actos el día anterior y fue despedido efectiva e inmediatamente de su puesto como profesor de la Universidad de Crawford.

Y con eso me deja muda. Se me cae la lanza de las manos, mi escudo se quiebra en dos.

Simplemente había asumido que todo tenía solución porque Harrison nunca hubiera hecho eso. Era tan exigente, esperaba tanto de mí, me tenía tanta fe que a veces hasta a mí me costaba vivir a la altura de la expectativa.

Sandy, que me llevaba a upa cuando me cansaba de caminar de niña, que me dejaba elegir todo lo que quería cuando pasábamos por la vidriera de un quiosco. ¿Quedaba *algo* de ese hombre? ¿O era nomás una fachada lo que había visto desde la muerte del abuelo? Todavía recuerdo sus ojos muertos la última vez que hablamos, vacíos como si el alma se le hubiera escapado entre las lágrimas derramadas. ¿Era esto lo que el amor podía hacer? ¿Y qué podía ganarse de algo tan horrible?

Si pensar que Ashford me había traicionado se sintió como si me arrancaran todas las costillas y me hubieran dejado flácida y vacía, todos mis órganos colisionando dentro de mí, mezclándose unos con otros… saber que Sandy había dejado de creer en mí, que se había decepcionado a tal punto de tomar mi futuro en sus manos en un intento por mantenerlo a flote y que encima lo había perdido todo en el intento.

Se sintió como la muerte.

Se sintió frío.

Se sintió eterno.

Imperdonable.

Y no sé si voy a poder verlo otra vez con los mismos ojos, porque fue la primera persona que perdió la fe en mí. Lo hizo incluso antes que yo misma. Me soltó la mano a medio camino después de años diciéndome que no me dejaría ir.

CAPÍTULO 32

—Son todos unos inútiles. Por donde los mires. Es increíble. Voy a dejar la facultad, voy a organizar una huelga, un golpe de Estado contra Nicola Wagner Fritz, voy a destituirla y voy a robarle al perro. ¿A quién piensas proponer para el puesto? O puedo tomarlo yo. Sí, sí, suena a una gran idea. Está arreglado entonces. Hay que ultimar detalles y buscar una muchedumbre furiosa con picas y antorchas y navajas, pero creo que ya tenemos asentadas las bases como para proseguir...

Cameron sigue balbuceando delirios mientras empaco. Tengo dos días para vaciar mi departamento, considerando que es un departamento únicamente para estudiantes de la Universidad de Crawford, y eso es solo una de las muchas cosas que he dejado de ser. Casi todo está listo, todo lo que vino en cajas, de vuelta empacado y listo para volver. Aún no volverán a casa, pues no sería la mejor forma de dejarle saber a mis padres que he perdido la beca. ¿Mamá? ¿Papá? ¿Qué son las cajas? Ah, nada, volví a casa con todo porque me rajaron de la universidad porque resulta ser que Harrison estaba cambiando las notas del sistema para beneficiarme. Sí, ¿quién lo hubiera pensado? Ja, *ja*. No me veía teniendo esa conversación.

La verdad, no me veía teniendo ningún tipo de conversación, con nadie, nunca más. Me sentía tan atascada en lo que estaba sucediendo que la idea de seguir adelante resultaba imposible. Tenía que encontrar la forma de hablar con mamá y papá, no podía vivir en lo de Cameron para siempre. Ya bastante que estaba siendo lo suficientemente bueno como para dejarme dormir en su casa unos días bajo la estricta promesa de que no le diría a nadie, ni siquiera a Paul, lo que había sucedido. Cam podía ser un poco bocazas, pero confiaba en él y sabía mejor que nadie lo importante que era para mí poder ordenar mi vida antes de incluir a nadie más en ella, encontrar los pasos a seguir en este sendero averiado y perdido en la jungla que había resultado ser mi vida.

Cameron sigue hablando. Es una radio averiada, quiero callarlo, pero a la vez no quiero que se calle nunca. Hay una familiaridad en su voz, un sentido de confort más abrigado que la manta más caliente, más grueso que cualquier capa de protección que pueda poner sobre mis hombros. No puedo evitar compararlo con Ashford y darme cuenta de lo estúpida que fui. Sí, en un principio fue todo amistad, en un principio fue todo inocente más allá de la atracción física, pero eso cambió. Cambió antes de lo que me gustaría reconocer que lo hizo y, aun así, de alguna forma encontré la manera de mentirme a mí misma y pretender que veía a Ashford bajo la misma luz que ponía a Cameron, a Ali o a Willa.

Me gustaría que estuviera conmigo ahora.

Cameron es confort, Cameron es un pilar, Cameron es mi amigo y estoy increíblemente agradecida de su presencia en este momento, en todo momento en realidad. No sé qué haría sin él. Y aun así... Aun así, en mi dolor, la ausencia de Ashford juega un papel tan grande que sé que tenerlo a mi lado, aunque ni siquiera me prestara atención, aunque estuviera sumido en un libro o escuchando música, me traería una paz que solamente él es capaz de evocar en mí. Jamás me consideré una persona pacífica o tranquila, pero cuando extendía su brazo hacia mí y lo dejaba caer sobre mis hombros, me sentía como si pudiera hacer nada con él por horas, me agarraba sueño porque la comodidad que existía con él no existía con nadie más. Al menos no conmigo, no en mi mundo.

Cameron se calla de golpe.

Y eso me saca de mi ensimismamiento.

Tardo un par de segundos extras en darme cuenta de que lo que ha interrumpido a Cameron son unos toques en la puerta. Alguien llama.

—¿Vas a abrir? —pregunta mi amigo.

No iba a hacerlo, no estoy esperando a nadie. Sin embargo, en cuanto lo dice, me siento un poco obligada a hacerlo. No me creo capaz de decirle nada a nadie, así que abro la puerta ya predispuesta a cerrarla en la cara de quien sea que se le haya ocurrido aparecer en este momento, pero me quedo helada cuando un par de ojos muertos se me aparecen. Se clavan en los míos como lápidas en la tierra.

Escucho detrás de mí la inhalación de Cameron y me lo puedo imaginar, con la boca abierta de par en par y los ojos clavados en lo que parece un fantasma frente a nuestros ojos.

A Sandy se lo ha llevado la pena como la marea se lleva las arenas de las costas.

Ni siquiera puedo enfurecerme, como esperé que sucediera cuando al fin lo viera, cuando al fin diera la cara la persona que me sentenció a perder lo último que me quedaba. No puedo odiarlo, porque el monigote que se para frente a mí se tambalea un poco de más, como si los cuervos le hubiesen sacado el relleno.

—Pasaba a despedirme. —Incluso su voz ha cambiado, ha perdido el filo—. No quería irme sin pedirte disculpas por...

—No quiero tus disculpas. —Las palabras se me escapan, pero por primera vez no me arrepiento ni un poco de mi arrebato.

—Lo sé, Leo, pero escúchame...

—No. Te hubiera escuchado hace un mes, carajo, te hubiera escuchado hace una semana. Si me hubieras dicho antes que sabías que no iba a aprobar hubiera hecho algo para ser mejor, hubiera tenido la oportunidad de esforzarme más o de...

—Nunca hubiera sido suficiente.

—¿Disculpa? —Nunca he hablado con Sandy de esta forma, adulto a adulto, una postura frente a la otra, separados por el umbral de esta puerta que se siente como una pared invisible pero más fuerte que nada en este mundo, separándonos. Siempre fui su protegida, siempre bajé la cabeza ante sus reclamos porque siempre supo más que yo, o al menos siempre asumí que lo hacía. Hoy me doy cuenta de que los adultos cometen errores de estos, tan grandes que no hay seguridad alguna de que vayan a poder seguir adelante. La indignación es lava lenta, burbujeante, que se abre paso por mi sistema circulatorio. Cada arteria, cada vena, cada recoveco de mi ser se llena de su calor vaporoso—. No, no, ahora no te quedes callado. Repíteme que no estoy segura de haberte escuchado bien. —Se ha vuelto pequeño y como aún puedo ver en él la sombra derruida del hombre que fue alguna vez, termino diciendo las palabras no como una amenaza, sino como una invitación.

Revive. Lo puedo escuchar en la profundidad de su voz, en la vibración de su tono cuando dice mi nombre.

—Nunca hubiera sido suficiente, Leo. Te hubieras muerto intentando ser más de lo que eres, conseguir más logros, te hubieras enterrado en vida por algo que ni siquiera quieres.

—¿No era lo que querías para mí? ¿Un título?

—Era lo que tu abuelo quería para ti, seguro. Y yo lo... Yo lo respetaba más que a nadie. —Traga saliva y el temblor en su voz habla de cosas mucho más fuertes que el respeto—. Pero creo que era demasiado terco para darse cuenta de que se equivocaba con esto, contigo. No necesitabas nada de lo que él hubiera querido a tu edad, Leo. Eres más que una nota en un papel. Y yo solo... quería darte la oportunidad de darlo todo en la pista y de olvidarte, aunque sea un rato, de la beca.

Y me destroza saber que habla desde su verdad, que sus intenciones siempre fueron buenas, porque aun así no me alcanza.

—Si me iba bien en las nacionales podría haber pedido una excepción. Ni siquiera tenía que ganar, solo tenía que entrar entre las cinco primeras, tal vez incluso entre las diez, y hubiera tenido material para negociar. Hubiera podido pedir que me fueran más pacientes, que me bajaran la media que tenía que...

—¿Y entonces qué?

—Entonces hubiera podido hacerlo todo.

—¿Para qué, Leo? ¿Para qué hubieras querido hacerlo todo si te hace tanto mal? Te vi cada clase de cada lunes de todo el primer semestre y cada día te veías peor.

—Vaya, gracias. —La ironía se me escapa. Es difícil dejar de ser tú misma con un rostro que te conoce mejor de lo que te conoces, incluso si no es la persona que pensaste que era. Me conoce tan bien que pasa por alto mi comentario.

—Y luego quedaste con Ashford. —Su nombre quiebra el aire, hace que se vuelva difícil respirar después de tanto tiempo sin escucharlo. Una inhalación me devana la garganta—. Para la monografía, y las cosas mejoraron un poco. Pero siempre, siempre que no estabas hablando con él, te quedabas mirando por la ventana como si no hubiera una cosa más en el mundo que desearas más que salir corriendo de allí.

—Quedarme o irme tendría que haber sido *mi* decisión.

Harrison no lo deja ir, parece empeñado por completo en hacerme aceptar cosas que no me permití ni pensar.

—Pero no lo era. Estabas eligiendo lo que tu familia quería para ti porque no puedes evitar elegirlos a ellos, pero no estás tomando tus decisiones, estás dejando que las tomen por ti. Porque es más fácil. Es mucho más fácil.

—Bastante hipócrita de tu parte decirme todo esto siendo que con lo que hiciste me sacaste cualquier posibilidad que existiera de elegir.

—Tienes que entender, estaba todo bien. Si no hubiera sido porque Gemma indagó, nadie se hubiera dado cuenta nunca. Era la solución que necesitabas, era lo mejor que podría haber hecho por ti. Habrías hecho la carrera, habrías estado en el equipo, habrías entrenado para ser la mejor atleta que vio nuestro país...

Pero todo lo que viene después se pierde porque en cuanto proceso el nombre de Gemma allí, me quedo como piedra.

Gema indagó.

Gemma.

Gemma.

Gemma.

—Adiós, Sandy.

No hay un beso, no hay un abrazo, no hay una mirada de despedida ni de perdón. No puedo perdonarlo porque no entiende lo que ha hecho, no comprende que no importa por qué hice lo que hice, si lo estaba eligiendo todos los días era porque tenía mis motivos y era mi tarea darme cuenta de que me estaba equivocando. No puedo fingir que está todo bien tampoco, no puedo mentirle porque hasta esto, Sandy nunca me trató como una idiota, ni siquiera en mis peores momentos. Siempre hubo respeto y exigencias, confianza del otro lado en que yo tenía la capacidad de tomar las riendas de lo que sea que la vida me pusiera enfrente. Creo que la confianza que Sandy pudo haberle tenido al mundo se rompió cuando le sacaron la única persona que siempre había tenido. Y por mucho que sepa que está sufriendo, no puedo justificar lo que hizo.

Cierro la puerta entre nosotros y me volteo, desplomándome sobre la madera, dejando ir el acto de compostura total que venía sosteniendo, como si al cerrar la puerta se hubiera cerrado el telón y mi personaje hubiera vuelto al libreto.

Todavía sentado sobre el colchón desnudo de mi cama, entre cajas y montones de ropa apilados por todos lados, Cameron ha palidecido tanto que creo que está a punto de adquirir el poder de volverse transparente.

El color aguamarina de sus ojos ha perdido el brillo.

Todo en él grita que sabe algo que yo no quiero saber.

—Dímelo.

La exigencia en mi voz es intolerante. No quiero divagues, no quiero mentiras, no quiero pausas innecesarias, solo quiero lo que sea que está pensando así de una buena vez pueden dejar de llegar las malas noticias. Solo quiero un descanso. Si ahora mismo pusiera la cabeza en la almohada, dormiría dos días seguidos.

—Es que... Yo creo que Gemma...

Gemma, Gemma, Gemma.

Desde el momento en el que Sandy pronunció su nombre, los latidos de mi corazón empezaron a sonar como una advertencia, pero ahora que sale de los labios de Cameron, suenan miles de alarmas chillonas que te parten los tímpanos. *Fuego*, me dicen, *hay fuego, apágalo.*

Pero hasta que Cam no hable, no puedo apagar nada. Todo está en sus manos. Y odio no poder dejar de estar a la espera de noticias de otros, de respuestas del mundo, las riendas de mi vida en manos de cualquiera menos de mí misma.

—¿Qué? Dímelo de una vez, Cameron.

—¡No es tan fácil! —De no haber tenido la puerta a mis espaldas, su grito me hubiera hecho retroceder. Cameron no gritaba. Cameron era sonrisas y chistes y constante palabrerío alegre, siempre sacando lo mejor de todo y de todos—. Necesito un segundo, estoy pensando.

—Sí que es fácil, dime lo que estás pensando.

—Es que no lo sé.

—Lo que no sabes es cómo decirlo para que no me enfade o no me preocupe o no me duela tanto. Deja de tratarme como una niña, como tu hermanita. Ya tengo un hermano mayor, eres mi amigo. Me merezco que me trates como un igual.

Nada. No hay respuesta.

Las alarmas son tan altas a este punto que temo que se detenga mi corazón. Tienen respuestas, teorías, me empieza a temblar el cuerpo, incapaz de contener tanto ruido.

—Cameron, *dime*. Por favor.

Y podría haber creído que respondió porque vio que estaba al borde del delirio, pero cuando habló lo hizo porque la verdad estaba aporreando contra sus labios, buscando salir. Sin embargo, la culpa la apacigua, su voz es apenas un susurro.

—Yo le dije a Gemma.

Recuerdo la taza rota en mis manos.

Toda esa porcelana quebrada a mis pies, entre mis dedos.

El dolor de haberme dado cuenta de que me había equivocado con Ashford, que su traición había sido un invento de mi cabeza por el simple hecho de necesitar poner en otros mis errores para no tener que hacerme cargo de la realidad y de todo lo que yo había hecho para terminar donde estaba, había dolido mucho menos que las palabras de Cameron.

De pequeña, muy pequeña, me caí por las escaleras de casa. No sé si tenía los cordones desatados o qué, pero recuerdo el instante al tropezar. Venía a la carrera, como siempre. Un segundo estaba riendo, al siguiente el piso se me venía encima y el espanto me arrancaba gritos. Fue la caída más lenta del mundo. Podría decir el orden exacto de cada golpe que me di —cabeza, hombro, muñeca, cadera...—. Rodé como una maldita pelota de fútbol y, para cuando llegué al piso de abajo, no podía parar de llorar. Mamá llegó corriendo, pasé una noche en el hospital por una contusión y me enyesaron la muñeca quebrada. Realmente jamás había sentido un dolor como el de esa caída: como un rayo partiéndome en dos. Sin embargo, ahora, viendo a los ojos a este chico con quien había crecido, que había pasado de ser el insoportable que siempre me molestaba con mi hermano mayor a ser un hermano más solo para terminar siendo mi mejor amigo... Esto no se arreglaría con una, ni con dos, ni con tres noches en un hospital. No había aguja que pudiera cerrar mis heridas, no había yeso ni tratamiento que fuera a reacomodar mi corazón golpeado.

Me costó horrores separarme de la puerta. Se adhería a mi ropa como intentando detenerme, pero estaba cansada de que todos me pusieran trabas, así que conseguí separarme. Tomé el picaporte y abrí, de par en par.

Hacía menos de media hora había hecho eso mismo, me había encontrado con el fantasma de Sandy. Ahora lo hacía para echar a un amigo. No sabía qué había dolido más, no podía seguir comparando horrores porque terminaría hecha una bolita de angustia en el piso.

—Vete.

—Leo...

—Que te vayas.

—No se lo dije por *ti*. Estábamos saliendo y le conté que Harrison era amigo del abuelo *de Paul* y no sé, se dio de forma natural, fue un comentario al pasar. Lo había olvidado por completo. Nunca se me ocurrió que...

—Ese es el problema, Cameron, que no se te ocurrió. Y no se te ocurrió no porque seas tonto, sino porque no me escuchaste. Un millón de veces te dije que Gemma no era buena persona, un millón de veces te dije que la basura esa me hacía la vida imposible, que era cruel y egoísta, y te importó una mierda. Al primer momento que necesitaste un subidón de autoestima le diste entrada libre.

—Leo, tienes que entender que yo no sabía lo que estaba haciendo Harrison, ella seguro lo averiguó por su cuenta...

—¡Me importa una mierda! No tenías derecho a decirle *nada* de mí. Menos esto. Los directores de la universidad no sabían que Harrison me conocía, ya que con eso podía meterme en problemas. Por eso era un secreto. ¿Entiendes el concepto de "secreto"? Porque me parece que te lo olvidaste en cuanto conseguiste alguien que te la chupe.

—Estás siendo injusta.

—No, esto no es culpa mía. Tal vez es de lo único, de lo poco de todo lo que pasó, que no soy culpable.

Pienso en cómo acusé a Ashford, porque en mi mente nadie más sabía sobre Harrison. Era el único que parecía, aunque fuera de forma remota y casi imposible, capaz de delatarme en un arranque de ira. Ni siquiera consideré a Cameron. Claro que siempre supe que él sabía. Pero de la misma forma en la que no hubiera acusado a mis padres o a Paul o a Tino de haberme delatado, ni en un millón de años se me hubiera ocurrido que esto hubiera venido de él.

—¡Pero la puta madre, *vete de mi casa*! —El grito me desgarra la garganta. No dejo que se me escape una sola lágrima. No quiero que vea en mí ni la más mínima posibilidad de aflojar, de perdonarlo, porque no pienso hacerlo. No me importan un carajo sus intenciones, no me importa un carajo que Gemma haya sido la que contó todo. Nada de esto hubiera pasado sin él y sin su estúpida bocaza. Se lo dije, se lo dije incontables veces: Gemma es una mierda. Y no me escuchó. La rabia de tener que tragarme el *te lo dije* porque entre tanto dolor no me causa ni un ápice de placer, está al borde de sacarme espuma de la boca—. ¡Que te vayas!

Y al fin reacciona. Toma su mochila de colores estrambóticos y se pone de pie.

Cuando pasa por mi lado, no frena, pero susurra un *lo siento* imposiblemente bajito, pero que, aun así, consigue aumentar la destrucción del tornado que me ha tomado el pecho.

No le perdono una mierda.

Me alegra que no se dé vuelta a mirarme, que no diga nada más porque, en este momento, verlo me recuerda lo que he perdido. Como cuando me miro en el espejo, o como cuando me levanto en medio de la noche, después de soñar con todo lo que hubiera sido diferente si lo hubiera intentado con un poco más de fuerza, si hubiera estudiado más, entrenado con más ímpetu, si hubiera sido un poco menos yo y un poco más valiente, más paciente.

Esta vez, cuando cierro la puerta del departamento —ya no más "mi" departamento—, me quedo verdaderamente sola. Ni siquiera mi presencia parece llenarlo.

No hay lágrimas, no hay sollozos, no se mueve nada. La muerte de este lugar se ha metido hasta en las paredes. Ni las gotas de lluvia que se revientan contra mi ventana hacen ruido, ni el calor calienta ni el frío enfría, ni el miedo aterra, ni la decepción desgarra. Hasta la peste se pudrió dentro de mí y las moscas temen acercarse a mi cadáver.

Lo último que recuerdo de mi muerte es preguntarme adónde fueron todas las certezas que tuve alguna vez. Si podré volver a encontrarlas, o si se han perdido como las infancias, en el país de Nunca Jamás.

CAPÍTULO 33

La vergüenza es mi entierro. Este cuchitril, apenas un colchón tirado en el cuarto de Ali, al lado de su cama, es mi tumba. Y Ali, que ha aceptado cuidar de mí todo lo que necesite, junto con Willa que pasa a visitarme todos los días en los que el trabajo se lo permite, son las flores más bonitas que pueden dejarme, pero ni siquiera eso puede devolverme la vida.

El primer día que aparezco en lo de Ali, todavía llueve a cántaros y estoy empapada y detrás de mí hay un taxi lleno a reventar de cajas y cajas de mi mudanza. Y veo que no entiende nada, pero enseguida la determinación se asienta en su entrecejo y me ayuda a bajarlo todo. En algún momento debió llamar a Willa, porque aparece y la noche se hace eterna mientras revivo para ellas todo lo que ha pasado.

Empiezo por el principio: el vestido que me puse esa noche y cómo lo primero que pensé cuando me lo puse fue en Ashford, en todos los pasos que dimos, en cómo me fui, en el viaje, en la forma en la que lo extrañé.

Les hablé de mi salida en falso, de la decepción silenciosa de Uma, de darme cuenta de que lo único que quería era estar con Ashford, del llamado al despacho de la directora, de todo lo que dijo y lo que no, de empacar, de la aparición de Harrison.

Les conté todo y al final, cuando llegué a Cameron y su confesión, solté todas las lágrimas que venía conteniendo, preguntándome cómo podía haber tanta agua dentro de mí. Fue un llanto asqueroso, con hipo, con mocos, con esos arranques de hiperventilación que te preocupan porque crees que en cualquier momento te estalla un pulmón.

Mis amigas me abrazaron sin asco. Me trajeron té, me consolaron hasta que les pedí por favor que dejaran el tema. Lo hicieron.

Es fácil acostumbrarse a estar sola, a prescindir de los pequeños detalles e incluso de los grandes gestos. Olvidar lo bueno y recordar lo malo es tan sencillo como repetirlo lo suficiente y por eso me permití olvidar el valor de mis amigas. Que sí, incluso ahora veía en sus rostros que pensaban que querer dedicar mi vida a correr en línea recta me había arruinado, incluso cuando veían en primer plano lo importante que era para mí, no lo entendían, pero estaban a mi lado y no me iban a soltar por nada del mundo.

El segundo día lo pasé entre dormir y dormitar. Abría los ojos por medio segundo, confundida, con los ojos hinchados y la garganta seca, y volvía a desmayarme porque recordar era demasiado trabajo. No me moví ni para comer cuando Ali subió una bandeja con el almuerzo. Me revolqué en mi propia pena, en la vergüenza que me daba dejar que me vieran así, sin fuerzas ni para enfrentar la suavidad de la luz del sol que volvía a brillar del otro lado de las persianas bloqueadas. No respondí una llamada, ni un mensaje. No hablé con mis padres porque solo pensar en sus rostros me llenaba los ojos de lágrimas y no creía que fuera capaz de escuchar la decepción en sus voces ni siquiera por teléfono. Creí escuchar a Paul entre sueños en algún momento, pero no hice caso y seguí durmiendo. Ese segundo día me cansé hasta de mí misma, pero en la soledad, la noche que impuse sobre mí misma y el silencio, desahogué llantos que llevaba dentro hacía tanto que los había olvidado.

El tercer día me desperté, pero me quedé navegando en mis pensamientos hasta casi olvidarme del hecho de que todavía existía. Una notificación, que iluminó la pantalla de mi celular, rompió la oscuridad. Ante mí se dibujaron los postes altos y llenos de enredaderas de la cama de Ali y me sentí un poco culpable por llevar dos días con todo cerrado, impidiéndole a mi amiga cuidar de sus amadas plantas como sé que le gustaría. Creo que solamente por eso hice el esfuerzo de moverme, de recibir la realidad de alguna forma. Estiré mi brazo y tomé el celular. La notificación anunciaba un *mail* de la Universidad de Crawford pidiéndome que por favor fuera a retirar lo que había dejado en el *locker* de las duchas que había detrás de la pista. Si no pasaba en los próximos siete días, romperían el *locker* y tirarían todo lo que hubiera dentro.

Por un segundo, me planteé dejarlo todo allí, dejar que destruyeran todos los recuerdos que guardaba, pero una imagen en particular me detuvo. Dentro de ese *locker* estaban guardados mis primeros *spikes*. Habían sido un regalo conjunto de Sandy y el abuelo cuando les conté que tendría mi primera competencia. Tenía ocho años y todavía recordaba la sonrisa irrefrenable que se dibujó en mi rostro al verlos en su caja, nuevos y resplandecientes. Hoy eran poco más que un harapo. El uso y los años habían desteñido el color rosa de la tela a un salmón grisáceo, pero no importaba que hubiera dejado ir el deporte, no podía dejar ir a esa niña.

Me dije que los buscaría.

Pero no lo hice ese día, ni al día siguiente, ni el que vino después.

Para el sexto día ya había pensado tanto en todo que mis lágrimas habían lavado el rencor, le vergüenza y el miedo, dejando atrás una sensación de calma casi forzada, como si mi cuerpo hubiera decidido que hasta aquí podía sufrir, que no podía cruzar a otro nivel de dolor porque no se recuperaría de ello. Ya me levantaba por las mañanas, desayunaba con Ali y su madre, que vivían juntas en esta casa preciosa e incluso me había levantado bien temprano en más de una ocasión para hacerles el desayuno como agradecimiento por dejarme estar aquí. La madre me miraba como si fuera un perrito apaleado, pero mi amiga me miraba como si se diera cuenta de que las cosas empezaban a cambiar. Su fe en mí hacía que fuera más fácil empezar a tomar las decisiones para seguir adelante. Las demencias de Willa cada vez que nos visitaba empezaban a hacerme reír y al séptimo día me arrancaban carcajadas. Eran cortas y no me hacían llorar de la risa como antes, pero estaban allí y ser capaz de reír me recordó que no podía darlo todo por perdido.

Así que cuando me levanté esta mañana, el séptimo día desde que dejé la Universidad de Crawford, me vestí y me preparé para volver.

Entrar fue doloroso, mi rostro rojo como si todos en el lugar supieran que me habían echado, pero tal y como cuando me fui, era completamente invisible. Nadie reparó en mí por más de medio segundo, nadie pareció haberse enterado del derrumbe de mi pequeño castillito, que se había caído del fin del mundo directo hacia el agujero negro más negro de la galaxia.

Caminé por los pasillos antiquísimos del edificio para ahorrarme la caminata larguísima que implicaba rodear la edificación y en cada esquina vi recuerdos de momentos que había pasado por alto en los que, si hubiera reparado entonces, me habrían hecho disfrutar un poco más de la universidad. No, nunca me hubiera gustado, nunca hubiera sido completamente feliz aquí, pero en esa esquina, justo frente al aula 103, le había regalado una barrita proteica a Ashford, que por poco la vomita frente a mí. En el pasillo que estaba ahora, había compartido múltiples caminatas con Cameron, porque justo daba a su clase de Teoría Comunicativa y a la mía de Sintaxis. Y así había miles de recuerdos que, por más que dolían —porque el rostro de Ashford me recordaba a besos y caricias, a abrazos tiernos que no volvería a tener, y el de Cameron ahora lo asociaba con Gemma y al lacerante ardor de la navaja que aún no conseguía sacarme del esternón—, me hicieron más feliz de lo que creí que podría haber sido en este lugar.

Pensé que vaciar mi *locker* dolería, pero se sintió extrañamente glorificante, como si a pesar de estarlo haciendo por una circunstancia en la que me había metido sin querer, fuera exactamente lo que debería estar haciendo. Tal vez, como si fuera algo que debí hacer hace mucho tiempo.

La oficina de Uma está al lado de los *lockers* y mis pies me arrastran hasta su puerta sin que siquiera me dé cuenta de ello. Toco la puerta sin saber qué quiero. Abro cuando la voz de mi entrenadora me responde del otro lado, pero todavía no sé por qué lo hago.

—Grimaldi, no esperaba volver a verte.

Lo sé, le creo. Se le ve en la cara. Sus cejas, bien rellenas y gruesas se han disparado casi hasta la raíz de su cabello. Si tuviera que describir cómo se vería una persona capaz de mover un edificio entero utilizando solo la fuerza de su cuerpo, la elegiría a ella. Había tanto músculo bajo su piel, que parecía falso.

En su escritorio estaba abierta una computadora y a su lado había un *tupper* vacío de lo que debió haber sido su almuerzo. Estuve incontables veces en esta oficina, para hablar de planes de entrenamiento, proyecciones a futuro e incluso de mis problemas *actitudinales* con Gemma. El recuerdo de todo es agridulce. Miel y vinagre en mi garganta, deslizándose con una lentitud que me hace carraspear.

—¿En qué puedo ayudarte?

—No lo sé. Vine a retirar mis cosas —le digo, alzando la caja que llevo en mis manos, llena a reventar de cuadernos que pensé haber perdido, pero estaban en el fondo del *locker*—. Y se me ocurrió pasar.

—¿Quieres sentarte?

—No, no. Estás ocupada. —Un par de segundos de silencio se me clavan en el pecho—. En realidad, quería decirte que lo siento. Sé que esperabas más de mí en las nacionales.

Uma asiente.

—Lo hacía. Pero no fue tan grave, pensé que tendría varios años más para entrenarte. Es una pena, ya me avisaron que no será así.

—¿Crees que hubiera ganado?

—No este año, pero sí, creo que eventualmente, tal vez el próximo lo hubieras hecho. Pocas veces tuve una atleta tan comprometida. Y eres buena, Leo. Muy buena.

Y pese a que lo dice con esa sequedad que la caracteriza, casi dictatorial, se me llena el pecho de purpurina y burbujas que cosquillean y molestan. Pensar que hay alguien aquí que me extrañará, que vio algo de potencial en mí, me hace darme cuenta de que tal vez no todo fue en vano.

Creo que por eso recaigo en la esperanza, en el deseo de seguir luchando por eso que siempre quise.

—No hay forma de que siga en el equipo, ¿no?

—¿Eres estudiante de Crawford?

—No.

—Entonces ahí tienes tu respuesta. Me hubiera gustado entrenarte, pero no podrá ser.

—¿Cómo puedo hacer para competir sin una universidad?

—Puedes entrenar fuera con algún entrenador que pueda tomarte como extra, pero después de lo que pasó aquí... no puedo ser yo.

—Sabes que yo no tenía idea de lo que estaba haciendo Harrison, ¿no?

Ella asiente, un poco dubitativa, como si no quisiera aceptarlo.

—Lo dije: eres la atleta más comprometida que tuve. Dudo de que no seas así en todas las otras áreas de tu vida.

—¿Por qué no dijiste algo a mi favor?

—No es mi trabajo, Grimaldi. Yo entreno a los alumnos, los directivos toman las decisiones.

Y algo me dice que, si bien trata de fingir que no le da la menor importancia al tema, la hace rabiar más de lo que está dispuesta a aceptar. Puede ser porque mi gloria hubiera significado la suya, porque mi nombre en los periódicos hubiera llevado el suyo también o por algún pequeño cariño que hubiera podido tomarme en estos meses. No importa. Solo me alivia saber que alguien aquí va a pensar en una versión de mi historia en la cual no soy el villano.

—Bueno, debería irme. Gracias.

—Adiós, Grimaldi. Nos vemos en las estatales del próximo año.

—¿Crees que alguno en el equipo va a estar a la altura ahora que Gemma y yo no estaremos?

Ella suelta un bufido, creo que le divierte mi comentario.

—Hablas como si fueras un milagro. Habrá miles de Leonies Grimaldi más en mi equipo. La pregunta es si vas a ser mejor que ellas.

Sonrío.

—Nos vemos entonces.

La puerta se cierra a mi espalda y me doy cuenta de que, por primera vez en días, el aire que entra en mis pulmones ya no huele a muerte, huele a propósito.

Encontrarme con Gemma es como abrir una puerta y caer en la cuenta de que lleva a todas las pesadillas que has tenido a lo largo de tu vida. El nudo en mi pecho tiene tentáculos repletos de ventosas que se pegan a la cara interna de mi estómago. A medida que se despegan, me doy cuenta de lo dolorosos que son, pero también me percato de que no vuelven a pegarse. La tensión se va yendo de mis hombros, porque por primera vez en años, Gemma ya no es una amenaza. Ha ganado en este juego en el que se ha metido sola, pero a estas alturas ni me importa. Solo estoy feliz de haber dejado de jugar.

Lo que no quita que la deteste, que desde lo más profundo de mi corazón le desee que en algún momento se cruce con su propia Gemma, dispuesta a hacerle la vida imposible para pavimentar su propio camino.

—Leo...

Mi nombre se escapa de sus labios como si hubiera visto un fantasma. Es tan bajita que cuando me mira tan de cerca, tiene que doblar su cuello un poco hacia atrás y su pelo es tan azul como siempre, pero su expresión... No recuerdo que jamás me haya mirado así. Se ve destruida. Sus ojos parecen estar por llenarse de lágrimas.

—Leo, yo lo…

—Si me dices que lo sientes voy a golpearte. Dios sabe que no soy una persona violenta, pero te lo mereces. —El filo de mi voz es calmo a pesar de la violencia en mis palabras. Nunca dije algo tan en serio.

Gemma asiente.

—No quería que te expulsaran.

—¿Ah, no? ¿Y qué esperabas?

—Pensé… —Tiene su bolso de entrenamiento colgado al hombro y sus manos sujetan la correa como si fuera un salvavidas en medio del mar—. Que como había avisado antes de las nacionales, te suspenderían y me dejarían ir a mí.

—Y te das cuenta de la basura de persona que eres por eso, ¿no? —Estoy siendo tan cruel, tan despechadamente fría, que no me reconozco. La frialdad de mi tono podría llenar ciudades enteras de nieve. Soy un nubarrón lleno de granizo y rayos que se me escapan destruyendo todo lo que hay a su paso—. Me arruinaste la vida. *La vida* —repito—. Por una competencia que no fuiste lo suficientemente buena para ganar. Por un problema de *ego*. Felicidades, Gemma, ahora ninguna de las dos ganó. La diferencia es que este era tu último año y a mí, con o sin equipo, me quedan tres. Y voy a hacer lo que sea, y cuando digo lo que sea, es *lo que sea*, para ganarlos. —No me doy cuenta de lo verdaderas que son mis palabras hasta que las digo. Me cae de golpe la ficha de toda la conversación que he tenido con Uma y arde bajo mi piel el deseo de cumplir con todo lo que estoy diciendo. Quiero correr, voy a correr, incluso si esto lo ha complicado todo.

Gemma se me queda mirando.

—De verdad, no quería que esto pasara. No sabía que ese profesor estaba modificando tus notas, solamente sabía que eran conocidos. Pensé que era suficiente para una suspensión temporal del equipo, tal vez de la uni o algo menor…

—Te equivocaste. Felicidades. Ya no vas a tener que humillarte cada entrenamiento perdiendo contra mí.

—¡No eran los entrenamientos! —salta a decir, casi sin aire—. Era todo. A todos en el equipo les caías mejor, estabas constantemente mejorando tus tiempos en las competencias y Cameron me dejó por ti. No soy tan idiota como para no darme cuenta de que la chica de la que dijo que estaba enamorado eras tú y a mí me gustaba desde mucho antes de que llegaras. Llevaba años pensando en cómo... —Sacude la cabeza y creo que ahí está su límite. No termina la idea—. Desde que llegaste no paraste de meterte con todo lo que quería.

La Gemma que conocía, la que había visto por última vez en la pista, el día anterior a viajar a Chicago, había sonreído altanera, había sido frívola y me había deseado suerte con palabras tan pero tan vacías que en el aire se rompieron y su significado nunca me llegó. Esta chica da pelea, pero lo hace de una forma desesperada que me dice que es perfectamente consciente de que no puede ganar. Está soltando información tan privada que me da un poco de vergüenza ajena, de pena, que me lo diga así, a los gritos en medio de un pasillo que apesta a sudor y humedad de vestuario.

Me doy cuenta de que no quiero seguir peleando.

No quiero seguir escuchando las excusas que está poniéndose. No quiero darle la oportunidad de pedirme perdón y de creer que, por el hecho de sentirlo, todo estaría bien. No lo está y no va a estarlo. No la perdono por ninguna de las cosas que hizo ni que dijo y mucho menos por esto. He tenido tan pocas peleas a lo largo de mi vida que no tengo una política definitiva a seguir cuando de ellas se trata. Pero hay algo que tengo claro cuando la miro a los ojos: yo no necesito perdonar para seguir adelante, y si ella necesita mi perdón para hacerlo, pues tuvo que haberlo pensado antes. Ahora es tarde y sus palabras no me sirven. Espero que aprenda de esto y que nunca jamás en su vida me vuelva a cruzar, porque no sé si sería capaz de reaccionar con la calma que siento ahora.

Dejo en el piso mi caja llena con todo lo que saqué del *locker* —mis *spikes* viejos arriba del todo, tan gastados que parecen harapos— y procedo a poner mis manos en mis rodillas e inclinarme hacia adelante. Miro a Gemma a los ojos y me doy cuenta de que es una pena que unos ojos tan bonitos, de un castaño precioso, redondos y llenos de pestañas, los tenga una persona que es capaz de ver el mundo de una forma tan horrible como ella. Miro bien su cara. Quiero recordarla cada día, cada entrenamiento que venga. Voy a entrenar recordándola, así como recordaré a Nicola Wagner Fritz y a todas las personas que alguna vez dijeron que no podría. No voy a permitirme olvidarlas hasta que gane las nacionales y pueda dormir en paz sabiendo que han tragado polvo.

—Púdrete, Gemma.

Y lo digo sonriendo.

Se queda tiesa y creo que de verdad esperaba que la perdonara porque sabe que soy mejor persona de lo que ella es, pero lo que no entiende es que no soy idiota.

Me incorporo, tomo mi caja, y me voy a paso lento.

Porque tengo todo el tiempo del mundo, porque ya no estoy compitiendo con ella y porque me doy cuenta de que esta charla era justo lo que necesitaba, así que pienso alargarla hasta lo imposible.

Esa misma tarde, Ali me deja en casa de mis padres.

En *mi* casa. Nunca dejó de serlo, incluso cuando agradecía tener mi espacio para estar sola, extrañaba su caos. Y cuando meto la llave en la cerradura para encontrarme a papá barriendo y a mamá ya recién vestida para salir a ver a algún cliente, con sus mejores pintas, el corazón se me hace un montoncito de baba en el pecho. Me siento tan increíblemente asustada que creo que voy a desmayarme, pero también hay una fuerza encontrada en el haber elegido mi propósito —solo el mío y el de nadie más—, que es inevitable la emoción. Me da fuerza, me recuerda por qué lo hago.

Lo veo en sus rostros de inmediato: la preocupación, el miedo, el escaneo inmediato para chequear que no hay un solo rasguño en mi piel. Me preocupa que en la profundidad de su escaneo vean todos los golpes que llevo dentro. Y se me caen las lágrimas porque romperles el corazón va a ser lo más duro que haya hecho, pero no puedo no hacerlo si el costo de cumplir sus sueños es destruirme a mí misma.

Apenas cae la primera lágrima, ambos corren hacia mí.

El abrazo que me dan es tan fuerte e inmediato que lloro aún más.

Mi pecho se sacude y la bolita babosa en mi pecho hace un esfuerzo sobrehumano por hacer que la sangre siga corriendo como debería.

No puedo volver a la universidad. Ni a esta ni a ninguna otra. Y no es porque no *pueda*, porque debe haber alguna universidad pública que no haga bien los chequeos y nunca se entere de que me echaron de la anterior, es porque no quiero. No quiero volver a eso. Sandy se equivocó en cómo lo hizo y siempre va a dolerme como un corte abierto y relleno de limón que verdaderamente haya creído que la única forma de salvarme era sacarme de las manos la decisión, pero entiendo lo que vio. Entiendo que se dio cuenta de que estaba destruida, de que no podía más, porque en el momento en el que dormí, en el que descansé mi cerebro y me levanté por primera vez sin sentir que todo era un pantano inmenso e incomprensible a mi alrededor, me di cuenta de lo perdida que había estado. Era solo cuestión de caminar un poco más para encontrar mi casita entre el barro, lo que me hacía feliz.

Me merezco respirar todos los días sintiendo que el aire de mi pecho me llena y no me atosiga. Me merezco levantarme por las mañanas sin ganas de romper a llorar de sueño y frustración.

Así que lo dejo.

Lo dejo sin más.

Eso es lo que les digo a mis padres.

Lo dejo.

No más universidad para mí.

Voy a entrenar todos los días, va a ser un trabajo de tiempo completo y si eso no les gusta y no quieren ayudarme, voy a tener que hacerlo sola, pero voy a tener que hacerlo porque es donde encuentro todo lo que me merezco. Y no les pido perdón por no ser lo que esperaban porque no me arrepiento de las decisiones que estoy tomando y disculparme sería deshonesto.

Me abrazan más fuerte, me acarician el brazo y creo que, aunque no *me* entienden, porque entender estas pasiones que te consumen es algo que no se entiende salvo que se hayan vivido en carne propia, sé que me quieren. Me quieren con locura y van a abrazarme de esta forma las veces que lo necesite. Van a hacer todo lo posible porque pueda tener todo eso que me merezco e incluso un poquitito más.

Respiro. Me calmo.

Sonrío.

Me doy cuenta de que todas esas certezas que creí perdidas no estaban en Nunca Jamás con las infancias perdidas, sino en casa, con la infancia que viví y las personas que me ayudaron a crecer, a convertirme en lo que soy hoy.

CAPÍTULO 34

Ashford está jugando al juego.

Es un nuevo juego.

Uno que duele más.

Implica distancia, mensajes que nunca llegan a destino, implica que pasen los días sin vernos. Extraño sus miradas indescifrables, extraño su tacto y su olor, extraño todo lo que sabe y extraño estudiar con él incluso cuando no extraño estudiar en absoluto. Lo pienso tanto que me doy cuenta de todo lo que aprendí de él a lo largo del tiempo, los detalles de su persona que han quedado grabados en mi mente porque nadie me fascina de la forma en la que lo hace él.

Lo único que tiene en común con nuestro juego anterior, es que tampoco sé cómo ganar.

He buscado a Ashford por todas partes, pero tengo prohibida la entrada al campus de la Universidad de Crawford y por ende no hay forma de que lo busque en su departamento o en la biblioteca. He intentado llamarlo, lo he buscado en una maldita guía telefónica. Sin éxito, cabe aclarar. Lo he buscado en todas las librerías cercanas a la universidad, incluso en una que vendía libros en múltiples idiomas porque tal vez estaba buscando otro libro en alemán o ruso o alguno de los doscientos idiomas que parece manejar a la perfección (excepto en japonés, porque dice que es imposible y nunca va a entenderlo). Lo he llamado a gritos en mis sueños y en mis pesadillas, lo he buscado en mis recuerdos sin poder traerlo al mundo real.

Y es cuando me canso de intentar dar con él porque los días pasan, las semanas han pasado para ser precisos, y sencillamente no sé qué más hacer, que lo veo. Estoy en la peatonal tomando un café y buscando posibles nuevos entrenadores que quieran tomar una atleta de primera que se ha caído del barco en un mal momento, cuando de reojo veo un chico negro, imposiblemente alto. La luz del sol le pega de lleno y hace brillar en su muñeca el reloj que su madre le regaló para su cumpleaños. Colgado del brazo lleva su abrigo largo, porque los días más fríos del invierno ya no nos persiguen y la primavera asoma como un gatito tímido entre la nieve. Las aceras a su alrededor están llenas de gente.

Me atraganto con mi corazón que sube de un salto a mi garganta con un poco de bilis y una dosis extra de toda la cafeína que he ingerido en lo que va de la tarde.

Me giro, en pleno arranque de euforia, en mi asiento y encaro a la señora que está sentada a mi lado con su nieto.

—Cuídeme las cosas. Será un segundo. —Ya estoy por salir del local cuando me doy media vuelta y le sonrío—. Por favor. ¡Gracias!

Salgo despedida. Y si creo que corro rápido en general, alguien debería poner a Ashford en la línea de llegada de todas mis carreras porque estaría rompiendo récords todos los días. No es que quiera llegar a él. Es que lo necesito más de lo que he necesitado en mi vida. Se me comprime el pecho, mis costillas empujan mis pulmones porque las revienta el dolor de llevar tanto tiempo extrañando a este chico.

Su figura, que estaba casi al final de la cuadra, crece con cada paso que doy.

La emoción me ciega.

Me doy cuenta demasiado tarde de que no he desacelerado.

Me lo llevo puesto como en una maldita caricatura y es lo menos romántico que puedas imaginar. Ashford cae de frente y yo caigo a unos metros de él toda despatarrada. Me he dado el brazo contra el tronco inmenso de un árbol, pero no siento dolor. Me arrastro hacia él prácticamente y lo ayudo a darse vuelta. Está tan conmocionado por el golpe —y lo entiendo, realmente lo entiendo—, que su pecho sube y baja acelerado. Pero su rostro... Dios mío, sus ojos, sus cejas, su nariz, la curva rellena de sus labios... *Todo él* es tan como lo recordaba que se me escapa un jadeo.

—Es domingo —le digo—, ¿cuál es tu lugar nuevo de hoy?
—Ashford se agarra la muñeca izquierda con la mano derecha y veo un pequeño rasguño donde se ha raspado—. Te lastimé. Dios mío, que idiota, lo siento. Lo siento muchísimo. Lo siento, perdón, perdón yo no quise...

Y así como así estoy llorando.

Y no pido perdón por un rasguño.

No sé qué hago, pero me muero de vergüenza porque la gente que pasa cerca de nosotros, muchos grupos de chicos de nuestra edad y parejas felices que me matan de envidia, se preguntan qué mierda le pasa a la loca esta que de un segundo a otro ha pasado de correr, a chocar y a llorar como si sus ojos fuesen canillas abiertas.

No puedo parar de repetir, entre sollozos desesperados, que lo siento y que lo siento tanto y se me clava cada uno en el esternón. El aire no me alcanza para decirlo todas las veces que debería decirlo.

—Leo... —Y su voz. Dios mío, ¿cómo podía resultarme tan insufriblemente *sexy* cuando estaba tan imposiblemente *sexy*? La había olvidado por completo, ¿cómo me había atrevido a perder entre los recuerdos el sonido que hacían sus labios al pronunciar mi nombre? Lloro más. Él tartamudea cuando vuelve a hablar. Creo que he roto su estresómetro—. Leo, Leo, respira conmigo. Está todo bien. Inhala, exhala. —Pero yo lloro aún más porque a él no parece importarle en absoluto que un montón de desconocidos nos estén mirando, solo quiere que me recupere. Está preocupado y yo estoy preocupada porque creo que me he roto en algún punto entre verlo y oírlo hablar.

Me ayuda a ponerme de pie.

Yo estoy en manga corta y su mano sobre mi brazo, sus dedos rozando las yemas de los míos son sensaciones que me pasan por encima como un camión. Cada segundo que el calor de su cuerpo se derrama sobre el mío pienso en la noche que tuvimos y en todo lo que perdí al irme sin pensarlo dos veces. Si lo hubiera pensado dos veces, me hubiera quedado. Se lo digo. Necesito que lo sepa.

—Ashford, si lo hubiera pensado dos veces, no me hubiera ido. Jamás. Te lo juro. Me equivoqué, me...

Él me mira. Está chequeando que no me haya hecho daño. Y luego me interrumpe.

—¿Dónde están tus cosas?

—¿Qué cosas?

—Nunca sales sin tu billetera en el bolsillo derecho y sin tu celular en el izquierdo.

—Eh... ahí. —Apunto al café, casi en la punta opuesta de la cuadra, atontada por su observación.

Él empieza a caminar. Ashford camina sin soltar mi brazo y yo no dejo de llorar. Cada vez que lo miro y me doy cuenta de que no estoy alucinando lloro más. Es caótico y patético y estoy tan feliz y tan incrédula que no sé si voy a ser capaz de parar.

La señora con su nieto me miran en *shock* cuando la campanilla del local anuncia nuestra entrada. No los culpo. Salí corriendo hace menos de cinco minutos y vuelvo goteando más que si me hubiera metido a nadar al mar.

Ashford me sienta.

La señora y su nieto piden la cuenta y ella se apresura a guardar las cosas todo lo rápido que puede. El hecho de que huyan de mí me da risa así que termino riéndome, lo que me hace ver aún peor. Les agradecería por cuidarme las cosas, pero está claro que prefieren mantenerse lo más alejados que puedan de mí.

Como Ashford, que en lugar de sentarse a mi lado como hacía cuando éramos amigos, se sienta frente a mí como si apenas nos conociéramos. Ya no hay ninguna parte de mi cuerpo en contacto con la de él y su ausencia me despedaza. Siento la ausencia de las partes de mí que se ha llevado su tacto.

—Ashford...

—Escúchame. No puedo hablar ahora. ¿Sí? Pero no puedo irme si estás así. Necesito que te calmes. Respira. Prometo volver. Me voy una hora. Una hora por reloj, pero no puedo faltar a esto. —Empieza a ponerse de pie incluso antes de terminar la frase e inmediatamente dejo de llorar. Creo que mi cuerpo está tan en *shock* que automáticamente detiene la producción de lágrimas.

—Pero... ¿adónde...? ¿Por qué...?

No tiene sentido. Lo he buscado por todos lados, por poco he intentado contactar con la ouija y una vez que lo encuentro... ¿se va? Tengo demasiado para decirle, tengo disculpas, excusas y explicaciones que dar, pero él no me da ni medio segundo.

—Espera. —Mi mano se cierra en torno a la suya justo antes de que la saque del todo de la mesa, un instante antes de que sea demasiado tarde—. Prométeme que vas a volver. —Él duda y su duda es un hachazo a mi garganta. Casi puedo ver mi cabeza desprenderse de mi cuello, rodar vulgarmente por el piso—. Prométalo —insisto, un nudo del tamaño de una pelota de básquet en mi garganta—. Te prometo que voy a ser breve, pero tengo que decirte un montón de cosas yo, yo, yo... necesito que... —Las lágrimas vuelven a subir y entonces hace, como siempre hizo, exactamente lo que necesitaba de él.

Su mano se escapa de mi agarre. Toma mis mejillas y me limpia las lágrimas al tiempo que me da un beso en la frente. Y se siente mejor de lo que recordaba. Se siente como un montón de flores que se negaban a mostrar sus pétalos floreciendo de golpe dentro de mí. Con su beso soy un jardín. Incluso si el jardín es algo triste y caótico y tiene más mocos en la cara de los que ha tenido en su vida.

Me obliga a alzar la vista y sus ojos encuentran los míos.

En la profundidad nocturna que guardan, veo todas las estrellas que recordaba y alguna que otra más. No pensé que hubiera forma de que alguien fuera tan hermoso que tu imaginación no pudiera hacerle justicia, sin embargo, lo era. Ashford era tan hermoso que al principio me había dado vergüenza que no viera esa belleza en mí, pero hoy no me importa, porque sé que a él tampoco. Dios mío, lo amo.

Lo amo.

Lo amo tanto que no me cabe en el cuerpo la sensación de felicidad que llega cuando entra a una habitación. Lo amo de una forma desesperada que me dice que cada día que paso con él es un día un poco mejor que el anterior y que cada día que su voz no toca mis oídos va a verse un poco más gris. Lo amo de la forma en que las flores aman la lluvia y los lobos aman a la luna, con locura aullante.

—Lo prometo.

Y me deja ir.

Me deja *sola.*

Quedo yo y el amor que acabo de encontrar dentro de mí. Late desaforado en cada fibra de mi cuerpo, cada átomo, cada electrón y protón que me conforman. Está en todos lados y no entiendo cómo es que nunca antes lo vi. Veo a Ashford pasar por la misma ventana de recién, pero esta vez en lugar de personificar la calma, sus manos ansiosas se mueven como un torbellino que habla de miedos que reflejan los míos. Incluso con su promesa de volver, es difícil dejarlo marchar porque este amor es un desconocido que me conoce a la perfección y se sentó en mi mesa sin pedir permiso.

Me da miedo dejarlo entrar. Me da miedo preguntarle qué hace aquí, qué significa. Pero lo hago igual, porque la curiosidad mató al gato y a mí me mató el instante en el que me di cuenta de que me había enamorado de una orquídea que no me pertenecía.

Es la hora más larga de mi vida.

En ese tiempo, le pregunto al desconocido hace cuánto está conmigo. El amor me dice que no hubo un instante. Que se pasea en los confines de las conversaciones de todas las personas, que existe en los momentos más pequeños, como las miradas al pasar y los saludos despreocupados. El amor puede surgir de cualquiera de esos gestos. Pero me cuenta en un susurro, como secreto, que cuando se trataba de Ashford y de mí, solía acercarse un poco más cuando jugábamos un juego que a mí me parecía muy nuestro pero que juegan muy seguido las personas que no saben que van a enamorarse. Jugábamos a mirarnos y el amor se divertía porque le sorprendía lo convencidos que estábamos del odio que sentíamos cuando la atracción era palpable en el aire. La negación es un componente poderoso de la mente del ser humano. Era más fácil odiar a Ashford que intentar comprender quién era, era más fácil ignorar la respuesta de mi cuerpo al suyo que preguntarme qué pasaría si hiciera algo al respecto, era más fácil fingir que los latidos que incentivaba incluso su toque más suave, eran solo atracción.

El amor me toma la mano mientras me habla y deja salir las respuestas de a poco, como si supiera que necesito el tiempo. Me recuerda la primera vez que me quedé dormida con la cabeza en el regazo de Ashford, la primera vez que me regaló una frase completa, la primera vez que me regaló un secreto y me contó su verdad, la primera vez que me hizo reír y ese atardecer dorado en el parque de diversiones, con las nubes pintadas de emociones anaranjadas y miedos de un rosa tímido. Me recuerda cómo mis amigos lo incluyeron y supieron incluso antes que yo lo que terminaría sucediendo. Me acuerdo de mi cumpleaños, de la taza que rompí cuando cometí el error de juzgarlo por lo que era el mundo y no por lo que él había sido para mí. Me pierdo a mí misma en el recuerdo de la noche que pasamos juntos, de todo lo que llevó a ella y todo aquello a lo que llevó. Y por último me viene a la mente todo lo que es Ian Ashford. Esos detalles que no tienen que ver conmigo, como que tiene miedos inmensos, pero los patea porque sabe que puede con ellos, como que sus sueños se le escapan de los labios como maravillas y va a perseguirlos hasta que vuelvan a ser suyos, como que en ocasiones remaba por tantas horas con su equipo que volvía con callos reventados o que le gustaba mucho más la comida dulce que la salada a pesar de que nada podía ganarles a unas buenas papas fritas. Ashford es comentarios que parecen siempre un poco más cortantes de lo que intentan ser, es su tacto, es su forma de creer en la mejor parte de todos los que lo rodean incluso cuando no tiene motivos para hacerlo.

El amor me llevó por un paseo repleto de motivos que no eran una respuesta concreta al porqué, pero que sí lo explicaban todo. No necesitaba nada más. Sabía que me había enamorado de Ian Ashford. El porqué o el cómo no influyen en nada de eso. Lo único que quería era que él lo supiera y que tal vez, con un poco de suerte, no me odiara por haber tomado las peores decisiones posibles con ese amor.

Cuando Ashford regresa, ya he pasado por el baño a limpiarme la cara, pero todavía me siento hinchada y rebosante de emociones, solo que ahora las comprendo. Ahora sé por qué nunca se me ocurrió dejar de buscar a Ashford, por qué, aunque sea una última charla con él, era tan importante para mí. Lo amaba y necesitaba que lo supiera, que lo entendiera y que me permitiera hacer lo que fuera necesario para que todo eso que sentía no fuera en vano.

Ashford se sienta otra vez frente a mí. Es una mesa pequeña. A mi izquierda hay una taza de café vacía, he guardado mi computadora y entre nosotros no hay nada más que el espacio que impone la incertidumbre.

—Regresaste. —Hacía rato que no dudaba de que fuera a hacerlo, pero había algo reconfortante en la forma que tenía de siempre mostrarme que podía confiar en él—. ¿Adónde fuiste? Si quieres contarme, pero no hace falta. No me quiero entrometer. —No sé qué tanta cabida tengo en su vida después de las acusaciones que hice, así que comprendería que no quisiera darme más de lo justo y necesario. Lo comprendería, con todo el dolor que implicaba esa aceptación.

—Hoy tuve mi tercera sesión con el logopeda que contactamos... —El día previo al antro, previo a un beso y todos los besos que siguieron, a sus labios recorriendo todos los lugares que mi piel le permitió—. Cree que puedo mejorar, aunque sea adulto.

Aleteos de mariposas florecen dentro de mí.

Orgullo del tamaño de galaxias que contienen planetas y estrellas y mucho muchísimo más.

—Ashford, eso es... Eso es estúpidamente increíble.

—Lo sé. Bueno, no sé si Margot, la logopeda, realmente cree eso o quiere sacarme todo el dinero posible en el tiempo que me doy cuenta de que era todo mentira. Pero estoy contento de estar intentándolo.

Y yo no estuve allí a tu lado.

Ignoro el egoísmo de mi corazón, que parece que todo lo que quiere es que Ashford corresponda sus latidos.

—Va a funcionar. Y si no es con Margot, será con otro, pero vas a hacer que funcione.

—Cuando me vaya, voy a seguir con las sesiones *online*. Es una locura lo que se logra viviendo en el siglo veintiuno.

Sonrío.

Cuando me vaya.

Sonrío.

Se me rompe un poco más el corazón.

—Me alegra muchísimo. Por ti y eso.

El silencio se instala. La ficción de nuestra conversación, perfectamente amistosa pero también imposiblemente lejos de la familiaridad y el cariño con el que nos tratábamos antes, se termina. Es momento de sacar los trapos sucios y ponerme a lavar, pero es difícil pensar por dónde empezar a pesar de que en la hora que tuve pensé en todo.

—Te busqué —empiezo tras los segundos más eternos de la historia—. Un montón, casi en todos lados. Pero no puedo entrar al campus... Me prohibieron la entrada.

—Te echaron. —Es una afirmación, pero yo asiento de todas formas—. ¿Cómo estás?

Es tan bueno que me entran ganas de reírme. En algún punto pensé que este chico era una basura desconsiderada que me detestaba. Las vueltas que da la vida, las versiones que existen de cada uno en cada mundo, en cada realidad.

—Estuve mal, muy mal, pero... pasó. Al principio pensé que no pasaría nunca, que me iba a morir de la tristeza, de la pena y todo eso... Resulta ser que soy muy buena llorando, porque lloré mucho y terminé dándome cuenta de que incluso si no fue de la forma que quería, esto era lo que necesitaba. —Estoy jugueteando con la servilleta, la hago bolita, la abro, la rompo trocito a trocito—. Dejar la universidad, tener el espacio de dedicarme de verdad al deporte y lo que amo. Es jugado y lo sé, pero yo creo que...

—Vas a ser la mejor. No me cabe duda.

Mis ojos vuelven a él y no tengo duda de que lo que veo a su alrededor, como un aura, es orgullo, es la seguridad, la confianza que tanto me cuesta tener en mí pero que quiero llegar a tener algún día. Tal vez pueda prestarme un poco, de vez en cuando. Eso me gustaría.

—Quería pedirte perdón. —No tiene nada que ver con lo que veníamos diciendo, pero el elefante en la sala es tan grande y tan rosa que es difícil pasarlo por alto. Ashford asiente, sabe que tengo más para decir—. Quería pedirte perdón por las acusaciones que hice. No voy a decirte por qué las hice, porque incluso ahora siguen sonando ridículas. Eras... —*Todo*, empujo el pensamiento—: Mi amigo y asumí lo peor de ti a la primera, justo como cuando nos conocimos, justo como me dije que no volvería a hacer. Perdón por eso y por irme. Esa noche... —Lo que tengo que decir se me enreda en las cuerdas vocales y no importa cuánto tire, nada sale excepto dolor. Ashford me deja mi tiempo, no sé si son segundos, minutos u años, pero me los da sin apurarme en ningún momento—. Esa noche fuiste todo lo que podías ser y más. No me arrepentí en ningún momento, pero tuve mucho miedo porque tú podías hacerlo. Y si me hubieras dicho que no querías de mí lo que yo quería de ti... Pensé que iba a morirme. De vergüenza, de... de todo eso que me pasaba, que me pasa contigo.

—No me arrepiento —dice enseguida, no lo duda—. Pero me levanté y no estabas, y ni en un millón de años hubiera interpretado de eso todo lo que acabas de decirme. Esa noche tuve miedo porque pensé que, porque habíamos entregado la monografía, ya no tenía nada que te atara a mí. Y luego pasó... todo lo que pasó. —Me enternece la forma que ambos tenemos de bailar en torno a la palabra sexo, pero no podrían sacármela de los labios ni con medio millón de dólares—. Y pensé que me había equivocado, que las cosas podían seguir siendo como antes, incluso un poco mejores.

Sus palabras me llenan de esperanza, me hacen creer que tal vez tengo una oportunidad, pero la aplasta tan rápido que no queda ni la mancha del mosquito en la pared.

—Claro que te perdono, por todo. —El alivio por la certeza de su voz cuando habla me hubiera doblado las rodillas en dos de haber estado de pie—. Entiendo que el dolor y el miedo hacen cosas extrañas con la gente, pero no creo que pueda seguir donde lo dejamos.

No, no, no, no. Esa no puede ser tu respuesta.

—Sigamos donde quieras, pero no lo dejemos —me descubro diciendo—. Me refiero a que, si quieres olvidar esa noche y ser amigos, lo tomo, tomo lo que quieras, pero quiero que sigas siendo parte de mi vida de alguna forma.

—No podría olvidar nada de esa noche, Leo. —Y su voz, su mirada, me dejan en claro que ve más en mí que mi piel, mis ojos y lo que recubre mi alma. Mucho más. Un escalofrío cae como un latigazo sobre mi espalda—. Pero me voy en seis meses y cualquier relación que tengamos va a terminarse y eso va a doler. No quiero sufrir más. Y tampoco... tampoco quiero que sufras, ¿sabes? Creo que estaríamos apostando a querernos demasiado y no creo que ganemos nada con eso.

No puedo creer lo que escucho.

—Estás diciendo una estupidez.

—¿Disculpa?

—Lo que escuchaste, estás diciendo algo completamente estúpido. Estás actuando desde el miedo y no voy a dejarte hacer eso. Si quisieras no verme más porque no puedes perdonarme o porque simplemente no te nace, genial, bárbaro, *cool*, lo que quieras. Ahora, si vas a decirme que quieres que esta sea la última vez que nos veamos, en un café, hablándonos como dos extraños porque tienes miedo de que nos terminemos queriendo demasiado, no voy a permitirlo.

—No estás pensándolo en frío...

—No quiero pensarlo en frío ni en caliente. No quiero pensarlo. Lo que *siento* en este momento no pasa por mi cabeza y no creo que tenga que hacerlo. Quiero disfrutar contigo. Quedan *seis meses* hasta que te vayas. Son un montón de horas, de días, de semanas y meses. No sé cuántos, pero son montones. Y quiero compartirlos contigo. Quiero que te vayas con un montón de recuerdos que me incluyan y quiero que te enamores de mí. Quiero que... —La tensión es inmediata en su cuerpo y enseguida recaigo en lo que se me ha escapado. La he soltado, así como así, una bomba entre nosotros que ninguno de los dos estaba preparado para ver caer. Inhalo y exhalo, pero en lugar de retractarme o excusarme, me repito sin un ápice de duda—. Estoy enamorada de ti, y querría una oportunidad para enamorarte, para que conozcas a una Leo mucho más entera y con las ideas mucho más claras que la que conociste.

—¿Por qué?

Me descoloca completamente. No esperaba una pregunta como respuesta a todo lo que acabo de decir. Tragar saliva es un trabajo duro.

—¿Por qué, qué?

—¿Por qué crees que no podría enamorarme de la Leo que ya conozco?

—Porque te hizo daño.

—Yo también te hice daño.

—No es lo mismo.

—Leo...

—Solo quiero mostrarte que puedo ser mucho mejor, que voy a hacer todo lo posible para que te vayas de este país con una sonrisa en la cara y con la sensación de que estás listo para ver el mundo. Quiero que me extrañes un poco, pero que me recuerdes con alegría. Quiero que no te arrepientas pensando en lo que pudo haber sido cuando todavía tenemos tiempo para construir algo a lo que siempre podamos volver. Aunque sea en la memoria. No quiero que te vayas sin darnos una oportunidad.

—Me pasé la vida despidiéndome de cosas que hubieran podido ser y nunca llegaron a nada. No quiero pasar por eso contigo. No sabes lo que es tener encima una fecha de caducidad, no sabes lo que es ese último mes sintiendo que cada beso es acercarse otro paso al final definitivo.

—¿Y quién habló de definitivos?

—Estoy tratando de ser lógico, estoy pensando en el futuro...

—Te estás olvidando del presente. Estamos aquí todavía y va a haber una despedida y va a doler quieras o no. Lo que estamos eligiendo es que la despedida sea ya mismo o que sea más tarde. Y ¿quién sabe? Tal vez me doy cuenta más adelante de que tenías razón, de que esperar al final es demasiado doloroso, que no puedo soportarlo. ¿Y qué? Podemos dejarlo ahí. ¿Por qué nos estamos adelantando al futuro si todavía nos queda tanto presente por delante?

Ashford me mira y como es él, nada lo delata antes de hablar y sus palabras me dan en la cara como un cachetazo.

—Te amo.

Entran por mis oídos, dan un par de vueltas en mi cabeza, bajan y abrazan mi corazón.

Mi mano cruza la mesa, toma la suya.

—Repítelo —pido.

—Creo que estás loca y te amo.

—Bien. Bien, eso está bien.

—¿Bien?

—Sí, lo de que estoy loca. Y tú estás loco porque amas a una loca que te ama.

—Sí, es verdad. Eso está bien.

Me río. Él toma mi otra mano, presiona con fuerza, como si quisiera asegurarse de que sigo aquí.

—¿Entonces?

—Lo hacemos —responde—. Esto. Nosotros. Como quieras llamarlo. Pero vayamos de a poco.

—Acabas de decirme que me amas, eso no es ir de a poco.

—Quiero invitarte a salir.

Las risitas estúpidas que se me escapan me hacen preguntarme qué carajos había en mi café.

—Bueno, me gusta. Hazlo.

—Leo, ¿querrías salir conmigo?

—Sí.

—¿Qué te parece...? —Mira su reloj sin dejar ir mi mano—. ¿Ahora?

La sonrisa que se me escapa es demencial y la alegría que me inunda le compite.

Sus manos en las mías, sus ojos seguros de la decisión que habíamos tomado, la promesa que nos hacíamos en silencio, de ir probando, conociéndonos de esta forma tan diferente y, aun así, tan parecida a la forma en la que ya nos conocíamos.

Perfecto.

Todo era perfecto y creo que lo dije en voz alta, porque Ashford me arrastró fuera del cafecito, apenas dándome tiempo a tomar mi bolso, y apenas me dio tiempo a preguntar adónde íbamos porque sus labios estaban sobre los míos, suaves tan suaves como los recordaba, exigentes porque tenían muchas promesas que cumplir, y salvajes, porque tarde o temprano dejarían de ser míos, pero por hoy, no pertenecían a nadie más.

EPÍLOGO

ASHFORD

Le dije que quería que venga conmigo.

Me dijo que quería que me quedara, pero no por amor, sino porque amaba este lugar y pensaba que podría haber sido feliz allí.

Ella me dijo que no vendría, que su sueño era justo y donde estaba.

Yo le dije que no me quedaría, que mi sueño estaba en todo el mundo menos aquí.

Y que, si bien nos gustaría haber tenido sueños más compatibles, no era posible.

¿Cómo podríamos pedirle al otro que sacrifique todo por amor? *Amor*, algo tan efímero, tan delicado, que suele romperse al primer roce. Las películas, los cuentos, los libros, todos hacen ver al amor como esta cosa que *se da*, que simplemente aparece en tu vida y es parte de ella como si nada. El amor es una elección. Leo y yo siempre tuvimos muy claro que sobre nuestro amor iban muchas cosas, incluidos nosotros mismos. La respeto demasiado para pedirle que siguiera conmigo un sueño que es solo mío y hablamos de esto hasta el cansancio: sé que a ella le pasa lo mismo.

Nos queremos, con locura, con desesperación, pero no a costa de la felicidad del otro.

A veces el amor no es suficiente. No alcanza. No es polvo de hadas, el amor no es magia y fuegos artificiales, es sacrificio, es elección, es pensar en algo más grande que en ti.

Nunca la vi llorar tanto como en el último mes, y Leo debe ser la persona más sensible que conozco. Está conectada con sus sentimientos de una forma incomprensible para mí, que todo tengo que analizarlo veinte veces y ponerle nombre a lo que siento es un desafío. Ella lloró por los dos y todo lo que no viviríamos, por todo lo que ya habíamos vivido y por todo lo que ni siquiera se nos había ocurrido que podría haber llegado a pasar. La consolé en su llanto y ella me consoló en mi silencio cuando me acobardé y le dije que tal vez podría quedarme, que tal vez podía aplazar mi sueño un par de años para darnos más tiempo. Me destruía verla así. Pero ese día se enderezó, me sacudió por los hombros y me pidió que nunca más dijera algo así. Sabíamos incluso entonces que las vidas que queríamos seguir eran incompatibles y la idea de una relación a distancia dolía tanto o más como el hecho de ponerle un fin a todo.

Pero los días pasaron y aquí estábamos.

Y Leo lloraba más que nunca.

En medio del aeropuerto, a mi primer amor se le escurría el corazón por los ojos y a mí el esfuerzo de seguir respirando estaba por tirarme al piso, aplastarme y dejarme hecho una figurita 2D contra el impoluto piso blanco.

Junto a ella estaban mis padres y varios de los amigos que hice en los últimos meses, estaba la familia de Leo, que me había sumado como si siempre hubiera sido uno de ellos... Verlos me hizo replantearme mis decisiones, mis deseos. ¿Qué más podía necesitar?

Pero, como ella dijo una vez: una orquídea no puede vivir a base de agua. Hay tanto más allá afuera esperando que voy a arrepentirme toda la vida si no me permito verlo todo. Quiero que me explote la cabeza, quiero ver paisajes imposibles, quiero conocer historias que me remuevan el estómago y me conmuevan el corazón, quiero entender el mundo más allá de los límites de la geografía y la historia hecha por el hombre. Quiero verlo todo. Y por más que me duela, Leo tenía razón, esto no era suficiente. Pero nada lo sería. El sueño es demasiado grande, el futuro demasiado incierto y yo agradecía todo el tiempo que había tenido a su lado, lo que me había mostrado, que era tan valioso como todo lo que estaba por ver.

Con ella descubrí que podía amar y ser amado, descubrí lo que era dejar de lado miedos que me habían perseguido desde que tenía memoria y caminar con los hombros relajados por la vida que me había ganado. Me recibí, me acerqué más a mis padres, me acerqué más a mí mismo y a lo que soy, que nunca me había gustado ni un poco, pero hoy es mucho más parecido a la persona que quiero ser que a la que escondía constantemente de la luz en el pasado.

Y se lo debo todo a ella: a esa chica que el primer día de clases me puso tan nervioso con su sonrisa que me negué a sacarme los auriculares, esa chica que era un caos andante de emociones, y acciones, y pensamientos que a veces iban demasiado rápido y me costaba seguir.

Doy un paso hacia ella y sostengo su rostro, ese rostro que me mira como si fuera lo mejor y lo peor que ha podido pasarle todo en una misma cajita, entre mis manos.

—Vas a estar bien. Todo va a estar bien. Y vas a ser increíble, la mejor.

—Lo sé. Pero no puedo dejar de llorar —responde con la voz hecha un tembleque.

Le doy un último beso en los labios. Es breve. Hay demasiada gente, pero sobre todo demasiado dolor metido entre nosotros.

—Te amo.

—Yo también.

—Vuelve a enamorarte.

—Lo haré. Tú también.

Asiento. No le prometo nada. La dejo ir con un nudo en el pecho que se abre como si un taladro estuviera pasando por él.

No puedo prometerlo cuando siento que no voy a cumplir.

Pero está bien.

Estaremos bien.

Siempre tendré el recuerdo de todo lo que fuimos y no habrá día que no recuerde su sonrisa.

Ojalá hubiese durado un día, un segundo más. Creo que nunca me hubiera cansado de levantarme a su lado.

Sin embargo, la puerta del avión se cierra y me cae la ficha de que nunca más seremos el presente del otro. Nos inmortalizamos en recuerdos, perderemos los detalles y el lujo del día a día. Seremos parte de algo efímero que no nos permitimos olvidar, pero nunca más que eso.

Y tal vez un día nos volvamos a encontrar, pero espero que no sea así, porque mientras el avión alza vuelo, me doy cuenta de que no creo que exista el día en el que esté listo para verla cumplir la promesa que me ha hecho. No creo que mi corazón vaya a ser lo suficientemente fuerte para verla enamorarse otra vez y tener con alguien todas esas cosas que yo nunca hubiera sido capaz de darle.

Dejo en ese aeropuerto un pedazo de mi corazón, en los labios de una chica que me entregó el suyo, incluso sabiendo que nunca podría darle el futuro que se merecía.

Nunca tuvimos nada a lo que apuntar, pero fuimos un instante hermoso.

Espero que nos recuerde así.

Espero que nos recuerde.

Pero no la condenaría a ello ni siquiera con la idea de salvarme a mí mismo.

AGRADECIMIENTOS

Esta vez me prometí ser breve. Así que acá voy.

A mis amigos. Todos mis amigos. A los que ya no están tan cerca y a los que se acercaron tanto que no sé cómo viví en algún momento sin sus chistes. En los dos años que me llevó escribir este libro, tuve la suerte de rodearme de gente que me hace bien, después de haberme pasado una vida rodeada de la gente equivocada.

A mis viejos, que son mucho como la familia de Leo y siempre me apoyan, incluso cuando no entienden mi delirio.

A Editorial Planeta, especialmente a Majo y a Alvin, que pusieron su confianza en este libro y en mí incluso cuando dudé de mí misma.

A toda persona que en algún momento vio alguna de mis redes sociales y decidió que mi contenido sobre libritos valía la pena porque, si bien siempre escribí, no fue hasta que esta comunidad me dio la mano que me animé a compartirlo.